文艺学美学精品文库

七月派研究

王丽丽 ◎著

新华出版社

图书在版编目（CIP）数据

七月派研究 / 王丽丽著 . —北京：新华出版社，
2017.3

ISBN 978-7-5166-3134-8

Ⅰ.①七…　Ⅱ.①王…　Ⅲ.①"七月"诗派—文学研
究　Ⅳ.① I207.209

中国版本图书馆 CIP 数据核字（2017）第 050753 号

七月派研究

作　　者：王丽丽

责任编辑：徐文贤

封面设计：人文在线

出版发行：新华出版社

地　　址：北京石景山区京原路 8 号　　　邮　　编：100040

网　　址：http://www.xinhuapub.com

经　　销：新华书店

购书热线：010-63077122　　　　中国新闻书店购书热线：010-63072012

照　　排：北京人文在线文化艺术有限公司

印　　刷：北京七彩京通数码快印有限公司

成品尺寸：155mm×230mm　　1/16

印　　张：14　　　　　　　　　　字　　数：208 千字

版　　次：2017 年 3 月第一版　　　　印　　次：2017 年 3 月北京第一次印刷

书　　号：ISBN 978-7-5166-3134-8

定　　价：42.00 元

目　录

引 言

　　本书的一些重要篇章，酝酿于笔者博士论文《胡风研究》①的准备和撰写阶段。

　　记得最初在阅读 1950 年《人民日报》针对"七月派"的重要作家阿垅的两篇文论作品《论倾向性》和《略论正面人物和反面人物》所发动的那场理论批判的相关材料之时，一个极为清晰的感觉就已在我的脑海中形成：批判的发动者与其说是有意胶着于文学创作中一些十分具体的实践问题，而与阿垅展开一场字斟句酌、寸土必争式的理论论辩，不如说是试图通过清除胡风文艺思想在作家和整个文坛中的巨大先在影响，推行新时代文学理论的系统主张。因此，在这场理论的前哨战中，就已经明显展现出了交锋双方所秉持和代表的两种不同的理论思维和话语逻辑的分歧。这种文学的意识形态逻辑与美学逻辑的矛盾和歧异，显然也预示和规定了即将紧随而至、直接针对胡风本人理论的大规模批判运动的具体展开方式。

　　这也是《阿垅对现实主义理论的坚守和探索》一文的核心思想，它早于我的博士论文而萌生。事实上，两种理论思维和话语逻辑的纠缠与歧途，后来构成了《胡风研究》整篇论文的中心线索，其最早的启悟和灵感就获自于此。但也正因为《人民日报》对阿垅的批判，几乎就是"胡风事件"在新中国成立之后发展理路的一次具体而微的预演，所以顺

---

　　① 后以《在文艺与意识形态之间——胡风研究》为名，由中国人民大学出版社于 2003 年 11 月出版。

着这一醒目的提示，我直接就顺利进入了通往"胡风研究"关键问题和核心区域的主干道，而未暇停下脚步对这场理论批评和论争本身进行一番比较深入和细致的考察。

调头弥补这一缺憾的机缘一直等到 2007 年才获得。2007 年是阿垅诞辰的一百周年，同时也是他含冤瘐死狱中的四十周年，所以北京鲁迅博物馆和阿垅的亲友发起筹备"纪念阿垅百年诞辰学术研讨会"。当我在年初收到胡风先生的女儿张晓风老师发来的邀约参会的邮件的时候，其时的我正在日本东京都的一间大学里任教，搜集论文所需的参考文献的条件并不凑手。但好在我对论争双方当年正式发表的文章都非常熟悉并保留有复印资料，又蒙晓风老师慨允，于研讨会召开之前，从阿垅先生的独子陈沛老师处获赠刚刚出版的《阿垅诗文集》和《后虬江路文辑》这两本重要的参考书，[①] 于是利用暑期回国休假的机会，对相关资料进行了潜心研读，并将论文的大致构思和一些不可或缺的参考资料带回日本。这次研讨会我仅仅是寄出论文参会，本人并没有请假回国，但后来获悉会议开得"十分成功，现场气氛令人感动"[②]。

阿垅身上令人感动的质素远不止一处，痛苦不幸而又不无传奇的人生经历，丰富细腻而又深挚专一的情感态度，对待家国、亲友和工作的热爱与赤诚，坚持真理、勇于担当而又富有自我牺牲的精神。如果阅读阿垅那些几乎字字用心血和生命凝成的文字，比如那篇《可以被压碎　决不被压服》[③] 的狱中遗言，更容易引发深切的感动。回顾和梳理当年的论争文章，其中显露出来的理论"症候"一如既往地触目：阿垅批判者的逻辑跨越或断裂虽然远大于被批判者的理论漏洞或罅隙，但前者反而表现出真理在握般的超级自信，其对新时代文学系统要求的宣示也是不容丝毫置疑地斩钉截铁。令人动容的是，就在权力或权利严重失衡导致如泰

---

　　① 　两书均收入阿垅当年受到批判的两篇文章，在后一本书的第二辑"文论四篇"中，研究者第一次得以读到阿垅当年认真准备而没能获准面世的两篇反批评长文。

　　② 　北京鲁迅博物馆：《编后记》，见北京鲁迅博物馆编：《一枝不该凋谢的白色花：阿垅百年纪念集》，银川：宁夏人民出版社，2010 年版，第 239 页。

　　③ 　阿垅：《可以被压碎　决不被压服》，见晓风主编：《我与胡风》（上），2 版（增补本），银川：宁夏人民出版社，2003 年版，第 35—38 页。

山压顶般的艰难处境之下，阿垅仍然坚持对现实主义理论展开理性而严肃的探讨，在"文学与政治""新旧现实主义与立场或世界观"等当时重大敏感的理论问题上，不惧与批判者展开短兵相接的正面交锋，守护经典论述；对一些诸如"深入私生活是否有损革命领袖的尊严""能否写出反面人物的笑容和柔情"等前沿美学命题进行了勇敢的探索；并以自己对马列著作真诚而不教条地学习和领悟，切实掌握了革命导师进行鞭辟入里的社会和阶级分析的理论方法和武器，从而获得了一些领先于时代的理论洞见。这些洞见具体表现在：透过莎士比亚名剧《威尼斯商人》"谴责贪婪"的表层意涵，阿垅进一步察觉并揭示出了资本主义欧洲对犹太民族根深蒂固的仇恨，其分析的独到和目光的老辣，与数十年之后才在欧美风行起来的后殖民主义理论对文本的解构式阅读方法构成了深刻的契合；在文学表现倾向性问题上，阿垅坚持"艺术即政治"这一显示了对艺术本质深刻理解的命题，以抵制所谓"艺术加政治"的庸俗机械理解，又在事实上体现出了深得马克思那种后来被杰姆逊命名为"意识形态还原"的方法之精髓。当然，限于在日本写作时文献核查的不便，对于这些发现，笔者当时都只能采取仅凭阅读印象和记忆概述的处理方式。此次借该文收入本书之机，作者对注释作了必要的增补。

《重评鲁迅阐释史上的一件往事》则与20世纪50年代初的另一段理论公案相关。保存下来的胡风通信和日记均显示，从1952年8月底开始，胡风对耿庸的《〈阿Q正传〉研究》表现出了极大的关注，他不仅亲自对耿庸的思考和写作做了多方深入和细致的指导，而且还嘱托各地的朋友全力帮助耿庸进行全面的斟酌和把关。各种迹象都表明，当时正在接受系列文艺思想座谈会"帮助"的胡风，是把耿庸的鲁迅研究视作自己与对手们所进行的理论和思想斗争的一个重要组成部分。因此，耿庸的《〈阿Q正传〉研究》自然也进入了我在《胡风研究》中考察"胡风集团"文化生态的视野，只不过当时我只是直觉地认定，耿庸的这一著作事关胡风与批判者对鲁迅精神和鲁迅方向话语主导权的争夺。

2007年，由于胡风子女主动将胡风与梅志的文物分两批捐赠给北京鲁迅博物馆，受赠一方在复旦大学中文系的协助之下，准备于2009年底召开"鲁迅与胡风的精神传统"学术研讨会。看到会议通知的研讨主题，首先进入我意识中的就是耿庸的《〈阿 Q 正传〉研究》。如果对之展开重新考察，不仅与会议主题在字面上非常贴合，而且还可以补足"胡风集团"文化生态中未及探明的方面。

但《〈阿 Q 正传〉研究》带给我的最初感觉却是失望。我好像还是第一次遇到原先的研究期待与实际阅读印象偏离如此之大的情况。且不说耿庸直接的发难对象是曾经与胡风一道被划归"鲁迅派"的冯雪峰，即便仅就争论的问题而言，冯雪峰的新作《论〈阿 Q 正传〉》明显表现出了探索鲁迅的小说诗学、奠定鲁迅世界文学史上的地位这样超前的理论用心，且多有独特的理论概括与发明。耿庸则显然执着于对鲁迅的政治阐释，在诸如鲁迅与阶级革命论、阿 Q 的阶级属性和革命性等问题上拘泥于辨析何为政治正确。在今天看来，冯耿两人的鲁迅论述不仅高下存在明显的差别，就是从当时的态势来看，耿庸的表现也大失论争的基本水准。因为他非但对冯雪峰的诗学探索没有表现出丝毫的同情和理解，而且在争论中甚至根本没有瞄准冯雪峰文章的核心、抓住冯文的重点。相反，被他死死揪住不放、并展开长篇累牍的批驳和论争的，都仅仅是冯雪峰在文章中袭用的一些当时鲁迅阐释中流行的套语，这些套语没有一个出自冯雪峰的首倡。

我提交给研讨会的论文提纲和在会上的发言，都诚实明白地表达了我的失望，因此当时我对耿庸的评价基本上也是否定的。尽管在发言的时候，我心中既有不安，更充满了困惑：耿庸这样一个对待理论问题向称严谨认真的人，为什么其所写作的批评在今天乍一读之下，会如此出乎我的意料之外？这样的文章当年为何又会受到胡风如此的看重，胡风甚至说"这是为主观机械论者——机会主义者挖坟的工作"[①]？被指名批评的冯雪峰，缘何没有正面应战，导致这场由耿庸挑起的笔战最终只以两篇局外学人的反批评文章草草收场？在这些问题获得合理而清晰的解释之前，对耿庸的评价能否做到恰如其分地客观和公正？

带着这样的疑惑继续阅读和研究，我逐渐发现，这场论争表面涉及

---

① 胡风 1952 年 8 月 28 日自北京致耿庸信，见胡风著，梅志、张小风整理辑注：《胡风全集》（第 9 卷），武汉：湖北人民出版社，1999 年版，第 97 页。

的四篇论著仅仅是巨大冰山露出海面的一角。作为鲁迅的热爱者，耿庸向来怀有全面综合研究鲁迅的抱负，并对在他之前的鲁迅阐释保持着持续的关注并随时准备对话。当1948年香港的《大众文艺丛刊》发表了胡绳意在进行自我和胡风文艺思想批判的《鲁迅思想发展的道路》一文之后，耿庸显然有进行理论回应和反击的责任自觉。因为胡绳的文章是以瞿秋白对鲁迅思想发展道路的著名概括"从进化论到阶级论"为纲的，所以从胡绳立论的源头之处寻找理论的破绽，也不失为一个釜底抽薪的论辩策略。又由于耿庸深感，瞿秋白原本尚有一定弹性的论断，中经艾思奇、创造社诸人出于各种原因的加工或引申，已经逐渐被机械割裂并固化和庸俗化为鲁迅思想发展的"两截论"或"转化论"，所以意欲沿波而讨源，对这一思想史的谱系展开类似后来福柯意义上的系列知识考古。

　　换言之，对于耿庸而言，《〈阿 Q 正传〉研究》较好地兼顾了他个人的学术心愿和集团同人协同作战的道义要求。但鉴于"胡风集团"在当时的文化政治版图中所处的被动位置，耿庸如若想对瞿秋白、艾思奇、郭沫若和胡绳等人的权威鲁迅论述提出公开质疑，既极少可能，也殊为不智。因此，1951年冯雪峰《论〈阿 Q 正传〉》的发表，才被他当作了自己鲁迅研究成果发布和理论出击的契机和由头。

　　将胡风曾经的朋友冯雪峰选作自己的理论靶子，不无在别无更好的选择时的权宜意味。所以虽然名为论争的双方，但两人一开始便在核心论题和理论向度两个方面都表现出了枘圆凿方、彼此不相入的局面：耿庸主要关注鲁迅思想的发展道路问题，而冯雪峰则系心于《阿 Q 正传》的艺术探究；尽管对《阿 Q 正传》进行系统的文本阐释，也是热爱并熟稔鲁迅作品的耿庸的研究兴趣之一，但耿庸实际注目和着意的一系列"暗辩"对象的存在，又决定了即便在《阿 Q 正传》的文本阐释这一他与冯雪峰"明争"的论题方面，两人也存在着政治或意识形态阐释与诗学探索这样巨大的视角或方法的歧异。

　　由此看出，由耿庸的《〈阿 Q 正传〉研究》对冯雪峰《论〈阿 Q 正传〉》的批评所引发的这场 20 世纪 50 年代初期的争论，实际上包含着显在和隐藏的双重结构。论争的显在部分双方观点明显针锋不接，而隐藏部分则是一团由思想史、文化政治史、文学史及文学理论史所纠缠而成的乱麻，但这场论争的学术和思想史的价值也恰恰体现在这有待研究者重新发现和彰显的部分：如果说，胡绳的《鲁迅思想发展的道路》，代言了香港《大众文艺丛刊》在指明即将建立的新中国的"文艺的新方向"之中"鲁迅方向"的权威解释的话，那么，耿庸的《〈阿Q正传〉研究》，也即"胡风集团"同人对《大众文艺丛刊》所主导的胡风批判在鲁迅精神阐释方面所做的回击，双方所构成的"暗辩"态势更加醒目地标示出，文艺理论论争，曾经如何充当过思想和意识形态交锋的前沿阵地；耿胡的"暗辩"与耿冯的"明争"，都构成了鲁迅阐释史上的重要环节，论争各方复杂的角力关系也极大地改变和塑造了耿庸和冯雪峰鲁迅研究和论述的具体形态，使前者的理论洞见和发明，难免掺入一些特定年代庸俗社会学的成分，更使后者探索鲁迅诗学的雄心和理论新创的可能，几乎挫伤殆尽。

从 2009 年初准备会议论文开始，《重评鲁迅阐释史上的一件往事》的写作时间，几乎长达两三年，这可能也是本书中篇幅最长的一篇文章。但解开了一个复杂的历史谜团，笔者私心还是颇感欣慰的，因为从学术研究的角度来看，香港《大众文艺丛刊》、胡风事件、耿庸和冯雪峰的鲁迅研究，无论哪一个，都是中国现当代文学和文化史上的重要课题，它们都和耿庸与冯雪峰的这场争论纠结在一起。无视或者轻易否定这一场论争，抑或对论争的显隐结构视而不见甚至轻忽不察，那么对其中任何一个研究对象的重新考察，其结论都可能与历史的本来面目相去甚远。而尝试着将这些课题关联起来进行综合讨论，或许是恢复或者更新这场极有可能被误解（就像我的会议论文提纲和发言）的争论之学术价值的一种较为恰当的方式。

在建国前后胡风及其朋友与对手的理论对峙中，处于最前沿火线的，还有"胡风集团"中最有才华的小说家路翎。不过，《文学对生活空间的垦殖和作家精神空间的建构》一文，着眼的却是路翎前此在重庆度过的八年有余的抗战岁月。这是专门为 2010 年在重庆市合川区召开的"路翎与合川"学术讨论会准备的论文，文章尝试着采用后现代空间研究的方法。举办方对于会议主题的选择和设定，也从某一个角度，折射了新世纪以来文学研究界空间兴趣的高涨。

迄今为止，文学研究中的"空间"因素至少可以由两个方面来体现，一是表现为自然山水、地方风土等较接近地理科学的因素，另一方面则更加注重在我们素常所熟悉的政治经济状况或社会关系等传统议题中阐释和挖掘出空间内含。①我的文章兼顾了两方面的因素：作为抗战时期陪都的重庆，它首先表现为文坛年青新秀路翎得以在其中成长和确立的具体的历史和地理条件；而路翎从自己置身其中的"人间大学"这一生活空间中辛勤垦拓出矿区的劳动世界和小知识分子生活这两大题材的"殖民地"，并通过持续的文学生产，建构起自己作为作家独特的精神和诗学空间的过程，则集中体现了空间研究后一方面的含义。

在研究材料方面，路翎一文还较多地利用了胡风与路翎之间的通信。这固然与信件在"胡风事件"中曾经发生过的重要作用不无关系，但同时也因为"七月派"成员之间的通信，几乎天然地就是他们当年文学活动的实时记录和编年档案。在撰写《胡风研究》的时候，北大中文系资料室的一本《胡风路翎文学书简》就已经体现出了很大的史料价值，2004 年，晓风老师又惠赠我钤有梅志先生赠书章和路翎先生印鉴的《致路翎书信全编》和《致胡风书信全编》②，这为我的研究和写作带来了极大的便利。

在此必须对胡风先生的女儿晓风老师表达诚挚的感谢。自从 2004 年首月收到她寄赠的《我与胡风》（2 版增补本）以来，我还从她那里陆续得到了《胡风家书》《我的父亲胡风》《梅志文集》《梅志彭燕郊来往书信全编》《胡风全集补遗》《胡风致舒芜书信全编》《阿垅致胡风书信全

---

① 　后一方面空间研究的开创者和杰出的实践者，如列斐·伏尔（Henri Lefebvre, 1901—1991）和戴维·哈维（David Harvey, 1935—　）等，其理论基本上都含有明显可追溯的马克思主义血缘。戴维·哈维有一个基本论点："空间和生态差异不仅被**'社会—生态和政治—经济的过程'**所**构造**，而且由它们**构成**。"见［美］戴维·哈维著：《正义、自然和差异地理学》，胡大平译，上海：上海人民出版社，2015 年版，第 6 页。黑体字为原文所有。

② 　胡风、路翎著，晓风编：《胡风路翎文学书简》，合肥：安徽文艺出版社，1994 年版；胡风著，张晓风整理：《致路翎书信全编》，郑州：大象出版社，2004 年版；路翎著，徐绍羽整理：《致胡风书信全编》，郑州：大象出版社，2004 年版。

编》① 等对我的研究大有助益的图书。收入本书的多篇文章就是直接受惠于这些书籍的结果。《反省大事件 复活小细节》记下的是我阅读《我与胡风》增补本的感受，这套收文 60 余篇近 90 万字的两卷本大书虽然出版于我的博士论文之后，但它的初版本《我与胡风——胡风事件三十七人回忆》② 在我准备论文的过程中，不仅给我提供了丰富的史料和诸多启示，而且还在情感上给我以强烈的震撼。

也是因为《梅志文集》的一条线索，我起意要查找梅志先生的处女作《受伤之夜》。能够让梅志先生第一篇通过批评家丈夫严格审查并得到后者夸赞的作品重见天日，在我是为 2014 年梅志先生百年诞辰并逝世十周年所献上的一瓣心香。我曾经跟人说过，如果没有梅志，就算有三个胡风，恐怕也等不到出狱和平反的那一天。对于这样一位令人敬佩的女性，胡风的友人喻之为胡风在苦难的一生中幸运得到的一颗红宝石，也有人将她与俄国"十二月党人"的妻子们相提并论。这些赞誉之词都很贴切，但梅志先生给我留下最深刻印象的，却是她在《往事如烟》中的一段回忆。

那是 1965 年底，梅志刚接到公安部对她本人"不予起诉"的审查结论，奉命参加街道派出所专门为"地富反坏右"分子举办的思想改造学习班。因为预计自己可能会被要求在街道居委会的管制下参加劳动，于是她预先"就去附近医院作了一次体格检查，希望没病身体好。""结果是一切正常，连双眼的视力都是 1.5。"看到这个结果，梅志先生当时的想法是：

---

① 晓风选编：《胡风家书》，上海：复旦大学出版社，2007 年版；晓风著：《我的父亲胡风》，武汉：湖北人民出版社，2007 年版；晓风编：《梅志文集》（全 4 册），银川：宁夏人民出版社，2007 年版；北京鲁迅博物馆编，张晓风、龚旭东整理辑注：《梅志彭燕郊来往书信全编》，郑州：海燕出版社，2012 年版；胡风著，张晓风整理：《胡风全集补遗》，武汉：湖北人民出版社，2014 年版；胡风著，晓风辑注：《胡风致舒芜书信全编》，北京：中华书局，2014 年版；阿垅著，陈沛、晓风辑注：《阿垅致胡风书信全编》，北京：中华书局，2014 年版。

② 晓风主编：《我与胡风——胡风事件三十七人回忆》，银川：宁夏人民出版社，1993 年版。

　　这给了我很大的宽慰，不管怎样，只要身体能支持，我就无所畏惧了。[①]

　　在发出这段感言的时候，梅志已经 51 岁。在此之前，她已经度过了 10 年不知胡风下落和死活的岁月，其中 6 年自己也是在关押审查之中。在这之后，她还将陪护并因此零距离目击胡风经历 14 年流放、监禁和备受各种身体和精神疾患折磨的苦难。但当时身处这一历史间隙的她，面对周遭的高压和"不可知的未来"，却能表现得如此冷静从容、云淡风轻。这不由得不让我省悟到，她在举国滔滔对胡风等人妖魔化的情形之下，自愿为丈夫提供无条件的守护和精神的强大支撑，绝不仅仅出自普通的夫妇之情，而是立基于她对丈夫的人格和事业最深刻的了解，以及发自心底的信任和认同。人如其名，梅志先生确实如她为自己所取的笔名一样，充分体现了梅之质和梅之志：顽强、坚贞、美丽、高洁。其实，她的本名也和她的个性品格十分相称：屠玘华，如玉石般散发着莹润的光华。

　　由于胡风及其朋友们的早年著作，在 1955 年事件发生后都曾经遭遇过书店和图书馆下架、查封甚至销毁的厄运，所以在一段时间内，研究"七月派"成员的资料普遍比较缺乏、难以寻觅。较极端的如"七月派"的重要作家阿垅，其生辰甚至连朋友至亲都不能准确说出。因此，对存世史料的抢救、重新发掘和整理出版，就一定会给研究工作带来不小的推进。《诗卷兵书总可哀》一文就是在看到《阿垅致胡风书信全编》之后的一些发现。《阿垅致胡风书信全编》的出版，不仅可以校订和完善作家本人的生平年谱等基础信息，更重要的是，书信这种较少矫饰的文字，其所投注的光亮可能还更容易照进历史的褶皱和幽暗地层，从而有利于我们放下某些非学术的执念，同时为另一些原本看似棘手和敏感的问题，提供更加合情合理且恰如其分的理解和阐释的线索和角度。

　　在我研究胡风和"七月派"的过程中，我也确曾遇到过因资料缺乏导致无米为炊的情形。大约是 2004 或者 2005 年，我收到了"绿原诗歌

---

①　梅志：《往事如烟——胡风沉冤录》，郑州：河南人民出版社，1997 年版，第 61 页。

学术研讨会"的邀请。那时候我手头绿原先生的作品几乎没有，书店里也搜求不到，因为绿原先生作品的较完整重印还需等到 2007 年[①]。更不巧的是，当时正好又赶上北大图书馆西楼改造，几乎所有文学图书都被打捆停止借阅。因此，尽管我知道给我发邀请的是当代诗歌研究界的著名专家，并且还曾是我的博士论文答辩委员会主席，但因为没有足够的绿原先生的诗歌作品作为依凭，我只能遗憾地缺席这次研讨会。更未曾料想到的是，当我再次接到与绿原先生相关的会议通知时，竟然会是 2009 年年底人民文学出版社召开的绿原先生追思会。在电话里，我并没有要在会上发言的打算，但当我坐在追思会的现场，受到当时气氛的感染，竟然也即席表达了我对绿原先生的印象。会后，绿原先生的女儿刘若琴老师将我发言的速记稿发给了我，《深刻睿智而又敏感正直》一文就是根据会场发言的要点修改扩充而成。那天是 11 月 2 日，北京刚下过那个冬天的第一场雪，但还不到全市规定的供暖时间，人民文学出版社那个高大宽敞的会议室里，参会人员济济一堂，我也一直将自己裹在黑色的皮衣里，但依然感到冰冷彻骨。

本书将几篇与"七月派"最核心成员相关的研究文章编为前两辑，而第一辑中的 3 篇文章则基本围绕着阿垅这一中心对象立论。当然，《写出痛痒相关的"真"》同时也是阿垅与另外两位《七月》上的抗战文学作家丘东平和曹白的三人合论。这篇文章原本是为了 2015 年抗战胜利七十周年而作，最初只准备考察阿垅一人的。思路缘起也非常直观：阿垅是 1937 年淞沪抗战的直接参与者，并在战场负伤之后开始了他的抗战文学创作。阿垅的抗战书写几乎都以胡风当时主编的大型文学刊物《七月》为发表平台，而胡风在编印刊物的当时，就已经明确地意识到《七月》将成为"抗战文艺史的宝贵的材料"[②]。但略略出人意料的是，无论是阿垅的抗战作品，还是胡风的《七月》杂志，都远未得到应有的充分研究，因此，抗战纪念反倒为这两者的深入研究提供了一个特别的契机和恰当的角度。

---

① 绿原著：《绿原文集》（6 卷），武汉：武汉出版社，2007 年版。
② 《七月第四集合订本》的书讯，载《七月》第 5 集第 3 期，第 122 页，重庆，1940–05。

阿垅之所以引起我特别的留心，也与 2012 年秋我在哈佛大学东亚文明系旁听王德威教授给研究生开设的讨论课"从历史到虚构"（Seminar in Modern Chinese Literature：From History into Fiction）不无关系。在其中一个名为"作为大流徙的历史"（History as Exodus）的专题之下，该课程重点研讨了阿垅的《南京》、萧红的《马伯乐》和路翎的《饥饿的郭素娥》。在赴美访学之前，我就已经深切感受到海外中国文学研究优秀论著的一个显著特长：基于对文学作品细读基础之上的精到的美学分析。一般我们的理解是，这是由于海外中国文学研究在研究目的、接受对象乃至学术训练和操作理路方面，都与国内存在着明显的不同。置身哈佛课堂，我似乎能够更真切地领悟到这一优点形成的一个更直接、因而也是更内在和必然的原因：当研究者必须使用另一种语言来讨论中国文学的作家和作品的时候，即便研究者本身是华裔甚至中国留学生，研究对象在纯粹母语环境中原有的那种表达介质的透明性也就自然不复存在。在必不可少的作品翻译和研究者思维和表达方式的选择和转换过程中，文学作品的语言和肌质也随同受到反复的审理、斟酌或分析比较，换言之，作品中被俄国形式主义者称之为"文学性"的因素，得到了空前的凸显，几乎变得具体可触。

国内的中国现代文学研究向来以对历史和现实课题的关切，以及与作品文化语境的融通无隔见长。如何在继续发扬原有研究优势的同时，进一步加强对文学作品美学质地的切近把握，也已经获得越来越多研究者的关心和重视。但一个现实的问题是，对于战争文学，我们并没有多少现成的分析和阐释的理论工具可供选用。这也是我想把阿垅的战争作品放置回《七月》这一抗战文学即时发表的重要平台去考察的原因，因为只有在作品产生的原初语境中，研究者才最有可能感受甚至触摸到与特定时代氛围血脉相通并因此而气息鲜活的作品的血肉，而作为中国现代文学史上著名的批评理论家的《七月》杂志主编胡风，他当年对抗战作家和作品的检阅、批评或总结，也可以被激活并转化为今天我们可资借鉴的理论资源。而在重新翻阅《七月》杂志的过程中，另外两位与阿垅一样"一手拿枪、一手握笔"的作家丘东平和曹白也自然进入了我的研究视野。

研究对象的三人并置，不仅仅使他们各自获得了相互比较的参照坐标，而且还共同投射并聚焦突显出了一部在中国现当代文学史上发生过十分深远影响的作品——苏联作家法捷耶夫的《毁灭》。中国现代文学，从它诞生之初，就带有与生俱来的比较文学性。而我们今天通过对阿垅、东平和曹白等人的研究，又能够比较明显地感觉到，当时的左翼进步文坛，仿佛存在着一份被作家和文学爱好者高度共享的书单。在这份被一个时代共享的书单上，可以毫不夸张地说，鲁迅先生亲手翻译并详加阐释和推介的《毁灭》，曾经长期占据着十分显要的位置。由此，一条由法捷耶夫、鲁迅，以及胡风和阿垅等《七月》同人接续起来的文学传统依稀可见。

在切实感触《南京》的文学质地、具体分析作品的场景设置、意象表达和情节构思等艺术匠心的同时，我也屡屡心折于阿垅于作品中透露出来的军人良好的空间感知，进而产生走出书斋按图索骥进行实地踏勘的冲动。显然，《南京》也是一部颇具空间研究潜质的文本，因为在文学空间研究偏重地理科学一路的发展历程中，军事地形学或军事地理学亦有功焉。

值得顺便一提的是，如果不是将之纳入与阿垅和丘东平等人比较研究的框架，毕生只有一部薄薄的作品集《呼吸》行世的曹白，恐怕很难获得研究者比较深入的关注和恰切的探讨。但无可否认，曹白之于《七月》又并非不重要，相反，他甚至可以称得上《七月》早期最重要的作者之一。

第三辑中的《王元化是怎样炼成的？》是本书中最新近写成的一篇，它脱胎于笔者于2016年8月由黄山书社出版的《王元化评传》的自序和后记，并于该书问世之后在两者的基础上补充而成。该书是我的老师王岳川教授主编的《中国当代美学家文论家评传》丛书中的一本。王教授之所以指定我来执笔《王元化评传》，一个很明显的原因，是因为我研究过胡风和胡风事件，而在长达近四分之一个世纪的时间里，王元化也曾经厕身于胡风集团分子之列。因此，王元化与胡风集团的关系，也成为很多人深感兴趣并津津乐道的话题。但对于我而言，研究王元化，与其说是让我得以再一次重温胡风事件和胡风理论，不如说是顺着胡风与王元化的思想关联，将自己的研究触角和空间，从 20 世纪中国文化思想史上发生"胡风事件"的阶段，进一步延伸、转移并拓展到王元化所置身和引领的时代。

收为本书最后一篇的《中国现代文学的作家研究——以胡风为个案》，是我在商金林教授课上一次客串的讲稿。2004 年，我硕士时期的室友陈改玲从她当时任教的洛阳解放军外语学院回到北大读博，投在商老师门下。一天我到她宿舍闲聊，恰好她的同屋，一名新入北大的理工科博士正在感叹刚聆听不久的一场名家讲座与她的预期有些距离。于是我就安慰她说，某某名人也曾经说过，精彩的讲座本来就不可能时时遇到。因为这位年高德劭的人回顾一生，发现让他终生难忘的讲演也就不过两场，其中一场梁启超先生在清华的讲演，梁老先生的表现固然不错，但让他印象最为深刻的，反倒是演讲过程当中的"插曲"或"花絮"：每当梁先生用粉笔写满一黑板，他就吩咐坐在台下的儿子说："思成，黑板揩揩。"然后，我又很"体贴"地接着分析，也实在不能对讲演者太过苛求，尽管他本人确实学富五车，见解超卓，但难保仰慕者请他讲的题目，就一定是他最有心得的，最经常的状况常常是讲座主办方根据当时听众可能关心的热点或流行话题，要求对方"命题作文"。即便照常理说来，主办者的"命题"与所请之人的研究领域总有一定的相关度，但邀请的时机又未必总能与邀请对象学术表现的巅峰时期正相契合。

如果这场议论就此打住也就天下太平了，不料那天不知怎么一时轻狂，竟然还有这样大言不惭的话接着滑出："所以有时不是名家的人未必就没有话说，比如现在就可以请我讲讲博士论文。"原本以为这该死的大言也就止于闺密和同学之间解颐一粲的玩笑，不曾想却被改玲全盘"出卖"给了商老师，商老师又将它当真记在了心里。2007 年春季学期，商老师给研究生开设"中国现代文学的作家研究"一课，计划让我承担其中的"胡风"一讲。不难想象，身处现当代文学之交的胡风本来应该位于这门课的后半部分的，但不巧那一年正好系里准备派我去日本任教，照例要求 4 月 1 日之前到任，于是又硬生生地将商老师的课程安排打乱，将胡风一讲提前。今天看来，这份讲稿实在卑之无甚高论，读之徒令自己汗颜，但感念于商老师的厚谊高忱，所以不辞浅陋，留存以资纪念。

　　本书虽然是论文的合集，但所有文章均围绕着胡风创建的"七月派"这一专题。由于书中涉及的各个论题，都是作者在研究胡风及其文艺思想的过程中先后不期而遇的，所以本书各篇章之间的逻辑联系并不亚于一般的专著。又由于这些议题相互之间的关联是内在、本质和有机的，有些甚至是相互生长在一起的，所以也可能不是那些从外部按照常规思路接近和探索"七月派"的学者所能够轻易发现和触及的。在学术界，很多严肃的学者对自己长期关注和浸淫的课题不时地会有"重返"研究或学术"再探"之举。我也希望本书会成为对"七月派"研究的重返和再探，并且同样希望，这种学术研究的重返和再探，能够抵达美国新历史主义理论家所期望的"深描"抑或"厚描"（thick description）的深度。

第一辑

阿垅对现实主义理论的坚守与探索

——对 1950 年那场理论批判的回顾和再探讨

作为七月派重要的诗人和报告文学作家，阿垅的文论作品并不多，但他在 20 世纪 50 年代初发表的、分别从倾向性和人物塑造方面对现实主义创作方法进行探讨的两篇论作，却在一面世就立刻遭到了《人民日报》组织撰写的两篇重头理论文章的猛烈批判。这实际上成了新中国成立以后对胡风文艺思想批判和整肃的开端。在政治批判的狂风骤雨中，虽然没有发表的可能，但阿垅仍然认真严肃地准备了两篇反批评的文章。1953 年，阿垅又将他写作的一束外国作家和作品的评论和札记结集出版，定名为《作家的性格和人物的创造》①。这些长期以来不容易见到的重要资料，今天都得以与读者见面②，使我们借此可以探讨阿垅在极端困难和压抑的处境下，对现实主义理论的坚守和所做的可贵探索。

一、阿垅论倾向性与人物塑造

阿垅不是一位纯粹的文艺理论家，他之所以关注理论问题，是直接

---

① 参见耿庸、罗洛编写，绿原、陈沛修订：《阿垅年表简编》，见阿垅著：《阿垅诗文集》附录，银川：宁夏人民出版社，2007 年版，第 575 页。

② 它们由阿垅先生生前的好友罗飞先生编辑出版，见阿垅著：《后虬江路文辑》，银川：宁夏人民出版社，2007 年版。

受到当时创作实践中存在问题的激发。《论倾向性》一文显然是作者对文学作品在表现政治性主题方面的公式化问题一直有感于心，而受到外界特定事件（具体说就是苏联作家西蒙诺夫答中国同行关于文学与政治关系问题的提问）的触发而动笔的。

　　尽管阿垅的文章在今天读来确实不那么圆融，但在涉及"文学与政治的关系"这一高度敏感的问题的时候，阿垅还是力求在立论方面做到辩证和稳妥。因此，在总共九段的文章中，作者首先用了两三段的篇幅，主要论证了任何文学作品总是有倾向性的。即便如"为艺术而艺术"那样的所谓"艺术自由"，也是资产阶级意识形态的反映，只不过被资产阶级作家"给予了一种为全人类所追求的，等于永恒真理的，那样的形式"。相对于没落阶级的这种"自欺"和欺人，"上升的"无产阶级及其"革命的"政党和"进步的"作家，"总是正面地、'公开地'提出倾向性来的"①。这是这篇文章的前提。

　　正因为对于文学来说，"政治是一定的"，"倾向性是必然的"②，所以从终极本质意义上讲，艺术和政治是一元的。在文章的开头，阿垅就开宗明义地提出了艺术和政治的一元论。因为他在西蒙诺夫的回答中获得了关键的理论确证：西蒙诺夫认为，文学和政治并不是两种不同元素的结合，而是本来就是同一的东西。打个比方，文学这一个蛋里包含着政治的蛋黄。阿垅由此接着推论："不是艺术加政治，而是艺术即政治。"③

　　阿垅对西蒙诺夫的比喻如此敏感，是因为他深深感觉到，公式主义和教条主义的作品之所以空洞乏味，其症结正在于本质上的二元论，即"机械地对立了艺术和政治"④，将两者处理成了艺术的技巧和政治的概念

---

① 阿垅：《论倾向性》，见阿垅著：《后虬江路文辑》，银川：宁夏人民出版社，2007年版，第161—164页。该文最初载《文艺学习》，第1卷第1期，1950-2-1。

② 阿垅：《论倾向性》，见阿垅著：《后虬江路文辑》，银川：宁夏人民出版社，2007年版，第164页。

③ 阿垅：《论倾向性》，见阿垅著：《后虬江路文辑》，银川：宁夏人民出版社，2007年版，第159页。

④ 阿垅：《论倾向性》，见阿垅著：《后虬江路文辑》，银川：宁夏人民出版社，2007年版，第171页。

相"结合"。阿垅认为，由于这些作品在表现政治内容的时候，缺少那种能够"渗透"和"征服"人们灵魂、"感染"和"组织"人们感情的"美"的"艺术效果和艺术力量"，客观上也就没能取得"一定的政治效果和政治力量"[1]。从这个意义上，我们也可以说："在艺术问题上，如果没有艺术，也就谈不到政治。"[2]

那么，怎样才能艺术地表现政治内容和倾向性呢？对于作家而言，首先存在着"一个思想要求"和"思想性的问题"。即作家个人对于政治要有一种"强力的要求和深入的追求"，并在"个人的要求"和"历史和人民底深广的要求之间"，建立起"强有力的脉络"，使前者"完全溶解在"后者里面而"达到饱和的状态"[3]。其次，"一部作品所有的思想性"绝不能表现为概念形态的"赤裸裸的倾向性"，而是必须通过作家的形象思维，通过作品形象，从形象中"生发"和"反映"[4]出来。

阿垅指出："倾向或者思想要怎样表现出来"，这本来"是一个早已解决的问题"。在致哈克耐斯的信中，恩格斯说："我心目中的现实主义，甚至不依赖作者的观点，就能够把它自己显示出来。"在给闵娜·考茨基的信中，恩格斯又说："但是我以为倾向不可以特别地明指出来，而必须从状态和行动中流露出来。"[5]

阿垅最后总结说："如果倾向性底凸出正是思想内容的丰满，那么，高度的艺术性和革命的政治内容也就解决了矛盾而归结于统一。"[6]

---

[1]　阿垅：《论倾向性》，见阿垅著：《后虬江路文辑》，银川：宁夏人民出版社，2007年版，第170页。

[2]　阿垅：《论倾向性》，见阿垅著：《后虬江路文辑》，银川：宁夏人民出版社，2007年版，第169页。

[3]　阿垅：《论倾向性》，见阿垅著：《后虬江路文辑》，银川：宁夏人民出版社，2007年版，第172页。

[4]　阿垅：《论倾向性》，见阿垅著：《后虬江路文辑》，银川：宁夏人民出版社，2007年版，第174页。

[5]　阿垅：《论倾向性》，见阿垅著：《后虬江路文辑》，银川：宁夏人民出版社，2007年版，第175—176页。

[6]　阿垅：《论倾向性》，见阿垅著：《后虬江路文辑》，银川：宁夏人民出版社，2007年版，第178页。

　　《略论正面人物与反面人物》一文篇幅不长，但写法却有点曲折，论证的主题也有些游离。实际上，这篇文章至少包含了两个相互联系的问题。

　　第一个问题是："为工、农、兵的文艺，是不是仅仅以工、农、兵为艺术人物，而不必以至不应该描写其他的阶级？"阿垅的回答是否定的。理由很简单，"为了描写和组织阶级斗争"，以达到"反映"和"提高"阶级斗争，"就必须有正面人物和反面人物""以及中间分子"，否则就不可能写出"阶级"和"斗争"① 来。

　　对于当时有人提出的"以工、农、兵为主角"这一说法，阿垅以高尔基和阿尔志拔绥夫作为正反两个例证，说明了文学作品表现对象问题的关键，在于作家的"立场和态度"：高尔基的《阿尔达诺夫家事》是以没落的阶级为主角的，但却是社会主义和现实主义的作品；而阿尔志拔绥夫虽然也写了以工人为主角的《工人绥惠略夫》，但思想和立场都是非无产阶级的。由此可见，只要站在无产阶级的立场，"把握了历史唯物论、新民主主义和现实主义"，我们的作品就既可以"以工、农、兵"这样的正面人物为主角，"也可以以其他阶级"② 的反面人物为主角。

　　为此，阿垅还着意区分了"政治"和"文艺"两个层次的问题：在政治上，"工、农、兵是历史上的主角"，而没落阶级的反动人物"不应该再作为"主角了；但在文艺上，"两个阶级底斗争"，"必然使人们都有一个政治立场，因此，反面人物底登场，也就带来了和代表了他们底那个反动的以至垂死的政治立场"，"在这个意味上，反面人物也正是那反动的和垂死的政治的主角"。"至于其他的阶级，在新民主主义的阶段，也在这里那里地各式各样地活动着，因此在文艺上也有作为一定的主角的资格。""正面人物登场的时候也正是反面人物登场的时候，在社会生活和政治生活中他们是这样难解难分，从而在艺术人物中他们也就要这

---

　　① 阿垅：《略论正面人物与反面人物》，见阿垅著：《后虬江路文辑》，银川：宁夏人民出版社，2007 年版，第 184 页。该文最初载《起点》，第 2 期，1950-3。

　　② 阿垅：《略论正面人物与反面人物》，见阿垅著：《后虬江路文辑》，银川：宁夏人民出版社，2007 年版，第 184—188 页。

样难解难分。"①

第二个问题则是：怎样才能写好正面人物和反面人物？基于正面人物和反面人物我们都"可以而且必须"②要写这样的认识，阿垅痛感："正面人物写不好，却是很久以来的一件憾事"；同时，"在相当广泛的一个范围内"，"反面人物""也一样没有写好"③。

对于这一问题，阿垅显然有自己较为深入的观察和成熟的思考，他这样说："正面人物写不好，是由于把他们神化了之故，使他们丧失了血肉的现实生活和人格也就同时使他们丧失了在艺术中的真实性。"而反面人物没写好，则是作家"集中一切罪恶于坏角的一身"，"违反了现实主义的创作方法的结果"④。

阿垅对当时创作实际的批评显得沉痛而恳切：

> 正面人物并不是不应该万智万能，全善全美；而是应该写得如实地万智万能，全善全美；而是不应该写得架空地万智万能，全善全美。这大概由于作家存有着一种不敢亵渎的心情，而认为一写出了他们底人间的血肉，给他穿了"普通的服装"，就是一件大不敬的事情。这样，结果只有弄得他们俨然高于一切的人，而成为一种实际上不可能存在的以至实际上反而毫无光彩和力量的人物。
>
> 同样，反面人物也不是不应该十恶不赦，大逆不道；而是应该写得现实地十恶不赦，大逆不道；而是不应该写得概念地十恶不赦，大逆不道。这大概也由于作家存着一种十分紧张的反感，而认为一写到他们底笑容，他们底柔情，就是一件太不合理的事情。这样，

---

① 阿垅：《略论正面人物与反面人物》，见阿垅著：《后虬江路文辑》，银川：宁夏人民出版社，2007年版，第187—188页。

② 阿垅：《略论正面人物与反面人物》，见阿垅著：《后虬江路文辑》，银川：宁夏人民出版社，2007年版，第184页。

③ 阿垅：《略论正面人物与反面人物》，见阿垅著：《后虬江路文辑》，银川：宁夏人民出版社，2007年版，第189—190页。

④ 阿垅：《略论正面人物与反面人物》，见阿垅著：《后虬江路文辑》，银川：宁夏人民出版社，2007年版，第188—190页。

结果就使他们生了嬉皮笑脸的丑相，成为青面獠牙的定型，而实际上这却掩饰了真正的丑恶甚至掩护着真正的罪恶，使人仅仅获得了一种便宜的快感而消解了那个宝贵的战斗意识。

把正面人物写得空洞如神，把反面人物又写作简单的丑角，是把一切好的东西或者坏的东西大量堆积到他们身上去的结果，既不考察他们对于这个现实所能够有的和应该有的负载量，也不在历史地位上和社会生活中看一看他们底本来面目到底怎样和应该怎样，于是他们就畸形发展。

这也不是艺术的夸张。因为这最多是罗列了现象，堆积了现象；而没有把握现实底本质，也不是创造艺术底典型。①

在论述两个问题的时候，阿垅两次都提到了恩格斯所论述的巴尔扎克的"现实主义底伟大胜利"。阿垅标举巴尔扎克，当然是为了反对公式主义，但其中的逻辑脉络需要细心体会。大概，在阿垅看来，"除了工、农、兵以外不能写"这样的理解，应该属于公式主义思维方式在创作对象问题上的反映；而人物塑造方面的绝对化处理，则是公式主义在创作中的直观表现。因此，巴尔扎克那种"完全忠于现实"的"艺术态度"，可以在两个方面都给予当代作家以教益。同时，阿垅在阐发巴尔扎克和他的"现实主义的伟大胜利"的时候，所取的角度和强调的重点也有点特别。他努力想表明的是这样一个意思：提倡巴尔扎克并不意味着阶级立场不关重要，阶级立场和现实主义都是我们的武器。但问题是，我们今天"有了无产阶级底世界观和立场"，而且还到了新现实主义阶段，理应处于比巴尔扎克"更为优势和有利的地位"，但"我们居然忘记了或者放弃了现实主义的武器"②。重提巴尔扎克，是提醒我们别忘了需要把阶级立场和现实主义这两种武器同时掌握起来。

---

① 阿垅：《略论正面人物与反面人物》，见阿垅著：《后虬江路文辑》，银川：宁夏人民出版社，2007 年版，第 190—192 页。

② 阿垅：《略论正面人物与反面人物》，见阿垅著：《后虬江路文辑》，银川：宁夏人民出版社，2007 年版，第 185—187 页。

在努力不触碰权威理论对世界观的强调的同时，阿垅提倡现实主义的创作态度和方法，在客观上就不得不增加了逻辑和行文的"迂远和晦涩"①。为了增加整篇文章的论证力度，阿垅在开头引用了马克思在《新莱茵评论》中的两段话，用来反对对正面人物的神化。从论文的写作上说，这两段引文也有些"迂远"。因为阿垅直接从中引出了"我们应该怎样来写正面人物？"②这一问题，从整篇论文来看，它从属于第二个问题，而且还仅仅涉及正面人物和反面人物塑造问题的一半。但恰恰是这一段引文，后被批判者冠以"歪曲和伪造马列主义"③的严重罪名。

二、陈涌和史笃对阿垅的批判

阿垅事先大概不会料到，他这两篇基于创作实践中普遍存在的苦闷而写的论作，会得到如此高规格的"礼遇"：《人民日报》副刊"人民文艺"连续两期发表了陈涌和史笃的署名文章，分别针对他的这两篇论作进行了点名批评。

陈涌的文章《论文艺与政治的关系——评阿垅的〈论倾向性〉》主要涉及四个方面的理论问题。陈涌首先指责阿垅的文艺政治一元论"鲁莽地歪曲"了毛泽东同志《讲话》的原意，认为《讲话》论述的是文艺作品中政治性和艺术性的辩证关系："政治性与艺术性是有区别同时又有联系的。"在两者"不能绝对分开来看"的同时，"艺术作品的政治性和艺术性"也经常"表现得不平衡、不一致"。"无论什么样的阶级社会与无论什么阶级社会中各个阶级，总是把政治标准放在第一位，把艺术标准放在第二位的。"据此，陈涌判定阿垅"艺术即政治"的观点不但是"纯

---

①　阿垅对自己论文风格的自我评价语。转引自罗飞：《〈后虮江路文辑〉校读后记》，见阿垅著：《后虮江路文辑》，银川：宁夏人民出版社，2007年版，第257页。

②　阿垅：《略论正面人物与反面人物》，见阿垅著：《后虮江路文辑》，银川：宁夏人民出版社，2007年版，第183页。

③　史笃：《反对歪曲和伪造马列主义》，载《人民日报》，第五版，1950-3-19。

粹唯心论"的，而且实际效果相当于以艺术取消了政治。因为它无异于告诉一切作者：

> 不论什么人，不论什么作品，只要把艺术搞好便够了，好的艺术便自然是好的政治了，而一切要想更好地学习政治，更好地服务于政治的企图，都是多余的了，都是只能产生"公式主义"的了。[①]

在反对"赤裸裸的倾向性"、反对政治概念在作品中"露出"时，阿垅曾说过这样一段话：

> 一种概念，包括政治概念，和活生生的现实，以及活生生的人，又是有着一种一定的距离。概念，如果那不是和现实互相排斥的，不是对于人完全虚伪的，到底，从艺术到政治，那也是毫无力量的，没有效果的。艺术，首要的条件是真；这个概念，既不是思想的真，就没有艺术的真，也不是政治的真。[②]

如果要论论述的严密和清晰，阿垅的文章确实是有缺欠的。这里的"一种概念"出现得有点突兀，假如从整体思路上把握，读者大概也可以揣摩到阿垅的意思。但如果非要严格地从字面上考辨，这种概念的所指确实不那么明确。阿垅倒是在下文中又提到了，有些作家为了"迁就一种预先拟就的观念"，而不惜"构造人物"，结果造成对现实的歪曲。并由此进一步推论说："'赤裸裸的倾向性'，原来，在一般的场合，总是那种'歪曲'、虚伪或者空洞而已。"[③] 照此来看，这"一种概念"好像就是指的作家构造人物以适应之的"预先拟就的观念"。但不管怎么说，阿垅

---

① 陈涌：《论文艺与政治的关系——评阿垅的〈论倾向性〉》，载《人民日报》，第五版，1950-3-12。

② 阿垅：《论倾向性》，见阿垅著：《后虬江路文辑》，银川：宁夏人民出版社，2007年版，第174页。

③ 阿垅：《论倾向性》，见阿垅著：《后虬江路文辑》，银川：宁夏人民出版社，2007年版，第174页。

的文章论述是有漏洞的。

但陈涌为了由此做出阿垅"在反对公式主义的旗帜下，反对一切概念，包括一切进步的概念"的论断，其中的逻辑跨越却大大地超过了批评对象的逻辑漏洞；他指斥阿垅"认为一切概念都是'和现实互相排斥的'、'完全虚伪'"，则是明显的断章取义。此外，他引用列宁的语录"从具体的东西上升到抽象的东西，思维不是离开——如果它是正确的……——真理，而是接近真理"①，所用以论证的"概念"，也已经属于哲学认识论中的概念，和阿垅所说的文学作品中的概念早已不是同一的层次和范围了。

在今天，指出阿垅批评者文章中的这些支离断裂之处是比较容易的，因为这些逻辑的断裂是如此的明显。需要弄明白的倒是，当年的批评者为什么会留下如此明显的逻辑裂痕？从陈文的理论脉络来看，作者之所以必须强行跨越其间的理论沟壑，是为了给下面更本质的要求铺垫。

基于文学常识，对于阿垅提出的救治创作概念化的对策形象思维，陈涌也不反对。但陈涌紧接着就提出反问：这"难道和一个作者自觉地接受一定的政治指导是矛盾不相容的么？"陈涌这么论述接受政治指导的必要性：

> 现实规律的知识既然是从现实生活中抽引出来，用现实规律的知识来引导一个作家的实践和指导一个作家正确地认识现实，并从现实中间寻找新的规律，改正、补充并丰富已有的规律，这正符合认识的合理的辩证过程。
>
> 而且，在现在说来，无论如何一个创作者个人的经验总是有限制的，而集中地代表全体人民利益的共产党和人民政府，却经常总结着巨大的政治经验，这是任何即使是伟大的天才都不可以和它相比拟的，而这些经验便体现在共产党和人民政府的政策里面。②

---

① 陈涌：《论文艺与政治的关系——评阿垅的〈论倾向性〉》，载《人民日报》，第五版，1950-3-12。

② 陈涌：《论文艺与政治的关系——评阿垅的〈论倾向性〉》，载《人民日报》，第五版，1950-3-12。

在这里，陈涌将"创作者个人的经验"和"全体人民"及其代表所总结的"巨大的政治经验"做了一个对比。应该说，这一对比仍然是由于批评双方对"概念"问题的不同理解而引出的，但陈文通过这一力量极不平衡的对比，便将阿垅经由形象思维取得美学力量的主张完全包容在一个十分宏大的政治原则里面，从而在一种毋庸置辩的氛围中，超脱开了具体的"概念"之争，而宣示了新的无产阶级文学为政治服务的"正确"之路：必须自觉地接受一定政策和政治原则的指导。

这一逻辑在文章的第三个理论问题中体现得更为明显。因为阿垅将恩格斯致哈克奈斯和敏娜·考茨基的信看作解决如何表现倾向性问题的答案，陈涌便据此提出了新旧文学的发展问题。陈涌认为，恩格斯的两封信必须"连系到当时的历史环境"才能得到合理解释。在马、恩活着的时代，"还没有真正无产阶级的作家出现"，"无产阶级革命在当时还没有成为现实，文艺还没有成为广大工农群众的直接的财产"，"文艺作品的主要的读者还是资产阶级里面的人"，因此，恩格斯"考虑到在文学这部门里对资产阶级进行思想斗争的策略"，于是"首先强调现实主义的原则"，强调"客观的'忠实地描写现实的关系'，而对于问题的'明确的解决'，作家的明显的阶级立场等等，则暂时放在一个次要的位置上"。"但到了列宁和斯大林的时代，情形显然是改变了"："无产阶级革命和进行社会主义建设已经成为事实了，文艺已经成为广大工农群众的直接的财产"，"成为直接教育工人、农民和知识分子的工具"。在此情况下，"在作品里故意隐瞒自己的思想观点或者不强调作者的思想观点的旧原则，显然是不应该坚持了，文艺和政治的关系显然是应该更加密切，文学在现实斗争中的作用也显然应该提高。"为此，列宁适时地"发展了文学的党性的原则"。无产阶级文艺思想在新时代的发展突出表现在："现实主义的描写和教育性这两个要求，是同时被提到文学作品的面前来的。"[1]

从某种意义上说，《人民日报》如此"高规格"的批评，显然并不

---

[1]　陈涌：《论文艺与政治的关系——评阿垅的〈论倾向性〉》，载《人民日报》，第五版，1950-3-12。

是针对阿垅一个人的主张，而是借阿垅为突破口，对胡风文艺思想展开批判。最终的目的则是宣示和推行新时代文学的系统要求。从这个角度，我们也就更容易理解陈涌涉及的第四个问题。

这也是陈涌唯一紧扣阿垅的"艺术即政治"这一命题展开批判的问题。他这样说："我们说，一切艺术都包含着一定的政治倾向，一定的阶级内容，'超阶级'、'超政治'的艺术是不存在的，但这并不等于说，属于某一阶级的作者和作品便都是该阶级的政治要求的最好的代表。"照理说，"无产阶级作者，阶级性与真实性"应该是"完全一致的"，但在他们中间，也常常发生"党性不纯或党性不强的问题"。下面的话非常关键：

"在整风以前和文艺座谈会以前，无产阶级阵营内，小资产阶级出身的许多文艺家，不论在作品上和在实际行动上，党性不纯或党性不强的地方便很多，就是到了现在也不能说每一个人都已经经过了彻底的改造，而特别是目前许多未经改造或未经根本改造的文艺工作者，他们的问题恰好不是政治太多，而是政治太少。"因此，作家"首先要使自己站在马列主义思想水平上，站在毛泽东的思想水平和共产党与人民政府的政策思想水平上"。

从某一个角度来说，陈涌也是承认"艺术即政治"的，但显然，其中的"政治"就有"未经改造"、"未经根本改造"和"经过了彻底的改造"等不同等级，而理所当然地认为自己文章谈论的是正确的、革命的、无产阶级的政治的阿垅，在陈涌看来，充其量只能算是一个"也要求某种程度即使是颇为朦胧灰色的战斗"的、"多少有点革命要求的作家"①。在这里，陈涌实际上明确传达了《讲话》中小资产阶级作家必须首先进行"思想改造"的要求。

与陈文相比，史笃的《反对歪曲和伪造马列主义》一文政治批判的火力更加猛烈，对阿垅论点的批评更加概括和笼统，对新时代文学的系统要求宣示得也更加直接干脆。

---

① 陈涌：《论文艺与政治的关系——评阿垅的〈论倾向性〉》，载《人民日报》，第五版，1950-3-12。

就因为阿垅在引用马克思《新莱茵评论》上的两段评论时，所根据的不是很完善的译本，而且在事先笔记摘抄的时候就没有注意到，因此在撰文征引的时候也自然没能同时摘录马克思在这两段评论以外、披露所评论的两部作品作者身份的两句话，史笃就大肆指责阿垅"歪曲"、"伪造"、"冒充"、"污辱"和"玷污"马列主义，甚至断言阿垅故意"隐瞒"那两句话，目的是为了"盗用马列主义词句"，然后"做出马克思把特务的著作推荐给我们作'范例'和'方向'的罪恶推论"①。

大概是出于对"盗用马列主义词句"者的义愤和理论的不屑，史笃对阿垅的观点都是采用概述中心思想和理论逻辑的办法。今天读来，你会发现史笃在简单斩截的转述中，随意根据自己的理解扭曲阿垅的原意，并增加了很多带有感情色彩的理论发挥。他这样概述阿垅文章的中心思想：

> 他的中心思想是：阶级立场、或世界观、或政治，虽然"不是不关重要的"，算是"武器之一"吧，可是"现实主义"却是"极关重要的"，不仅"同样是武器之一"，而且会做出对世界观的"伟大的胜利"来的！
>
> 他的中心思想是：工农兵既然当了权，没有办法，就算它"在历史的意味上"是个"主角"吧，"但是如果把问题单纯地即机械地向文艺提出，却是颇欠妥当的"。

他还这样概括阿垅的"理论"体系：

> 工农兵和其他阶级吗？——在于立场和态度；正面人物和反面人物吗？——在于立场和态度。立场和态度吗？——在于现实主义。现实主义吗？——请看巴尔扎克！

通过这样的转述和概括，史笃判定阿垅的四条罪状："歪曲和伪造"

---

① 史笃：《反对歪曲和伪造马列主义》，载《人民日报》，第五版，1950-3-19。

马列主义、提倡"深入私生活的创作方向"、"对工农兵和其他阶级无分轩轾"、用"现实主义征服世界观和阶级立场"。

针对这些理论动向，除了"坚决揭露一切马列主义伪装"，"保持马列主义学说的纯洁性"以外，史笃还简捷明快地做了正确理论的宣示：

> 谁都可以明白了，马克思是教导作家们掌握真正的、具有深广的政治内容和思想内容的现实主义，而在反对非现实的神化的描写的同时，反对了"深入私生活的"把革命领袖人物的尊严卑俗化了的描写。

> 正面人物和反面人物的畸轻畸重，不从个别作品而从整个文艺来说，也是没有疑问的事。这就是必须号召和动员广大文艺工作者们面向新的人民，面向正面人物。说正面人物和反面人物无分彼此，同等重要，那就恰恰等于放弃了对正面人物的深入，也就恰恰违背了历史所交给文艺的主要任务：表现新中国的新的人物。

"马列主义的文艺理论的最基本的原则，就是文艺服从于政治，创作方法服从于世界观。""在社会主义社会，或人民民主专政的社会，人民的文艺必须服从人民的政治，革命的现实主义必须服从于革命的、无产阶级的世界观。这是一定不移的道理。"

> 恩格斯以巴尔扎克为例指示了现实主义能够违反反动世界观而获得胜利，却不是说现实主义甚至能够违反革命的、无产阶级的世界观而获得胜利。今天我们的问题首要的是逐步掌握和巩固这永远不可战胜的革命的、无产阶级的世界观，却不是把现实主义和世界观对立。把现实主义描写成一种可以离开世界观而独来独往的超时代超阶级的法宝，把世界观的重要性降低到可有可无的地位，实际是否定了阶级立场和世界观的重大作用，也就是取消了作为马列主义文艺理论灵魂的文艺的党性的原则。[1]

---

[1]　史笃：《反对歪曲和伪造马列主义》，载《人民日报》，第五版，1950-3-19。

三、未能面世的反批判文章

从正常渠道看，1950 年的这场理论批判以《人民日报》在 1950 年
3 月 26 日的一篇《阿垅先生的自我批评》告一段落。但实际上，阿垅在
当年的 4 到 8 月，就写作了两篇分别反驳陈涌和史笃批判的长文，希望
批判的组织者能够本于民主讨论和批评与自我批评的原则给予公开发表。
但在当时的批判组织者和报社相关领导的思想认识中，党报不是"没有
党性的资产阶级自由主义的商店"，"并无平等对待任何意见任何文章的
义务"[1]。因此，阿垅的这两篇文章一直未得以与世人见面。这正是历史的
遗憾！相对于原初不经意引起批判的那两篇短文而言，这两篇反批判文
章要写得清晰严密得多。

在《关于〈论倾向性〉》一文中，阿垅采取的主要策略就是将陈涌扩
大了开去、提高了上去的问题重新收缩，回到原初问题。

阿垅首先指出："《论倾向性》一文，不过以现实主义的创作方法作
为中心问题，就倾向性这一点，来看艺术对于政治的关系；这种关系，
其实就是形式对于内容的关系。"这一问题有讨论的必要，因为它是"青
春期的革命文学"必然存在的现实现象。既然如此，我们"就首先得面
向这一现象"，认识它，克服困难，促进"革命文学从现有的基础上更为
雄大地发展出去"[2]。

阿垅将陈涌给他断章独立抽取出来的"艺术即政治"还原为他所
提出的基本命题，那就是："艺术对于政治的矛盾的统一，即'一元
论'。"[3]"一元论"的产生还是有感于中国作家向苏联代表团的提问：文学
和政治，或者思想、生活、技巧如何结合？阿垅认为，提问的方式就是

---

① 时任《人民日报》文艺组领导的袁水拍语，转引自林希著：《白色花劫》，武汉：长江文艺出版社，1999 年版，第 90—91 页。

② 阿垅：《关于〈论倾向性〉》，见阿垅著：《后虬江路文辑》，银川：宁夏人民出版社，2007 年版，第 194 页。

③ 阿垅：《关于〈论倾向性〉》，见阿垅著：《后虬江路文辑》，银川：宁夏人民出版社，2007 年版，第 194 页。

二元论或者多元论的，它反映了机械的"结合"论无法解决创作中的问题而必然产生的苦闷。而法捷耶夫的回答则是"一元论"的，《讲话》在论及政治和艺术的关系的时候，所说的也是"统一"，而非"结合"。

因此，"作为那种'艺术加政治'的'结合'论的反命题"，阿垅提出了"艺术即政治"的说法。这一说法包含着两方面的内涵：一方面，"艺术"的本质即政治；另一方面，它同时也是黑格尔意义上的"内容和形式互相转化的问题"——"形式，是向形式转化的内容，内容是向内容转化的形式。"也正是根据这一相互转化的关系，阿垅提出了他的正面命题："艺术，那是'作为政治形式之一的艺术'"；而"'在艺术的场合，那里面的政治'，是'表现为一定艺术形式的'政治"。

综合了基本命题、正面命题和针对错误论调的反命题，阿垅再次强调了他对"文艺与政治的关系"问题的理解：

> 我以为：以一定的阶级立场来看阶级关系，是本质的政治，或政治的本质。而我们，首先正需要把握这本质的政治，或政治的本质。因为一切具体的、个别的、各时期的纲领、政策等，都必须服从阶级利益（即本质的政治）；革命文学自然也必须如此。而在革命文学的课题上，在艺术上，问题是如何通过现实生活内容（群众生活、群众要求、群众斗争）而把这一切（政治性）本质地把握起来，反映出来，来完成为政治服务这一任务。问题就是如此。[①]

回到了原初问题之后，阿垅又重新明确了自己提出"艺术即政治"一语的前提条件、讨论的范围和对象，以及具体概念的特定内涵，以洗刷陈涌由此短语推出的、加在自己身上的"以艺术取消政治"的罪名。

阿垅指出，"艺术即政治"的要点就是"一元论"，"一元论"就是强调艺术和政治的关系"不是两个单元的关系，而是内在的矛盾和统一"。它之所以"不能和不应被解释为以艺术取消政治"，首先是因为政治已经

---

① 阿垅：《关于〈论倾向性〉》，见阿垅著：《后虬江路文辑》，银川：宁夏人民出版社，2007 年版，第 198—199 页。

像蛋黄一样"包含在里面"了,"艺术还能够不从属于政治"吗?这是前提。其次,"这也并不是一般地来谈艺术",而是在"革命文学"的范围内,讨论"进步作家"及其艺术,这样的范围和对象就决定了所谈的艺术"不应该是任何'纯艺术',而是特殊的政治武器"。再次,这也"并不是在一般的意义上谈论政治,而是在艺术问题这个特殊的领域中来谈论政治"。在这一特殊的领域,"如果政治方向首先已经确定了,如果说到倾向性的意思就是说要从'政治标准'出发,那么,要求'搞好'艺术也就不是一件不必要和不应当的事。"同时,"为了更向前一步服务于政治,和更本质地深入于政治"[1],也就应该反对公式主义。

这些本来都是不言而喻的,而批判者却完全无视这些,非要将"艺术即政治"从所有这些联系中抽离出来、加以孤立和绝对化,并判定为"唯心主义"。照此推论,批判者的反命题"就不得不是'艺术非政治'"。阿垅指出,这正是"'艺术加政治'的那种'结合'论底一个新形式"。因为无论是"艺术加政治"还是"艺术非政治",都是把艺术和政治的关系"看作了两个单元的关系"。在此,阿垅实际上已经转向了理论反击:"艺术非政治"和"艺术加政治"在实质上"彼此全然相等":"在本质上,就都是二元论,在方法上,就都是机械论,在艺术对于政治的关系上,就都是形式主义或公式主义了。"[2]

如果说阿垅在《关于〈论倾向性〉》一文中主要确证了"艺术即政治"命题的正确无误,那么,《关于〈略论正面人物和反面人物〉》则主要是对"深入私生活"这一命题进行了比较全面的探索。

因为史笃所有来势汹汹的指责都本于所谓译文引用的错误,阿垅首先辩明:把一个无心的漏抄,硬要上纲到"有意隐瞒",进而斥责他"推荐""特务"文学,完全把他"当作一个政治'阴谋者'",这是把理论问题变成政治问题。更有意味的是,阿垅经过查对发现,史笃所据的英文

---

① 阿垅:《关于〈论倾向性〉》,见阿垅著:《后虮江路文辑》,银川:宁夏人民出版社,2007 年版,第 199—204 页。

② 阿垅:《关于〈论倾向性〉》,见阿垅著:《后虮江路文辑》,银川:宁夏人民出版社,2007 年版,第 207—208 页。

本，也没有节录最后"暴露作者"身份的那两句话。推想起来，原因只可能"那属于具体书评的部分"，和马克思论文艺的原则意见"没有直接的联系"。史笃在明知这一情况的前提下，还把阿垅说成是有意"隐瞒"，以便坐实"盗用马列主义的词句"的罪名。对此，阿垅清醒地表示："我底错误就是我底错误，并不需要深文周纳。"①

当然，阿垅最大的疏忽在于，在不清楚马克思这两段评论的全部语境的情况下，仅根据自己对创作实践中神化人物弊端的感同身受，就把马克思提及的似乎与神化人物反其道而行之的作品当作了"范例"和"方向"。这也就是被史笃揪住不放的所谓"深入私生活"问题。

本来，正如阿垅自己所说的那样，因为所引材料出现了有关"私生活"的字眼，阿垅也确实"说到一点'私生活'"，但"主要是从把握人物应有的现实生活内容这一要求出发，并没有停留于'私生活'的说法，更没有强调专写'私生活'"②。但由于史笃将"私生活"问题专门提出，阿垅也就不避挑战，要对这一问题做一个比较深入的考察。

因为当时还缺少马克思、恩格斯论文艺问题的权威译本，也因为史笃和阿垅之间理论的话语权客观上存在着不平等，阿垅虽然呼吁要请"负责的人""重译"和"详细诠校""马克思、恩格斯在文艺问题上的遗产和经典"③，但也姑且只能按照史笃的译文来考察。即便如此，阿垅也发现，从马克思的话中也不能如史笃那样，推出"马克思根本反对描写'私生活'的结论"。④

有一点双方都没有疑义，那就是，马克思对那种离开了现实生活内容而因此"失掉了全部的绘画的真实性"的神化描写是向来就不满意的，

---

① 阿垅：《关于〈略论正面人物和反面人物〉》，见阿垅著：《后虬江路文辑》，银川：宁夏人民出版社，2007年版，第219—222页。

② 阿垅：《关于〈略论正面人物和反面人物〉》，见阿垅著：《后虬江路文辑》，银川：宁夏人民出版社，2007年版，第227页。

③ 阿垅：《关于〈略论正面人物和反面人物〉》，见阿垅著：《后虬江路文辑》，银川：宁夏人民出版社，2007年版，第222页。

④ 阿垅：《关于〈略论正面人物和反面人物〉》，见阿垅著：《后虬江路文辑》，银川：宁夏人民出版社，2007年版，第220页。

因此，就正面提出了"用强烈的冷布兰德（现通行译为伦勃朗——罗飞注）式的色彩"描绘出人物的"一切生动品质"①的要求。

关键就在于"冷布兰德式的色彩"。鉴于上次引文错误的痛苦经历，阿垅"吃一堑、长一智"，对这位"冷布兰德"着实进行了一番周密的考察。综合从俄文版直接译出的苏联版《小百科全书》的材料、英文《百科丛书》和泰纳《艺术哲学》中的有关内容，外加一本美术史小册子和一个从事美术工作的友人提供的资料，阿垅归纳指出：体会马克思"冷布兰德式的色彩"的语意，"要写的，应该正是生活的东西，即要写'人民生活'、'日常生活'，包括政治生活、社会生活，以至'私生活'，以及怎样'深入'这一切的生活，以什么'表现手段'写出这一切的生活。这也就是说：要本质地、特征地把握描写的现实生活内容，或'描绘的真实性'。"而"如果把'冷布兰德式的色彩'运用到文学上来，就应该是人物底政治风貌和生活风貌的有机构成和表现"②。

阿垅不同于史笃，后者因为并不从事实际创作，尽管理论可以说得非常堂皇，逻辑推导也可以干脆利落，但事实证明，那种堂皇的理论却可能对文艺实践造成损伤；而阿垅是一位作家，不但有直接的创作体验、对那种理论在实践中造成的苦闷感同身受，而且较前者具有更加宽阔的世界文学视野，所以对那种干净利落的逻辑推导后面的理论断层更有自觉的警惕和排拒。阿垅对"私生活"问题的理论思考也直接立基于他这种来自创作和作品阅读中的直觉。

阿垅认为，能不能或者需不需要写"私生活"，有一个要点："如果那是不能深入和写出生活内容底本质之点的，即使在一般的生活中，也不是件件要写事事要写的；反之，如果能够深入和写出生活内容底本质特征来，就是所谓'私生活'，也不一定写不得。"阿垅反问说："商人底'私生活'充满金钱底声响，农民底'私生活'弥满着土地的气息，等等，在这个本质，这个特征上，请问：可不可以写到'私生活'？"更

---

① 史笃：《反对歪曲和伪造马列主义》，载《人民日报》，第五版，第 1950-3-19。

② 阿垅：《关于〈略论正面人物和反面人物〉》，见阿垅著：《后虬江路文辑》，银川：宁夏人民出版社，2007 年版，第 225—226 页。

何况，苏联文学的事实已经反驳了史笃等人的理论："是否除了开会、讲话、生产、作战之外，凡是饮食男女，声音笑貌，一切毫无'内容'，可以不着一字呢？——如果认为写工人只应该写车间，那就请看看《时间，前进呀》；如果认为写农民只应该写农事，那就请看看《被开垦的处女地》；如果认为写兵士只应该写战场，那就请看看《毁灭》。"[1]

这就说到了"私生活"是否"卑俗化"问题。阿垅认为，即便马克思提到的两篇作品是因为写"私生活"写坏了的，也不就等于"从此别人也不应该写到'私生活'"了。因为"有各种各样的作家"，对于"私生活""也可以有各种各样的写法"；而且，"'私生活'并不是全部'卑俗化'"，"革命人物底'私生活'，则更不应该是只有'卑俗化'的东西"。

如果把马克思的正面命题"冷布兰德式的色彩"，和"冷布兰德本人底特色、方法、主题和题材"联系起来看，阿垅认为，"反而可以说马克思正是赞成写生活（也就包括所谓'私生活'）的了"。阿垅接着这样阐述自己的理解：

> 因为，如果真要去寻求"描绘的真实性"，假使脱离了人物底现实生活内容，或阉割掉这个现实生活内容底任何一个部分，那就是不可能的事情。而这个现实生活内容，如果已经被马列主义所照明，一个作家，如果武装了历史唯物论和现实主义的武器，虽然生活现象异常复杂，错综，甚至异常平凡，细小，当通过生活现象，而提出生活内容时，所写的和要写的，就是一种本质特征的东西而不是别的什么；而且愈是向生活突进或"深入"，也就愈是可能把这种本质特征的东西从生活现象当中发掘出来，总结起来。[2]

在反驳"私生活"等于"卑俗化"的时候，我们看到阿垅又一次发

---

① 阿垅：《关于〈略论正面人物和反面人物〉》，见阿垅著：《后虮江路文辑》，银川：宁夏人民出版社，2007 年版，第 226—227 页。

② 阿垅：《关于〈略论正面人物和反面人物〉》，见阿垅著：《后虮江路文辑》，银川：宁夏人民出版社，2007 年版，第 227—228 页。

挥了他在《略论正面人物和反面人物》中的理论思路：写什么并不重要，重要的是作家的立场和态度。

顺着这样的思路，阿垅又一次运用文学实例，恰当地指出了"私生活"与社会存在的关联："所谓'私生活'，指的是人们在政治活动、社会活动以外纯然属于个人或私人范围以内的事件和行动。"在文学上，"像保尔的恋爱，像奥勃洛莫夫的懒惰，等等"，"那固然是'私生活'"，但"通过保尔底'私生活'，在一个本质上发现了新的人物底生活，通过奥勃洛莫夫这个人，在一个特质上表现了旧世界底衰亡"。"当通过了生活现象，把握了本质特征，表现了人物的矛盾或斗争，也就表现了社会的压力和历史的动力，表现了生活的逻辑和现实生活内容。——说那是保尔或奥勃洛莫夫底'私生活'，那不过是一种纯现象的说法；说那应该是社会的东西，这才达到了一个本质之点。"所谓"深入私生活"的"深入"，也就是这个意思："不但不是说由此就不必甚至不应该写政治生活、社会生活"，"而且还是说可以和应当通过个人的东西（所谓'私生活'等）表现出来社会的东西，社会的因素，或社会的关联罢了。"①

阿垅建议，为了避免"语言底片面性"，"对于一个人物来说"，"私生活""应该当作'日常风貌'"解。而"日常风貌，在一个革命者，不但和他底斗争行动不可分，而且正有着'生动的品质'——否则，怎样叫做'一切生动的品质'的'一切'？又怎样从'神化'当中摆脱出来？"②

最终归结到一点："在生活上，我们也必须是'一元论'的。"也就是说，既应该包括"政治生活"、"社会"生活、"斗争"生活，也应该包括"日常生活风貌或所谓'私生活'等等"③。

在自己的理论思路充分展开的过程当中，批判者内在的理论逻辑也随之显影和清晰化。史笃认为"深入私生活"就会使"革命领袖人物的

---

① 阿垅：《关于〈略论正面人物和反面人物〉》，见阿垅著：《后虬江路文辑》，银川：宁夏人民出版社，2007年版，第230页。

② 阿垅：《关于〈略论正面人物和反面人物〉》，见阿垅著：《后虬江路文辑》，银川：宁夏人民出版社，2007年版，第231页。

③ 阿垅：《关于〈略论正面人物和反面人物〉》，见阿垅著：《后虬江路文辑》，银川：宁夏人民出版社，2007年版，第233页。

尊严卑俗化"，这在阿垅看来，首先是"侮辱了一切革命人物"①，仿佛"使人觉得，革命人物的'私生活'一定是'卑俗化'的，不但拿不出来以见天日，以对人民，而且只能是一种和'尊严'两立的东西，不能成为艺术上的'一切生动的品质'似的"②。从理论上说，"干脆简单地否定了生活一般中的'私生活'"，"不但绝对地否定了这个'私生活'或日常生活风貌"，同时还意味着"相对地抽象了生活一般"，"使生活成为一种观念的东西"，暴露了"观念论的倾向"；此外，"把'私生活'或日常生活风貌和生活一般（包括已经本质地脱离了日常风貌，从而那就是被分割了的、变得抽象了的'政治生活'）无条件地对立起来"，这又是"生活二元论、或多元论、机械论"。如果用这种理论来指导正面人物的塑造，结果必然会演化成这样：一方面，"当他排斥了人物底日常风貌，当他抽象了生活一般，同时也就排斥了人物底'生动的品质'，和抽象了人物底'尊严'；这成为抽象物了的'尊严'"，"就不能是一个现实的革命者底血肉的'尊严'，就不得不是那一类'神化'的、以至还是半封建的性质、甚至'官场人物'的空虚或虚伪的'尊严'，即实际上这是一种歪曲革命人物的东西。""另一方面，当人物的'尊严'既被抽象了，人物的人格或'品质'也就同时被抽象了；于是丧失了现实生活内容的人物出现了"，"还原为'公式的形态'了"③。

阿垅最勇敢和富有洞见的地方在于，正是在批判者的理论逻辑中，他找到了公式主义蔓延的理论根源。阿垅对"现实主义征服世界观和阶级立场"罪名的反驳比较简略，但不意味着不尖锐和精辟：史笃同志"以为我平等地看阶级立场和现实主义，而且，以为我高抬物价地看现实主义"，是因为他没有看到创作方法的本质，把创作方法完全"当做了一个庸俗的技术问题的结果"。"他不知道现实主义（说得明确些是新现实

①　阿垅：《关于〈略论正面人物和反面人物〉》，见阿垅著：《后虹江路文辑》，银川：宁夏人民出版社，2007年版，第234页。

②　阿垅：《关于〈略论正面人物和反面人物〉》，见阿垅著：《后虹江路文辑》，银川：宁夏人民出版社，2007年版，第230页。

③　阿垅：《关于〈略论正面人物和反面人物〉》，见阿垅著：《后虹江路文辑》，银川：宁夏人民出版社，2007年版，第234页。

主义）在今天的发展，正是无产阶级的马列主义的世界观在执行创作实践这个特殊部门和特殊过程中的特殊的具现形式。""世界观和现实主义，原来是一而二、二而一的东西。"①

在《关于〈论倾向性〉》中，阿垅这样一并总结和评价两位批判者的理论：

> 陈涌同志，以及史笃同志，所以把政治和艺术对立起来，所以把阶级立场和现实主义的创作方法对立起来，不但是为公式主义辩护的，而且根本就站在公式主义的立场。而今天公式主义的问题，主要也正是在这种公式主义的理论问题上。②

四、另一种方式的坚守与探索

尽管反批评文章并没能如愿发表，但阿垅分别在两篇文章的前后，反复申明："在若干主要论点上，由于陈、史两位同志没有在理论上、思想上帮助我解决问题，我不得不保留我个人在现有水平上的一些见解。"③ 受到批判和反批评文章的发表受挫，并没能阻止阿垅"用历史唯物论的武器""继续学习和探索""关于文艺思想的问题"。④ 在出版于 1953 年的《作家的性格和人物的创造》一书中，虽然阿垅评论的都是外国的作家和作品，但字里行间仍然未能忘情于现实的文艺理论问题，并在多处地方，

---

① 阿垅：《关于〈略论正面人物和反面人物〉》，见阿垅著：《后虬江路文辑》，银川：宁夏人民出版社，2007 年版，第 239 页。

② 阿垅：《关于〈论倾向性〉》，见阿垅著：《后虬江路文辑》，银川：宁夏人民出版社，2007 年版，第 198 页。

③ 阿垅：《关于〈论倾向性〉》，见阿垅著：《后虬江路文辑》，银川：宁夏人民出版社，2007 年版，第 193—194 页。在《关于〈略论正面人物和反面人物〉》的"附带的话"中，阿垅则这样表示："对于史、陈两位同志底主要论点，我还未能同意，得保留这一些个人的不成熟的见解。"见阿垅著：《后虬江路文辑》，银川：宁夏人民出版社，2007 年版，第 239 页。

④ 阿垅：《关于〈略论正面人物和反面人物〉》，见阿垅著：《后虬江路文辑》，银川：宁夏人民出版社，2007 年版，第 240 页。

对三年前受到严厉批判的主要观点进行了坚持和维护。①

在捷克斯洛伐克作家伏契克和智利诗人巴勃罗·聂鲁达的身上，阿垅都看到了"政治和诗的统一"："伏契克底气质"就是"诗和政治的气质"②，而聂鲁达则明确说过："一个置身于政治之外的作家是一个荒唐的神话，那是资本主义所伪造和支持的。"身为作家的阿垅在写起具体作家作品评论的时候，比单纯写作理论文章更有感觉，也更加得心应手。他用诗般的语言，这样阐述体现在聂鲁达身上的"诗和政治的统一"：

> 战斗的热情，世界的理想，这里就是政治，就有着诗。在我们底时代，有着诗的热情和理想，使这种热情怎样转化为物质力量，使一个理想世界怎样成为现实世界，除了参与斗争就不可能想象还有什么道路；而作为一个战斗者却缺乏蒸腾的热情，进行根本改变历史面貌的斗争而可以没有他所怀抱的理想——这也同样是一幅很难描绘的图画。在聂鲁达身上，那么，我们就看到了诗和政治的统一，一个战士同时是一个诗人。③

聂鲁达的著名无韵体长诗《伐木者，醒来吧》同时也是从细小的日常生活通向宏大的时代主题的有力例证。这首长诗是一篇"发于人类底心之深处的和平宣言"，但却从一些诸如面包、小麦、衬衫、邮件等非常"微末而又细琐的""小物件"和"小东西"起笔，因为"正是这一切构成着我们底人民底和平生活底基本的内容"。这些"日常的，生活的"意象，"虽则是微细的，点滴的"，但因为它们"和任何的人底日常的活动、日常的哀乐全然相连"，也"就和我们自己底血肉痛切地相通"了。诗人

---

① 同样在1953年，胡风在12月5日致翻译家满涛的信中说过这样一句话："今天是到了一个还只能借外国事来抒抒情的时代。"见梅志、张小风整理辑注：《胡风全集》（第9卷），武汉：湖北人民出版社，1999年版，第403页。

② 阿垅：《绞索套着脖子时的报告》，见阿垅著：《后虻江路文辑》，银川：宁夏人民出版社，2007年版，第5页。

③ 阿垅：《伐木者，醒来吧》，见阿垅著：《后虻江路文辑》，银川：宁夏人民出版社，2007年版，第22页。

正是通过"深切地关切到了每一个人底生活""底一点一滴、底一呼一吸",而"明了了一部历史底意义"①。

阿垅对人物塑造问题一如既往的关心突出体现在他对所谓卓娅"缺点"的辩护上。当时有人在《卓娅和舒拉的故事》中看出了卓娅"落落寡合"、"闹独立性"等缺点,阿垅通过详细的作品解读指出,这些所谓的"缺点"如果放在卓娅的生活当中去理解,都不成其为缺点。如果把卓娅在严于律己的基础上的严格要求别人、注重劳动质量等都看作缺点的话,那么就会使大家要向卓娅学习的"爱国主义"、"集体主义"和"高度的原则性"等优秀品质变成"毫无具体内容"的抽象神秘之物。实际上,在卓娅身上发现的"缺点",都是仅仅根据"一个人完全没有缺点是不可能的"这一观念"想当然地"推导出来的。由此,阿垅发现,在现实生活中,"要一个血肉的人物,成为抽象的'圣贤'",和"对于艺术人物,要求描写得'通体漂亮',通体透明,如同神、如同水晶"一样,表面上看起来是完全"相反的现象",但本质上却是相同的,都是以"一种抽象的英雄的概念,而排斥了真正的现实的英雄"。这也正是"概念化和公式化的问题""无法解决"②的根本原因。

在外国作家和作品中,阿垅似乎对冈察洛夫的《奥勃洛莫夫》情有独钟。在反驳史笃的"私生活""卑俗化"的理论时,阿垅就提到了奥勃洛莫夫的"懒惰",用以证明"私生活"可以成为社会关联的"晴雨表"。在《作家底性格与人物的创造》一书中,阿垅又指出,在《奥勃洛莫夫》这部作品中,斯妥尔兹这个人物是作为奥勃洛莫夫的批判者出现的,但"却不如奥勃洛莫夫那样""具有血肉的现实的内容"。这是作家在斯妥尔兹身上寄予了自己对于"未来的俄罗斯"的美好理想之故,因此"以理想的东西或者概念的东西,代替了社会的东西、历史的东西"③。

---

① 阿垅:《伐木者,醒来吧》,见阿垅著:《后虬江路文辑》,银川:宁夏人民出版社,2007年版,第23—28页。

② 阿垅:《卓娅和舒拉的故事》,见阿垅著:《后虬江路文辑》,银川:宁夏人民出版社,2007年版,第79—85页。

③ 阿垅:《冈察洛夫和斯妥尔兹》,见阿垅著:《后虬江路文辑》,银川:宁夏人民出版社,2007年版,第136—138页。

与斯妥尔兹的概念化相比，奥勃洛莫夫这个人物的塑造却堪称"典型的极致"。因为冈察洛夫在奥勃洛莫夫身上，表现了"聪明、善良、温柔，等等"似乎"是没落阶级的人物身上所不能有的或所不应有的""好的"品质。阿垅认为，如果历史的否定，仅仅否定"愚蠢"、"残暴"和"恶劣"，那种否定"还不是"最残酷无情、"最本质的"；恰恰是像奥勃洛莫夫一样，似乎"有着某种能力"，但"对于自己还是""无可救助"，而且好像"连这能力也必须作为殉葬物了"，"悲剧的本质"才"更为深沉地揭露出来"，"历史的必然性"才"更为雄大地辉耀起来"，这样，才算达到了"一个否定的高度"。很明显，阿垅希望借助在奥勃洛莫夫身上那种"梦想和行动自相残杀"、"自我斫丧的现象"说明的是，人物的品质应该是一个矛盾的整体，绝不能够"像处理一个半烂的苹果"那样，"留着好的一半抛掉坏的一半"。任何"一半对一半"的思想，实际上都是"全面地从矛盾退却而已"[①]。

奥勃洛莫夫这一典型形象可谓是如何写好反面人物的"范例"。阿垅通过奥勃洛莫夫和斯妥尔兹这两个人物，从正反两个方面，又一次有力地声援了自己在《略论正面人物和反面人物》一文中对公式主义的抨击：对正面人物不敢写出他们"人间的血肉"，对反面人物不敢写到他们的"笑容"和"柔情"。

从某种意义上，《作家的性格和人物的创造》可以看作阿垅在转换方式之后，对自己观点的韧性坚持、对批判者论点的无声反驳。在当时，批判者的系列主张不容置疑地将要演变成一个时代的权威理论。在这些主张愈演愈烈、不可遏止的氛围中，阿垅对批判者理论的每一点反驳，客观上都成了对于现实主义理论的坚守；他为了维护自己的主张所做的每一点理论思考，也成了在舆论一致的时代中对现实主义理论可贵而又有益的探索。

但坚守和探索都需要超凡的勇气和识见，从某种程度上说，阿垅的勇气和识见正是来自于他对马列主义真诚的学习和深入的探究。在《作

---

① 阿垅：《奥勃洛莫夫》，见阿垅著：《后虹江路文辑》，银川：宁夏人民出版社，2007年版，第142—147页。

家的性格和人物的创造》一书其他的作家和作品论的写作中，阿垅始终都严格地贯彻着阶级分析的观点，有些观点在今天看来甚至不无当时"左的"烙印，但也正唯此，我们才可以从中看出阿垅努力跟上时代的真诚。但更难能的是，在另外一些地方，阿垅通过自己对马列主义严肃而不教条的探究，获得了一些领先于时代的洞见。

对于莎士比亚的名剧《威尼斯商人》，阿垅分别从两个角度对之进行了深刻的分析。从马克思历史唯物主义的社会发展理论来看，《威尼斯商人》讲述的应该是尚处于少年时期的资本主义，从商业资本主义发展到近代资本主义的过程中，碰到了并且踢开了原本属于封建剥削形态之一的高利贷这一绊脚石的故事。就此意义上说，夏洛克坚持要割取一磅肉这一情节，一方面就象征着封建的社会力量"对于资本主义的憎恨底大，底深"，但另一方面，"剥削到人肉"也就意味着这种剥削关系已经发展到了"最野蛮""但也是最后的形态了"。夏洛克即便放弃债款也要人肉的行为，与其说是现实的贪欲，不如说是一种"保持""精神统治"的要求。"夏洛克，以高利贷的武装和历史作战"，最后却在资本主义的法律面前败亡，"不过是以一个活的个性，负担着那个垂死的或已死的世界"。在此，他的"国籍，人种，姓名"①，可以说没有多少实质的意义。

但变换一个角度，夏洛克的国籍、人种和姓名就变得意味深长了。因为是犹太人，所以夏洛克这一形象就不仅是"舞台之上""人格化了"的"货币"，同时也是一个"沉重地透露出""弱小民族""惨痛的命运"的"号泣着的灵魂"。阿垅分析说："海盗行为，高利贷剥削，或工业和商业的经营，差别的不是本质而是形式。"由此言之，在《威尼斯商人》中，"就没有一个人物不追逐金钱的"，"或是以直接的形式"，"或是以间接的形式"——通过追逐美人而人财兼得。这些人们的生活方式与夏洛克的完全一样，"原是没有什么理由可以拿来反对夏洛克"的贪财食利行为的，即使这个犹太人是一个贪财食利的天才。但问题就在这里。因为"天才"，所以让那些人感觉到了一种威胁，"而且这种威胁，又是从漂泊

---

① 阿垅：《夏洛克》，见阿垅著：《后虻江路文辑》，银川：宁夏人民出版社，2007年版，第 123—125 页。

无定的、卑微之至的犹太人来的"。这就严重了。"世界被颠倒了，秩序被颠倒了"，"被剥削和压迫者"居然"以剥削者和压迫者的傲慢的姿态，狂妄地，然而又是幸福地""侵入了人们的社会生活，冒犯了神圣的殿堂"，这才是绝对不能被容忍的。于是，"作为弱小的犹太民族的象征"，夏洛克，却也被"作为货币世界底化身，作为高利贷阶层的典型，而和那个世界、那些人们尖锐而紧张地对立了起来"。在此对立当中，全世界仿佛"只有这个夏洛克是一个吸血鬼"，"只有这个犹太人是唯一的罪人"，而其他每一个人都仿佛比他活得"高贵""光明"得多，从不"睥睨金钱"。"当整个的社会与夏洛克个人处于敌对状态"并且"动员了一切的力量"，"那么，作为一个小小的犹太人"，最终还得"悲惨地陷到泥淖里去"。因此可以说，《威尼斯商人》是"颠倒地把不义的反犹太主义作为正义的对于金钱权力的谴责行为"，在此当中，资产阶级社会"给了夏洛克以它自己的面貌，给了犹太人以它本身底罪恶"，而自己却被"净化"乃至于"美化"①了。

在表面的"谴责贪婪"中，阿垅读出了资本主义欧洲对犹太人的仇恨这一深层的意味，目光可谓独到和老辣。这种对文本解构式的阅读，直到 20 世纪 90 年代，人们才在西方的后殖民理论家的著述中看到类似的方法，恰如美国的斯皮瓦克（Gayatri C. Spivak）在《简·爱》这一女性个人主义的经典文本中，读出了帝国主义意识形态及原则，即如罗切斯特嫌弃疯女人而追求简·爱，实际上是厌弃殖民地牙买加的克里奥耳野蛮白人，而向往大英帝国本土血统纯正的文明女性。②阿垅和后殖民理论，表面看起来风马牛不相及，但追根溯源说起来，后殖民理论的很多理论灵感和研究方法，恰恰来源于马克思的社会批判和阶级分析的方法。

其实，早在《论倾向性》一文中，当阿垅指出，即便"为艺术而艺术"，也是资产阶级意识形态的反映，只不过被自欺欺人地给予了一种貌

① 阿垅：《威尼斯商人》，见阿垅著：《后虹江路文辑》，银川：宁夏人民出版社，2007年版，第 144—121 页。

② 参见［美］佳·查·斯皮瓦克：《三个女性的文本与帝国主义批判》，王丽丽译，见张京媛主编：《后殖民理论与文化批评》，北京：北京大学出版社，1999 年版，第 108—135 页。

似普遍和永恒真理的形式的时候，他就已经学到了马克思那种后来被杰姆逊（Fredric Jameson）称为意识形态还原的方法：即将以纯粹的学术面目出现的思想，还原为一定社会当中特定阶级利益的产物。[①] 这种意识形态还原的力量，也是阿垅在本质和内容形式相互转换两重意义上坚持"艺术即政治"这一命题的勇气来源。

正是因为阿垅不仅仅是在词句上，而且还在思想方法上学习马列主义，所以他也能不惧史笃的挑战，对"深入私生活"这一命题进行了比较深入的探索，并在世界观和创作方法问题上，对"现实主义的伟大胜利"直觉地说了这样一段颇具洞察力的话："一般地说，只有在资本主义上升期，才可能有现实主义，得到那种胜利。""一到资本主义没落期、颓废期"，"这样的事就没有了"[②]。

当然，我们也毋庸讳言，阿垅的文论也是存在着一些缺欠的。即如遭到批判的两篇文章，虽然观点基本不错，但多用引语论证，显得破碎而不严密，组织行文也有一些杂乱；在批评或者反驳批判者的观点的时候，阿垅也显然沾染了当时的时代通病，热衷于贴上一些令人眼花缭乱的政治标签；在写作作家作品论的时候，因为感情炙热、联想丰富而大量地运用排比，并在文章中大量加着重号[③]，语言因此显得有点不加节制而缺少余韵。当然，如果考虑到阿垅正当人生和思想开始结果的时期就陡遭政治狂风暴雨的摧折，我们也就不会苛求地要在他的文论作品中寻找"成熟"。相反，他能在教条主义横行的年代，以自己的勇气和真诚对现实主义理论进行了坚守和探索，就使他的文论秉有了他自己在诗论当中非常推崇的"战斗"的品格，而成了一只在天空中伴着狂风骤雨飞翔的鹰[④]。

---

① 参见［美］杰姆逊：《意识形态诸理论》，见杰姆逊著：《后现代主义与文化理论》，唐小兵译，北京：北京大学出版社，1997年版，第262页。

② 阿垅：《关于〈略论正面人物和反面人物〉》，见阿垅著：《后虬江路文辑》，银川：宁夏人民出版社，2007年版，第236页。

③ 本书在征引阿垅的文论原文的时候，着重号因为实在太多，一概略去。

④ 阿垅曾在诗论里说过，诗人应该"是天空上和狂风、骤雨同飞翔的老鹰"。阿垅：《箭头指向——》，见阿垅著：《阿垅诗文集》，北京：人民文学出版社，2007年版，第345—346页。

写出痛痒相关的"真"

——《七月》的三位抗战文学作家

如果将胡风编辑的《七月》杂志视作抗战文学的重要发表平台，大概不会招致什么疑义。但奇怪的是，迄今为止，在《七月》这一背景中展开对相关抗战文学作家和作品的研究，还不是非常多见。本文试图选取在《七月》上发表抗战作品的三位代表作家——阿垅（1907—1967）、丘东平（1910—1941）和曹白（1914—2007），将他们并置回当年作品发表的原初时空情境中，进行分别和关联性的考察，希望从一个相对被忽略的视角，呈现他们创作中尚未引起人关注的方面。

之所以选取他们三位，一方面是因为他们各自具有足够的代表性：阿垅的抗战文学创作完全是在《七月》的诱发之下开始的，又随着《七月》的停刊几乎同步终止；丘东平则是《七月》所抚育的"动的现实主义"创作方法的代表；曹白是《七月》的创刊作者，从第一期周刊开始就有文章面世，单从篇数来说，在《七月》上发表作品最多。

另一更重要的原因在于，三人之间还具有很强的可比性：都是"一手执笔，一手执枪"[1]，并以不同的方式共同参加过 1938 年的"八·一三"淞沪抗战，作品中描写和表现的军事空间和文学版图也几乎重合。

本文将要论及的阿垅作品包括：《七月》上发表的 14 篇不同体裁的作品，刊登于"文协"机关刊《抗战文艺》的两篇短作，以及完成于

---

① S. M.：《题照》，见《从南到北的巡礼》，载《七月》第 4 集第 4 期，第 148 页，重庆，1939–12。

1939 年 10 月、但初版迟至近半个世纪之后的长篇报告小说《南京》[1]。尽管后 3 个作品没有发表在《七月》上，但原本都是为了《七月》而作。《战地小景》和《一个汉奸的死》之所以在"文协"机关刊刊出，是因为 1938 年胡风在准备撤出武汉、结束《七月》在汉口的编务之前，曾将手边的《七月》存稿"介绍给《抗战文艺》和大公报的《战线》各一批"[2]。从一开始，阿垅心目中为《南京》设想的理想发表场所就是复刊后的《七月》，或者"成为《七月文丛》之一"[3]。

丘东平拥有比较丰富的战争经历，抗战作品也较多，但他发表在《七月》上的作品仅 11 篇[4]。曹白的文学创作生涯几乎与《七月》杂志同始终。他一生所有的文学作品，全数集于胡风编辑的一册《呼吸》[5]之中，而集子里的文字，除少数几篇外，也都是首先在《七月》上刊出。本文所论的两人作品，都以发表在《七月》上的为限。

一、描摹切身的抗战记忆

1937 年 9 月 22 日，胡风在上海编完总共 3 期的《七月》周刊、准备转移到武汉继续出版半月刊，他在最后一期周刊的《启事》里表示："希望在战地，在各地民众里工作的，以及负伤在医院里休养的知识分子军官士兵能把切身经过的感人故事写给我们，因为我们相信这些是一代

---

① 即人民文学出版社 1987 年 12 月出版的《南京血祭》。

② 《七月社明信片》，载《七月》第 4 集第 1 期，第 19 页，重庆，1939-07。

③ 阿垅 1939 年 5 月 16 日、1940 年 2 月 17 日自西安，见阿垅著，陈沛、晓风辑注：《阿垅致胡风书信全编》，北京：中华书局，2014 年版，第 19 页、第 44 页。

④ 这些作品包括讨论、抗战英雄特写和小说各 2 篇，阵地特写 3 篇，加入新四军后的战地报告 2 篇。除讨论和标志着新的敌后创作阶段开端的战地报告以外，其余 7 篇曾结集为《第七连》，于 1939 年年底作为"七月文丛"之一出版。

⑤ 《呼吸》为"七月文丛"之一，于 1941 年在上海出版，1943 年桂林再版。参见曹白：《新跋》，见曹白著：《呼吸》，上海：上海文艺出版社，1983 年版，第 241 页。

底伟大的历史材料,是培养抗战魄魂的宝贵粮食。"①阿垅,就是对此吁求做出积极呼应的一名知识分子军官。从文末标注来看,他最早为《七月》撰写的《血肉二章》,正是完成于1938年1月22日在南昌疗伤期间。自此开始直至《七月》停刊的3年时间里,阿垅从身边随感起步,迅速地完成了从特写、片段集锦等短制,到中长篇报告和小说的跨越,相应地在艺术上,也从对个人抗战经验的忠实描摹,坚实地扩展到对一代人血肉记忆的文学编织,并且奉献了一部无论在军事战略和战术的总结和探讨,还是在文学组织和表现的探索和追求方面,都多有创新的小型史诗。在他这一时期的所有作品之间,都存在着轨迹清晰的互文关联。

《血肉二章》可谓从最切身的感觉写起。第一短章《警惕》清楚描述了作者被弹片从左颧斜穿鼻腔打断牙床的严重伤势,但尽管曾经血流不止,为一等重伤,然而始终不曾疼痛和发烧。"没有在血肉上有过痛痒之感"和水银柱所指示的"兴奋",这引起了作者的深自警惕。第二个短章《血肉》有鲁迅《野草》般的象征风格:牛马和猪羊尽管"有血有肉",但面对"驱策"和"屠杀",最后却总是"驯服"和"天下太平"。作者愤恨于这种注定要"死亡"的"奴隶""血肉",希望"真正的血肉"能够汇成"摧毁与洗涤底合流",给敌人以"叛逆的打击与反攻的扫荡"②。

《血肉》可谓浓缩了阿垅对当时国人围绕抗战而出现的、各种各样错误论调的批判性思考,然而虽百感交集,但纸短思长、言不尽意,因而呈现出某种母题意味。短篇小说《一个汉奸的死》就是由此母题生发而成。那个不听儿子软硬兼施的苦劝、坚持卖"仇货"的汉奸,就是一具典型的奴隶血肉。小说最终冷峻而无情的结局,昭示了"驯服"者"太平"迷梦的彻底破灭:独子因绝望羞愤而当面自杀,他则在眼睁睁地亲见自己的百货公司、留有小女儿的家,在日本炸弹下——化为灰烬和瓦砾之后,"狗一样死在路边"③。

尽管《血肉二章》是阿垅受伤后的第一篇作品,但他在《七月》上

①　《启事》,载《七月》第3期,第34页,上海,1937-09-25。

②　S.M.:《血肉二章》,载《七月》第2集第6期,第383页,汉口,1938-04-01。

③　S.M.:《一个汉奸的死》,载《抗战文艺》第2卷第5期,第68—70页,1938-10-08。

的处女作却是 1938 年 3 月写于长沙伤兵医院的阵地特写《咳嗽》。这或许是因为前者还只是随感，而《咳嗽》已显示出选材的精心和情节的完整。排长连续两夜在前线哨位听到了"要命的咳嗽"。患有肺病的梅小龙，之所以在获免勤务之后还宁死不愿休息，是因为他想让其他士兵"多休息"，以便"多有力气来打日本"，同时也让自己的病弱之躯，在死前为抗战多尽一份心。在一次俘虏活口的行动中，不请自来的梅小龙在关键时刻又因咳嗽惊动了眼看就要到手的目标，但他紧接着却爆发出了"谁都比不上"的勇敢，以"疯狂"而决死的旷地奔袭和翻滚肉搏，终于帮助战友完成了任务。最后，遍体鳞伤的他艰难地逐字吐出一句话："我以后再也不咳嗽了。"[①]

速写《三等射手》有着类似的情节逆转。一个入伍八年的老兵，在射击上的长进甚至不如刚入伍的新兵，被人奚落为正常等级之外的"三等射手"。在抗战爆发后的十数次与敌接触中，他依然一无所获。为了远离嘲笑，他独自躲到阵地的远末端，却意外撞见两个前来察看地形的日本军官，于是"心一横"，居然超常发挥，将敌悉数击毙，以前讥刺他的战友因此改称他为"特等射手"[②]。

在写完《三等射手》的前一天，报告文学《闸北打了起来》也告完成。1937 年 8 月 11 日，阿垅所在的营在江苏安镇的夜间演习中，突接紧急命令，被火速带回东亭驻地，并连夜从无锡运抵上海，于 12 日下午到达闸北。作者就从一个身历者的视角，真实地记录了从演习直至 8 月 13 日淞沪抗战正式打响之间的亲见亲闻和所思所感。报告在如实叙述军队调运过程中暴露出和遭遇到的多方不良和不如意的同时，更让读者深切感受到的，却是中国官兵处处流露出的对抗战的期待与渴望，以及即将参战的喜悦和兴奋。报告中最令人感动的是作者多处吐露的心声："第一次作战就是对日本的叛逆，假使战争果然发动了，这真是自己的幸福。"在回答手下士兵善意的"怕不怕"问题时，作者的回答真朴而恳挚："怕

① S. M. :《咳嗽》，载《七月》第 2 集第 5 期，第 337—340 页，汉口，1938-03-16。

② S. M. :《三等射手》，载《七月》第 3 集第 2 期，第 53—56 页，汉口，1938-05-16。文末标注 1938-04-30，衡山，师古桥。

么，怕就是灭亡。……我们这个时代，正是要不勇敢的人也勇敢起来，怕死的人也要咬着牙齿向死路大步大步走过去的时代，活或者活不成的时代。"①

《闸北打了起来》已经显示出阿垅军人的空间感和叙事的有序，《从攻击到防御》更是表现了他试图把握和呈现战场局势的努力和雄心。这篇战役报告在《七月》上分两期发表，前一部分集中描写了作者所在的营在8月13日开战第一天所担负的攻击任务以及当晚闸北的大火。后一部分主要以作者的化身少尉排长梅墨法的活动、观察和思考为基点，呈现出淞沪战场的整体战略走势：从攻击到防御。对于"把攻击看做直接抗战"的梅墨法来说，这场抗战所采取的战略和战术无不令他愤怒和痛苦。报告中正面描写的攻击主要有三次。第一天的攻击本来是向世界"证明态度的抗战发端"，但结果表明："小兵力的攻击"等于"自己送死！"中国战机连续几天对敌阵地的英勇攻击，备受闸北官兵的注目和称赞，但问题是："单是空军底攻击，和单是陆军底攻击，错误有什么分别呢？"虽然报告对第三营的攻击采用的是从旁观察的侧写方法，但间接表达出的惨烈却令梅墨法"眼角渗出酸泪"：

> 八九点钟的时候，一排一排一班一班的默默的人流向前流去，只有"沙沙"的步伐声和细致的刺刀在鞘中的转侧声。
>
> 不久枪声一响，双方底轻重机关枪一齐吼叫起来，流泉一样没有断竭的时候。炮声也发出愤怒和残暴的呼声，中炮的地方又是一场大火。
>
> ……
>
> 枪声断断续续地直到天色微明。
>
> ……
>
> 第三营全营只收容了不足一连人。

---

① S. M.：《闸北打了起来》，载《七月》第3集第3期，第67页、第70页，汉口，1938-06-01。

事实上，惨烈而显不出期待中的悲壮，仅仅是消耗战的战略对参战官兵所要求的一种牺牲，其他的牺牲令人厌恶甚至莫名其妙：不断地换防、夜以继日地构筑工事，以及在后期的"防御态势"中，每天以"最少"的人员被动伤亡，换取"敌人大量地消耗"军火，包括"一天到晚的飞机，一天三四次的炮击"，从而"支持战局得最长久"①。

据后来的历史研究，淞沪会战以我方25万余人的伤亡，"致日军伤亡4万余人"。中国军队以"历时三个多月"的坚守，"粉碎了日本军国主义者要'三个月灭亡中国'的狂妄幻想，痛击了国内'抗战必亡'的观点"②。如此重要的战略意义，其代价就是6倍于敌的人员损失，以及像梅墨法这样的下层官兵心中曾有的抗战激情，被耗竭为茫然和忧郁。

阿垅自陈："两篇中篇报告完成以后，我就决心写南京了。"③由于酝酿充分，事前又尽力搜集材料，完成后的《南京》显得结构严整，南京保卫战的全程也呈现得层次分明：

> 第一章轰炸，第二章扫清射界，第三章南京防御战形势，第四、五章外围战斗，第六、七章城内外战，第八章退却及渡江，第九章敌占南京后的暴行和没落征候，最后结尾——邓龙光师克复芜湖。附长序……共约十五万字。④

因为并非亲历，《南京》采取了小说的形式，自然免不了必要的虚构。但对于着眼于记录历史、表现真实，进而从血肉中升华经验、从错误中沉淀教训的作者而言，正式发布的战况和真实的战场故事，仍然是他展开组织构思和艺术想象的主要依凭和关键酵母。这些故事当然包括

---

① S. M.：《从攻击到防御》，载《七月》第4集第2、3期，第112页、第50页、第52页、第111页、第112页、第119页，重庆，1939-08、1939-10。

② 张中良著：《抗战文学与正面战场》，北京：社会科学文献出版社，2014年版，第70页。

③ 阿垅：《后记》，见阿垅著：《南京血祭》，银川：宁夏人民出版社，2005年第2版，第206页。

④ 阿垅1939年10月30日自西安，见阿垅著，陈沛、晓风辑注：《阿垅致胡风书信全编》，北京：中华书局，2014年版，第31页。

作者自己在闸北七十三天的战争体验，从分布在各战区的军校同窗好友，以及稍后于他负伤的同连队战友口中听来的、众多令人血脉贲张的故事，有些同学和战友甚至亲身参加过南京一战。因此，《南京》很大程度上保存了阿垅及其同代人鲜活而真实的抗战记忆。

这种对记忆资源的调用，早在阿垅此前的作品中就已经开始。在1985年重版的《第一击》的后记里，耿庸曾经提到阿垅就读南京中央军校期间，参加过一次在江苏溧水一带举行的"大演习"。这次被设想为"以日本侵略者为假想敌的一场生死存亡的战斗"的"机密"①演习，在阿垅写于长沙的散文《在雨中走着》中，被撷取其中冒雨进行的"句容县"和"陶吴镇"②两个片段，化作了作者思念杭州、南京等失地的雨中情思之一。《南京》则将这次在首都的大外围"镇江、句容、溧水一线"进行的演习交代得更加具体：1935年11月，投入"两个军团"的兵力，参加者中包括阿垅所在的"中央陆军军官学校所属的教导总队"③。对故乡和求学之地饱含情感的熟稔，再加上军校知行合一的实地演练，共同造就了《南京》第三章中细致精准的空间描写。在此当中，阿垅犹如一个临战面对沙盘发布命令的统帅，了如指掌般地指点着南京城及其周边的山川形势和军事布防，同时也如影随形般地跟进分析日军自杭州湾登陆，一路攻陷中国国防一线、南京的大外围防线，最后向南京直进的危殆敌情。

《战地小景》由六个独立的前线小故事组成，主旨在于描写中国士兵的勇敢姿态，分析他们无畏的原因。前两个故事的主人公陈钦山和尹树民都是《我写〈闸北打了起来〉》④中提及的同连士兵。陈在暗夜的屋里吸

---

① 耿庸：《〈第一击〉重版后记》，见阿垅著：《第一击》，福州：海峡文艺出版社，1985年版，第124页。1939年，胡风将《闸北打了起来》和《从攻击到防御》合为报告文学集《闸北七十三天》，编入《七月文丛》，交上海海燕书店在香港印制出版。1947年，《闸北七十三天》增收《斜交遭遇战》，更名为《第一击》，由上海海燕书店再版。

② S. M.：《在雨中走着》，载《七月》第3集第6期，第164页，汉口，1938-07-16。

③ 阿垅著：《南京血祭》，银川：宁夏人民出版社，2005年第2版，第75页。

④ S. M.：《我写〈闸北打了起来〉》，载《七月》第3集第4期，第113页，汉口，1938-06-16。

纸烟，烟头红火招来敌人两发子弹的"小景"，显然属于作者在闸北的亲身见闻。在《南京》里，这一情节再次成为刻画巩克有老兵性格的细节。《战地小景》的第五个故事可能在"第一期抗战"中的"北战场"和"东战场"都有发生：因为没有战车防御炮，中国军队在"铁怪"[①]面前伤亡惨重。于是就有愤怒的勇士跳上战车，将枪管直接探进展望孔，在连续打掉两辆战车后，终于跌落车下被履带碾成肉酱。在《南京》第四章里，排长段龙飞身先士卒，肉身与铁甲战车相搏的壮烈场景，构成了外围前哨战中浓墨重彩的一幕。

二、熔铸一代人的血肉体验

另一方面，《南京》在写法上又"是一种大胆的尝试"[②]。这不仅因为需要把握的题材是作者前所未处理过的巨大，还由于它的写法直接挑战了小说的基本成规。正如作者在《后记》里所说，小说一般是以一个或几个中心人物贯穿全篇，但阿垅希望呈现的，却是南京防御战的全豹，尽可能立体地表现战场的每一个角落、战役的每一个方面，参战各兵种的每一个将士，因此他最终选择了用事件来贯穿战争和作品情感的方式。这实际上是经典的史诗笔法：以行动也就是情节为中心。从这一点来说，何满子认为"不妨称《南京血祭》为一部规模较小（但意义决不小）的战争史诗"[③]，是非常准确的。

但细读全篇就会发现，其实《南京》也是有它的中心人物的，只不过这个中心人物是一个集合：一系列军阶相近的基层指挥员。几乎每一

---

① S. M.：《战地小景》，载《抗战文艺》第 2 卷第 4 期，第 52—53 页，1938-08-13。有关巩克有和段龙飞的描写分别见阿垅著：《南京血祭》，银川：宁夏人民出版社，2005 年第 2 版，第 149 页、第 106—107 页。

② 阿垅 1939 年 10 月 30 日自西安，见阿垅著，陈沛、晓风辑注：《阿垅致胡风书信全编》，北京：中华书局，2014 年版，第 31 页。

③ 何满子：《代跋·抗战初期南京沦陷的悲剧史诗》，见阿垅著：《南京血祭》，银川：宁夏人民出版社，2005 年第 2 版，第 272 页。

章，都有一个或几个与作者类似的"少尉排长"作为灵魂人物。第一章全程目击并思考着敌机对南京的狂轰滥炸的，是通信兵中尉排长严龙；第二章的华彩段落是一群分头执行扫清射界任务的下级军官，最后聚在一起辩论中国的抗战方略。步兵少尉袁唐的总结几乎可以看作全书的点睛之笔：关键是"有没有'明天'的牺牲"。"英勇壮烈的亡国"，结局与"屈辱卑污的亡国"相同，骨子里也是"悲观"和"失败主义"。我们需要的是另一种"老谋深算"、"艰苦奋斗"的英勇和壮烈，是能够保证"继续不断地打下去"的"持久战"和"消耗战"[①]；第四章中着墨比段龙飞更多的，是重机关枪排排长王煜英。他利用有限的弹药，沉着机智地阻击敌人的战车，直至弹尽枪毁与敌人肉搏身亡。当南京城被日军初次攻破的时候，是袁唐、少尉排长关小陶和宪兵少尉曾广荣分头成功地扫荡最先入城的八百之敌、夜守紫金山和抢堵光华门缺口（第六章）；在南京城内联络断绝、其他守军陆续撤退之际，驻守金陵兵工厂的迫击炮连连长黄德美依然坚持：没接到撤退命令，就决不后退一步（第七章）；在一团混乱的撤退中，宪兵少尉排长蔡子畅与他的士兵同进退共生死，指挥着一条无桨无帆的污旧漏船，成功渡江（第八章）。

这些下层军官，尽管执行的任务有别，性格迥异，但具有一些基本的共同点：奋战在前沿火线，最后大多以身殉国，但他们与普通士兵判然有别的是：新近从军校毕业，因而具有知识青年的热血与正义感，深情和侠骨兼具，善于思考而位卑不敢忘忧国。分开来，他们不同程度地带有作者本人的投影；合起来，他们共同组成了《南京》的核心人物性格。这一"少尉排长"系列的人物形象同时也贯穿在阿垅其他的抗战作品中，如《闸北打了起来》中的陈排长，《攻击与防御》中的梅墨法，以及《斜交遭遇战》中那个打仗和赌博同样有品的连长李三光："勇猛，孤注一掷，甚至无赖。"[②]

在阿垅的抗战作品中，"血肉"是反复出现的高频词和核心意象。略举数例：

---

① 阿垅著：《南京血祭》，银川：宁夏人民出版社，2005年第2版，第64—66页。
② S.M.：《斜交遭遇战》，载《七月》第5集第3期，第120页，重庆，1940-05。

八个奉命防守南京五台山水塔的学生炮兵，在战斗中被敌机炸弹击中，牺牲七个，幸存的仅有观测手：

> 这个小孩子，望着炸死了的并被埋在旁边一堆松散的泥土中的同学，他们，不久以前还和自己一同呼吸，一同战斗。而现在，变做鲜红的血肉荷花铺满地上。

在防空警报解除后，严龙在满目疮痍的南京巡看：

> 最使他触目惊心的是一处棚户区：一堵墙上一点一点全是炸烂了的人肉，像艺术家画了一大幅桃林春试马图。一些红色的、紫色的肠子挂在无叶的树枝上，不高也不低，仿佛故意给大家看。一个小孩子的头飞在一家屋檐上，向太阳瞪着眼，有无穷的愤怒的样子。这里一些模糊的血、肉，那里一只断手或者一只皮连在鬓发上的耳朵。

南京光华门的防守和争夺，俨然是"用我们的血肉，筑成我们新的长城"的一幕幕现场实景：章复光"身上捆缚了十几个手榴弹"，决心与敌人的战车同归于尽：

> 章复光躺在斜坡下面，看见两辆战车向下冲来，连忙拔下了拉火绳，但是，战车速度太快，手榴弹还没有爆炸，第一辆已经从他的身上爬了过去。他被碾成了一摊血肉，红得熠熠有光，如同夏天的怒云一样。随即，手榴弹爆炸开来，密集的白烟和火光吞食了后面的战车。

曾广荣们则是直接用血肉"抢堵光华门"：

> 他们揹着沉重的沙包，无法快走，而刚填上一包，往往又被炮弹轰成一个需要二十个沙包来填的缺口。有的人倒在半路上，有的

连人带包一起填在缺口上，连呻吟的声音都没有。一连人又一连人，渐渐地用血肉把缺口填塞起来。①

　　阿垅用心研究过德国著名的反战作家雷马克②，不会不了解《西线无战事》向人们展示的战争恐怖，以及残酷的战争对一代参战士兵生活的毁灭。然而同样是战火中的血肉模糊、血肉横飞，甚至血肉狼藉，阿垅的笔触却远较雷马克更显悲壮感和美学崇高化。阿垅自然也共鸣于雷马克的人性关怀和深度，这一点从他笔下的人物经常不合时宜地在战争的间隙想起"三月的西湖，母亲的慈颜，和平的家庭生活"③便可见出，但当和平、国族的生存都将被强敌无情劫夺和毁灭的危急关头，"血肉做的""平常人"，也不得不"勉强自己向勇敢的路走"④，担当"以自己底血肉换取中国土地上一切生命底存在"的"自由，解放的战士"⑤，随时准备"以自己底活血写成""通红的史诗"⑥。

　　如胡风所言，阿垅是从"广袤"的"现实斗争的生活原野"里面生长起来的，所以作品自然带有那种"野生"作家所特有的"思想力的真朴和感应力的新鲜"⑦。确实，《南京》的很多场景设想震人心魄，表现手法不落俗套，情节构思出人意表。第一章有一个五六十岁的黑衣老妇人的特写。她一只手抱着一个装着一家人两代血汗沉淀物的包袱，另一只手抱着她八个月大的唯一孙儿，在哗躁拥塞的躲避空袭的人流中，绝望地发现自己完

---

　　①　四个血肉场景分别见阿垅著：《南京血祭》，银川：宁夏人民出版社，2005年第2版，第27页、第41页、第136页、第143页。

　　②　阿垅认《西线无战事》为"士兵写出的战争"。见阿垅著：《南京血祭》，银川：宁夏人民出版社，2005年第2版，第203页。在另一处，阿垅把雷马克和巴比塞举作从战争"生活中走出来"而获得艺术成功的例证。见S. M.：《真——关于战争文学》，载《七月》第6集第3期，第144页，重庆，1941-04。

　　③　S. M.：《从攻击到防御》，载《七月》第4集第3期，第113页，重庆，1939-10。

　　④　S. M.：《闸北打了起来》，载《七月》第3集第3期，第70页，汉口，1938-06-01。

　　⑤　S. M.：《从攻击到防御》，载《七月》第4集第3期，第111页，重庆，1939-10。

　　⑥　S. M.：《战地小景》，载《抗战文艺》第2卷第4期，第52页，1938-08-13。

　　⑦　胡风：《文艺工作的发展及其努力方向》，见梅志、张小风整理辑注：《胡风全集》（第3卷），武汉：湖北人民出版社，1999年版，第182—183页。

全不可能同时抱住这两个宝贝。几经心灵挣扎，她决心先将包袱投入一口废弃的水井。当炸弹让拥挤在城门的一个小孩惊吓哭叫起来的时候，她猛然惊觉，一直以为在怀里酣睡的，并不是她的孙子，而是一个包袱！……

　　在南京防御战之前，召开过一个决策会议。在这个空气严肃紧张到宛如结冰、与会人员均屏息静气的重要会议上，当时的"最高统帅"宣示了决不讲和、坚守南京、抗战到底的决心，并且任命了南京卫戍司令长官。对于这关键一幕，阿垅没有正面描写，而是巧妙地采用了墙上投影搭配画外音的间接表现：

　　　　灯光辉煌的照在墙上，照出一个坚强的、挺立着的黑影。一个巨大的拳头一下打了下去，以后又高举起来，略微一停，仍旧打下去……

　　除了避免政治在作品中赤裸裸出现之外，侧面投影还利于自然地传达出作者内心复杂的情感倾向和价值评判。在阿垅心目中，抗战，"和神光一样"，是无条件的"神圣"、"崇高"和"不朽"，因此无论从何人口里说出，都会获得"振作和感激"的回应；但南京防御战的结果表明，决策者和指挥者又分别难逃识人不明和"自负而犷悍"之嫌，而且具体战略战术也不无可议之处。然而尽管如此，"在事后说谴责的话，那是卑劣的"[①]。投影的表现手法就这样含蕴了感情的一念三转，使原本可能显得非白即黑的生硬判断趋于隐晦和柔和。

　　这一方法在稍后写成的散文《巨人的悲哀》中加入了对比，再次取得不俗的效果。身材矮小的拿破仑独立阿尔卑斯山巅，于金晖斜照之中，看见"他底影子巨大到盖住了一个山峰，并且高于一切山峰"，于是找到了一种一呼而万山应的巨人感觉；待到被囚圣赫勒拿小岛，他的狂呼却被海风吹散，黯淡的囚壁上只剩"一片空虚"。[②]

<hr>

　　① 阿垅著：《南京血祭》，银川：宁夏人民出版社，2005 年第 2 版，第 80 页、第 199 页、第 81—82 页、第 198 页。

　　② S. M.：《巨人底悲哀》，载《七月》第 5 集第 4 期，第 171 页，重庆，1940–10。

　　《南京》中最出人意表的情节出现在最后一章。严龙在浓雾中逃出沦陷后的南京，吃惊地发现树林里悬挂着八具自缢身亡的敌人尸体。作者是要借此点出日本内部存在的极严重矛盾。以此作为敌人没落的征候，既反映了阿垅对战争本质的认识，也有他本人的抗战和交往经历做基础。阿垅一向认为，"战争是力与力的对比"，而"军事的力的运用"，"需要与政治的力"[1]相配合。最让阿垅痛感国人对政治问题认识不够的，是他在闸北前线时，于情报里亲自证实，有伪军参加在正面的敌人中。因此，当他后来在《七月》上读到日本反战作家鹿地亘的文字时，阿垅的心里感动莫名："从自己人里产生了敌人，与从敌人阵营里伸过正义与友谊的手来，真使人要哭。"[2]很显然，阿垅与鹿地亘的结识和交往，为《南京》中这一看似难以置信的情节提供了灵感。

　　对政治意识和政治力的注重，也可能是阿垅创作诗歌《小兵》和西安通讯《在黄昏里走着》的重要动因。阿垅无比愤恨"那些政治的市侩"，将手掌还像"嫩枫叶样"的"中国的苗"，过早地"交给了日本军事法西斯主义疯狂而贪吃的炮火"[3]；当阿垅在西安街头看到多种日货在合法出售时，他发出了政治性的诘问："一面在和'皇军'血肉相搏"，"一面怎么却把国币支持仁丹胡子底腰包？""这一粒一粒的药丸"，岂不形同"敌人发射的子弹"[4]？

三、在同一个军事空间和文学版图中

　　阿垅的抗战作品着力描写的主要就是第一期抗战的东战场。这也是《七月》的另两位抗战文学作家丘东平和曹白所展示的军事空间和文学版

---

　　① 阿垅：《后记》，见阿垅著：《南京血祭》，银川：宁夏人民出版社，2005 年第 2 版，第 199—200 页。

　　② 阿垅 1938 年 5 月 22 日自长沙，见阿垅著，陈沛、晓风辑注：《阿垅致胡风书信全编》，北京：中华书局，2014 年版，第 9 页。

　　③ 见 S. M.：《从南到北的巡礼》，载《七月》第 4 集第 4 期，第 148 页，重庆，1939-12。

　　④ S. M.：《在黄昏里走着》，载《七月》第 5 集第 1 期，第 48 页，重庆，1940-01。

图。不过，如果着眼于战争形式的细分，他们三人之间呈现出光谱式的渐次变化：阿垅表现中央正规军的正面战场；东平跟随十九路军参加了第二次"淞沪抗战"，所以他的多篇作品亦取材于闸北和津沪沿线的正面战场，但自 1938 年年初加入新四军开始，东平的笔转而记录敌后的游击战斗；同年不久，曹白也投身于江南的游击生活。而实际上，无论是东平游击活动的"茅山下"①，还是曹白日夜穿行其间的江南水乡，其实都不出阿垅抗战作品涵盖的地域，因为敌后原本就是正规军退走之后沦陷的正面战场。

在反映抗战初期的真实战况方面，东平的作品表现出了与阿垅惊人的一致："中国人民以窳败的武器，落后的战斗技术"，与"日本帝国主义海、陆、空全副武装的'远征军'"②对抗。与劲敌相比，我们的将士"除了不死的灵魂之外，其他可以说一无所有"。因此，面对双方力量极端的不对称，一去不返的决绝和悲壮，几乎成了所有军人临战前的基调：

> 我们的战斗员对于战斗毫无过分的奢望，一种强大的洋溢的雄心也只能限于一次的使用。③

而这样的战绩也几成常态：

> 二十四日正午，我们的第一线宣告全灭，炮火继（续）着淹没了第二线。④

仅从最后的结果看，东平最著名的两篇阵地特写《第七连》和《我

---

① 《茅山下》为东平一部未完长篇的篇名，后用作一部以游击斗争为内容的集子的书名。

② 东平：《向敌人的腹背进军》，载《七月》第 3 集第 3 期，第 72 页，汉口，1938-06-01。

③ 东平：《我们在那里打了败战》，载《七月》第 7 期，第 201 页，汉口，1938-01-16。

④ 东平：《第七连》，载《七月》第 6 期，第 166 页，汉口，1939-01-01。括号中脱字的增补据罗飞编：《丘东平文存》，银川：宁夏人民出版社，2009 年版，第 184 页。

们在那里打了败战》都可用"惨败"一言以蔽之；《我认识了这样的敌人》也只是借难民 W 女士之眼，展示了日军在闸北的狂暴和凶残。然而，《第七连》之所以被胡风称为"真真实实的抗日民族战争英雄（史）诗底一首雄伟的序曲"[1]，恰恰是因为在看似无可避免的败局中，作者鲜活地表现了中国军民在强大的战争压力之下，非但没有屈服，反而决死奋起的坚强意志与英勇气概。正如《第七连》的连长丘俊，即便"伏在壕沟里，咬紧着牙关"，忍熬着"不能抵御的炮火的重压"之时，仍然"悲苦"然而"哀切地盼望"能有五分之一的弟兄在炮火下留存，以便亲眼看见一幅"鲜丽的画景"：幸存的勇士们"从毁坏不堪的壕沟中跃出"，在阵地前"迎接敌人"[2]。《第七连》确实也生动描写了两次由残存兵力所完成的英勇出击。

与这些篇章中"宏大的思想力"所把握的内容相应，东平在战争场景的描摹和战场氛围的再现方面，也突出显示了"艺术力"[3]的雄伟和壮丽。从下面一段描写，或许可以略窥东平钢一样遒劲的笔锋：

> 我发现从西宝兴路发出的机枪子弹像奇异的蛇似的，构成了一条活跃的，恶毒的线，又厉害的地雷虫似的使马路上的坚实的泥土洞穿，破碎，于是变成了一股浓烈的烟尘，在背后紧紧地追蹑着我。[4]

东平不但"把'报告'提升到了极高的完成度"，而且还"由'报告'突向构成性的创造"。小说《一个连长的战斗遭遇》被胡风赞誉为"中国抗日民族战争的一首最壮丽的史诗"。胡风接着评价说："在叙事与

---

① 胡风：《忆东平》，载《希望》第 2 集第 3 期，第 153 页，上海，1946-05-07。括号中脱字的增补据罗飞编：《丘东平文存》，银川：宁夏人民出版社，2009 年版，第 354 页。

② 东平：《第七连》，载《七月》第 6 期，第 168 页，汉口，1939-01-01。丘俊为丘东平的弟弟。参见东平《一束信》之四的胡风注，载《希望》第 2 集第 3 期，第 142 页，上海，1946-05-07。

③ 胡风：《〈第七连〉小引》，载《希望》第 2 集第 3 期，第 158 页，上海，1946-05-07。

④ 东平：《我认识了这样的敌人》，载《七月》第 9 期，第 265 页，汉口，1938-02-16。

抒情的辉煌的结合里面，民族战争底苦难和欢乐通过雄大的旋律震荡着读者底心灵。"①

小说前半叙述第四连不断地在上海周边莫名其妙地换防，艰辛备尝地修筑一个又一个工事，经常陷入极度疲困状态：

> 铁铲和锹子残害了整个的队伍的姿容，弟兄们铁青着面孔，瘦削的脖子阔大的衣领上不由自主地动荡着，雍肿的军服使他们变成了无灵魂的傀儡。

对此，叙述者这样议论：

> 对于战斗的激烈紧张的想象，为稳定下来而毫无变化的现状所击碎；离开了幻梦，归返了原来的自己，英勇、杰出的人物似乎也变成了平庸无奇。②

这岂不就是在《从攻击到防御》里令梅墨法既愤怒失望然而又无可奈何的消耗战吗？"人咒诅防御态势像咒诅仇人，期待攻击像期待柳荫里的幽会。"③

在小说后半，东平雄奇的艺术想象力开始驰骋突击。一天，战士们终于近距离目睹凶恶的战斗场面。眼看着数百米开外的第一线在敌人强大的炮火下出现溃败的缺口，而延伸射击的敌人炮弹又缩短了第四连的阵地与第一线的距离，正在构筑工事的第四连，准备在"没有命令"的情况下，"痛快直截地执行战斗"。东平仿佛是用刻刀在雕刻着他们"强大的决心"和"强固的灵魂"：

---

① 胡风：《忆东平》，载《希望》第 2 集第 3 期，第 153 页、第 154 页，上海，1946–05–07。

② 东平：《一个连长的战斗遭遇》，载《七月》第 3 集第 1 期，第 23 页，汉口，1938–05–01。

③ S.M.：《从攻击到防御》，载《七月》第 4 集第 3 期，第 119 页，重庆，1939–10。

弟兄们爬出了战壕，一个个像鸵鸟似的昂着头，他们的杀敌的雄心依据着蠢笨的姿态而出现，他们一个个都像抱着最单纯的意志而死去了的尸体，敌人的猛烈的炮火吸引着这尸体的行列，叫他们无灵魂地向着危险的阵地行进，什么都不能动摇他们。

面对着明显违反"战斗军纪"的"蠢动"，连长林青史虽然一面叫着"不准出击"、"停止"，一面却用"坚决的行动完全否定了自己发出的命令的内容"。[①]

在完成了首次"援助友军"的战斗之后，第四连收容所得的八十七人，连同他们在移动途中遇见的另外二十五个从战场上溃退下来的军人，在和原部队完全断绝联系，一无可靠给养、二无医药救治伤员的艰苦境况下，又先后完成了两次战果辉煌的战斗：在一个小村子伏击，几乎全歼路过的日军一个营；在苏州河以北，被严重饥困折磨的他们，仅仅根据对枪炮声的判断，主动急行军"接近正在和友军战斗中的敌人"，摧毁日军一个重炮阵地。

小说的结局令人扼腕：林青史所率的残部在战斗结束后，被他们奋勇援助的友军以"来历不明"为由缴械消灭，而从这"险恶的处境中安然逃出"的林青史，在已经得知"要被处决"的命运之后，仍然"坚决地回到营部"，接受枪决以"成全自己的人格"。

让我们在回放伏击战英勇动画的同时，领略"动的现实主义"之艺术特效：

> 有二十七个中国军用猛烈的火力作着前导，从一个稀疏的树林里闪出了他们的蓝灰色的姿影，他们在战斗中完全舍绝了所有一切的掩蔽……
>
> 二十七个的跃进的姿影说明了这急不容缓的战斗时机……他们跟随着夜阴的来临而蒙糊了光辉焕发的面目，他们对敌人的攻击有

---

① 东平：《一个连长的战斗遭遇》，载《七月》第 3 集第 1 期，第 24 页，汉口，1938-05-01。

如雷电的迅急，而他们这时候所战取的却仅仅是从田圃到公路间的
三十米突的行程……①

相较于东平对浪漫奇崛、富有冲击力的英雄主义的文学追求，伤后
长期以军事教官为业的阿垅，其作品在同样表现战争初期的雄壮和悲惨
的时候，更多呈现出平实亲切、细密严谨的学术抱负。在一篇批评某些
战争作品因为作者生活经验不足而导致内容和形象失真的评论中，阿垅
特意从战争的诸种特性入手，论证军事写作的艰难和真实效果的不易取
得。阿垅的很多论断别有会心，比如，相对于军事的"秘密性"，"战斗
是最好的搜索手段"；从政治上看，正是战争难以把握的"变动性"，才
是"弱小的中国""争取最后的胜利"的可能依据；战争有"夸张性"，
是因为"战争是情感的，而它的活动又是神经质的"；阿垅尤其强调战争
中由于"地位、兵种、任务、空间"等差异所导致的个人视野的"局限
性"和"技术性"，指出后者不仅要求"广泛的常识，更需要专门的学
术"。由此可见，阿垅寄望于军事文学的"真"②，应该是基于对战争性质
深刻理解之上的逼真，其要求战争技术描写的准确，是几乎如军事操典
般的精准。这既是阿垅创作《南京》等抗战作品的思想指导，也是实际
心得总结。

曹白学名刘平若，另一著名的称呼即鲁迅《写于深夜里》中的"人
凡"③。除了在描写的抗战地域方面，曹白和阿垅、丘东平的作品存在
着重叠和交织以外，在反映的生活内容上也有所映照和补充，因为从
"八·一三"抗战爆发至1938年9月投入游击生活之前，曹白先在上海
难民收容所工作一年有余。因此，曹白的作品明显可以分为反映难民生
活和游击生活两大部分。但即便如此，在他管理难民期间，也曾应防守

① 东平：《一个连长的战斗遭遇》，载《七月》第3集第2期，第47—49页、第45—
46页，汉口，1938-05-16。"米突"可能是英文 meter 的音译，意即长度单位"米"。

② S. M. :《真——关于战争文学》，载《七月》第6集第3期，第142—143页，重庆，
1941-04。

③ 陈辽：《鲁迅弟子曹白的传奇人生》，载《鲁迅研究月刊》，2011年第6期。该文还解
释了曹白为什么在《呼吸》之后弃绝了文学创作。

闸北的军队各部要求，帮助招募担架队、救护队和宣传队，因此有机会多次亲临阿垅和东平都正在参与抗战的闸北前线。曹白发自火线的战讯基本上与阿垅和东平英雄所见略同：日机的轰炸和炮火威猛可怖；"皇军"公然违反国际公法，使用"达姆达姆"毒弹屠杀"我们忠勇的士兵"；中弹的伤兵"简直是一团发紫的血块"。曹白一方面亲身感受到了战争的残酷，深叹"墨写的字"不能"表现血的事"；另一方面，他同时也亲眼看见了阿垅和东平笔下描写过的惨烈和悲壮：我们的士兵与器利于己的敌人肉搏，前仆后继、奋不顾身，"爬过自己的兄弟的尸首所造成的血肉的城墙"[①]，跳进敌人的阵地去杀敌。

在结束难民工作之后，曹白旋即开始在长江沿岸的敌后穿行。然而同样是从事游击战争，丘东平参加的是经过近半年改编、编制进入"正式的国防军"[②]的新四军的先遣支队，而曹白则大多与江南水乡上自发崛起的众多民众抗日武装打交道。东平自1938年4月《向敌人的腹背进军》之后，便只有一篇《王凌岗的小战斗》寄达《七月》，其后便与胡风联系中断。因此，真正在《七月》上"活生生"地写出了江南游击"天地"和"战斗生活"，甚或写出了"这一世代底雄姿和艰苦来的"[③]，只有曹白。

除了为抗战文学增添了新的面向、丰富了表现内容之外，曹白另一不同于阿垅和东平之点在于，他没有虚构的作品，写的都是报告、日记甚或通信之类。但恰恰是这些可以统称为随感的散文，体现了曹白的独特魅力。按照曹白自述，他献给读者的不过是自己在"艰难的生活里"吃力挣扎"所感受和触及"[④]到的小悲欢，抑或游击斗争中"繁琐的生活的小节目"。然而，这些"卑微不足道"的悲欢和节目，无不体现了时代

---

① 曹白：《从上海寄到武汉》，载《七月》第2期，第63页，汉口，1938-11-01。

② 东平：《向敌人的腹背进军》，载《七月》第3集第3期，第72页，汉口，1938-06-01。

③ 阿垅对曹白的评价，分别见阿垅1939年10月30日、8月25日自西安，见阿垅著，陈沛、晓风辑注：《阿垅致胡风书信全编》，北京：中华书局，2014年版，第31页、第25页。

④ 曹白：《后记》，见曹白著：《呼吸》，上海：上海文艺出版社，1983年版，第238页。

的"脉搏和呼吸，与战争的全体相关"①。胡风的评价则是：曹白诚然"没有写出伟大的典型"，但在他笔下出现的那些受难或者战斗的人物，"却都那么生动，那么亲切，一一被作者本人的情绪活了起来，好像呼吸在我们底眼前一样"。这大概也是胡风将曹白的集子取名为《呼吸》的真意之一。

应该说，曹白的文字之所以能够让包括胡风在内的读者产生"血缘的共感"②，与他本人对文学活动的理解密不可分。在为《七月》一周年所写的文章中，曹白明确表达过自己对于文艺作品和作者生活的意见："对于前者，力求朴素刚健，不要喧嚣矫柔；对于后者，必须切实地工作，而且要投入战争去，务去虚浮地叫喊。"③通过切实的工作与战争紧密结合，用身受的感触引发读者的共鸣，文字朴素刚健。曹白的写作活动，简直就是胡风理论的切实践履。

四、法捷耶夫、鲁迅和《七月》传统

将这三位《七月》作家联系在一起的，还有鲁迅翻译的苏联作家法捷耶夫的小说《毁灭》。鲁迅在《〈毁灭〉第二部一至三章译后附记》里，对那支西伯利亚游击队由于白军的"迫压，攻击"，"渐濒危境"之时露出"解体的前征"有这样的阐释："革命有血，有污秽，但有婴孩。……所以只要有新生的婴孩，'溃灭'便是'新生'的一部分。"④这实际上也是鲁迅对《毁灭》全书主旨的揭示。

从"解体"和"溃灭"中洞见到"新生"的希望，这或许是《毁灭》给予三位《七月》抗战作家最具实质性的精神影响。联系阿垅和东平对

----

① 曹白：《半个十月——富曼河记》，载《七月》第 4 集第 2 期，第 55 页，1939-08。

② 胡风：《序》，见曹白著：《呼吸》，上海：上海文艺出版社，1983 年版，第 2 页。

③ 曹白：《写在〈七月〉一周年》，见曹白著：《呼吸》，上海：上海文艺出版社，1983年版，第 90 页。

④ 鲁迅：《〈毁灭〉第二部一至三章译后附记》，见《鲁迅译文集》（第 7 卷），北京：人民文学出版社，1958 年版，第 459 页。

抗战初期的战况和士气的描写，我们完全可以套用鲁迅的逻辑：抗战有残酷的牺牲、有血肉横飞，但还有不可毁灭的意志。所以只要有坚强的意志，初期抗战的"失利"亦是民族"新生"的先声。曹白则在一则日记里，对《毁灭》表达了与鲁迅几乎相同的理解：

> 在文学作品中，我喜欢这样的东西，就是在陈腐或阴暗的灵魂里，注下了新生的光明之力，而能活在读者的眼前，读者的心里的。《毁灭》，虽然写的是灭亡：一百五十个人只剩了十九个人了，但它的每句每行每页都充满了新的光和火、沉重的力量，法捷耶夫的笔下的所有的《毁灭》里的人，不论木罗希加还是美谛克，我都爱。因为作者不但写了他们的外形，而且还挖掘了他们的灵魂；不但像，而且是动的。[1]

这段精彩的评论，同时也颇可见出曹白良好的艺术领悟力。

《毁灭》第二部第三章里还有一个情节被《南京》直接借鉴：当游击队为了摆脱敌人的围追堵截不得不设法夺路而走的"危急之际"，队长莱奋生和队医毒死了没有康复希望的重伤员弗洛罗夫。法捷耶夫"将这写成了很动人的一幕"，鲁迅因此评论说："强敌所逼，出于万不得已，两相比较，与其委给虎狼，委之敌手，倒不如自己杀了去之较为妥当。"[2]《南京》第二章中，执行扫清射界任务的袁唐，面对即将被焚毁的"像一座宫殿一样的"中央农业试验场等建筑设施，也做过类似的自我宽慰："自己的，自己所爱的，用自己的手使它闭了眼睛，不给敌人污辱，这是好事。"[3]

东平有天才的雄心，三人当中他的作品直接接受《毁灭》影响的实证最不明显。但正像听到他牺牲的消息之后，石怀池和聂绀弩所痛感到的那样，东平原本最有可能成为中国的"《毁灭》的最理想的"作者。

---

[1] 曹白：《半个十月——富曼河记》，载《七月》第 4 集第 2 期，第 60 页，1939-08。

[2] 鲁迅：《〈毁灭〉第二部一至三章译后附记》，见《鲁迅译文集》（第 7 卷），北京：人民文学出版社，1958 年版，第 459 页。

[3] 阿垅著：《南京血祭》，银川：宁夏人民出版社，2005 年第 2 版，第 47—48 页。

可是，当我们民族的天才"还在孕育的过程中"①，却被凶暴的日本强盗扼杀了。

曹白不时地会在他的文章中提到《毁灭》。第一次是在他"第一次上前线去"的时候：

> 在炮火中，我常常觉得自己有《毁灭》里的美谛克的质素，自己便惶惭起来了。一面也就佩服法捷耶夫那真切的手法。②

对于曹白而言，这一得自火线的自我警觉具有重要的意义。从此以后，知识青年出身的他时时告诫自己："摆脱梦幻，压低自己，忠实于战斗。"③这一务实的处世原则使他有效地规避了美谛克所代表的知识青年的可能结局：成为一朵"不结子的空花"④。

曹白似乎还格外继承了《毁灭》中被鲁迅称为文艺上的"宝玉"之一的特色：对俄罗斯远东"泰茄的景色"⑤的出色描写，甚至个别句式都很神似。在《毁灭》结尾，冲出枪林弹雨的十九个人，突然在森林之外看到了"这约给面包与平和的大地"。⑥而曹白则在访问友军踏上归程的时候同样思绪万千：

> 富饶的平原原是将"和平"和"幸福"约给他们……但现在所留下的却只是一片铁与火……然而既已如此，我们一定要在这平原上呼吸，将战斗约给永远，直到胜利的明天。⑦

---

① 石怀池：《东平小论》，载《希望》第 2 集第 3 期，第 150 页，上海，1946-05-07。

② 曹白：《从上海寄到武汉》，载《七月》第 2 期，第 62 页，汉口，1938-11-01。

③ 曹白：《半个十月——富曼河记》，载《七月》第 4 集第 2 期，第 55 页，1939-08。

④ ［苏］法捷耶夫著：《毁灭》，鲁迅译，北京：人民文学出版社，1973 年版，第 142 页。

⑤ 鲁迅：《后记》，见［苏］法捷耶夫著：《毁灭》，鲁迅译，北京：人民文学出版社，1973 年版，第 207 页。

⑥ ［苏］法捷耶夫著：《毁灭》，鲁迅译，北京：人民文学出版社，1973 年版，第 201 页。

⑦ 曹白：《访江南义勇军第三路》，载《七月》第 5 集第 1 期，第 15 页，重庆，1940-01。

曹白描写的游击区域，一点也不逊色于法捷耶夫笔下的"泰茄"。当曹白在上海采购完游击队所急缺的药品，经过海关警察野蛮查验，在浦江码头坐等一宿，终于回到驻地时，迎面是丰饶芬芳的富曼河：

> 我脚边富曼河里的水就格外的格外的发蓝；肥胖而还没有成熟的稻穗，低低地垂着，互相依靠，彼此连结，成为一大片绿玉色的丰饶的平原，舒展地伸向那无穷无尽的天边去。
>
> 我走上田塍了，稻穗和青草同泥土一道，发散出酒精一样强烈的芬芳迎着我，又沁入我的心和肺，使我忘记了提在手里的藤包的沉重，几乎沉醉过去了。
>
> ……
>
> 我们岗哨的不入调的然而是古中国的苏醒的歌声，响了起来，颤动着那芬芳的空气，抹过了低垂的稻穗的海面，也一直荡漾到那无穷无尽的天边去：——①

在游击的船上"偶瞥舱外"，曹白看见：

> 船边的河水是这样的干净。对岸是十月的杨柳们，还没有黄，倒映在河里，河水就形成一片孔雀绿。微波震荡，树影便弯曲而袅动，宛如一块美丽的文锦。②

因为游击队要夜间移动，所以又领略了富曼河的别一番风致：

> 但我们已经一起进了船舱，并在船头架了机关枪。月亮挂在柳梢上。在月夜里的富曼河水就像稀薄的蜜，又亮又香又甜。但天上

---

① 曹白：《潜行草》，见《在敌后穿行》，载《七月》第 4 集第 1 期，第 19 页，重庆，1939-07。

② 曹白：《半个十月——富曼河记》，载《七月》第 4 集第 2 期，第 56 页，1939-08。

游走着白云，向东方不断地飞驰。①

而黎明前的移动则是另一番情景：

拂晓之前的空气是那样的好，它简直要沁透我的神经了。东方挂着一颗晶晶的晓星，向天心移，报告着黎明的即刻的到来。远方近处，都有着厌睡的雄鸡的幽哑的呼叫。

部队成了单行，在沉静里行进。我们闻着泥土的气息，看着东方乳白的天空，一边听到踏着栋树的尖端不倦的歌唱的乌鹊，宛如善歌的百灵，婉转得很。但有时又蹿出了枭鸟的钢硬的声音。而沿着太湖的不断的连山的影子，那一个一个的柔顺的峰巅的青尖，也终于出现在这初春的熹微的晨光里。②

曹白出身于20世纪30年代的杭州国立艺术专科学校，这些所在多有的段落，给人印象最深的就是感觉的敏锐和精微。有些地方虽只寥寥数笔，但声色俱全且活色生香，通感思维自然无痕。曹白的抗战文字之所以让人备感生动亲切，另一个原因也在于，他将游击生活的紧张危险，与水乡景致的清新明丽相错杂，不仅使叙述张弛有节，而且还带给读者额外的欣喜：全身心投入战争的知识青年，并没有因为纷飞的战火，就淡漠了对国土的挚爱，麻木了对美好的感觉。

在译后附记里鲁迅还说："这几章……可以宝贵的文字，是用生命的一部分，或全部换来的东西，非身经战斗的战士，不能写出。"③鲁迅这一针对法捷耶夫的评论，也非常适合移用于阿垅他们三人。在这一方面，仍然是最具学者气质的阿垅表达得最有体悟感和代表性。他在评论文章

①　曹白：《半个十月——富曼河记》，载《七月》第4集第2期，第64页，1939-08。但《七月》上原为"但一天的上游走着白云"，似乎不通，疑为排印错误，据曹白著：《呼吸》，上海：上海文艺出版社，1983年版，第139页改正。

②　曹白：《访江南义勇军第三路》，载《七月》第5集第1期，第15页，重庆，1940-01。

③　鲁迅：《〈毁灭〉第二部一至三章译后附记》，见《鲁迅译文集》（第7卷），北京：人民文学出版社，1958年版，第458页。

中对战争诸种特性的详细论述，一方面固然可以理解为他本人对战争具有非同寻常的深刻领悟，但换一个角度，也完全可以解读为阿垅对从事抗战书写的作者所提出的入门资格要求：要呈现抗战的历史真实是如此之难，除非作者"自己也在里面"[①]。否则，就不可能写出"痛痒相关的'真'"，至多只是"一些隔靴搔痒的近似值的'真'"。[②]

"写出痛痒相关的'真'。"如果细考起来，阿垅的这一主张仍然本于鲁迅。在 1927 年 2 月 18 日作于香港的讲演《无声的中国》里，鲁迅鼓励当时的人们"大胆地"、用白话"将自己的真心的话发表出来"，改变国人之间因为语言的障碍而造成的交流阻绝，以及由此造成的"像一盘散沙，痛痒不相关"[③]的无声局面。换言之，鲁迅是将发出"真的声音"、人民之间"痛痒相关"看作民族生机的关键指征。在 1943 年年底撰写的《现实主义在今天》一文中，当胡风借用鲁迅那段著名的文学"为人生"的论述来解释现实主义的内涵之时，"痛痒相关"又被用来形容作家主观精神与创作客观对象相融合的关联程度。胡风的表述如下：

> 然而，"为人生"，一方面须得有"为"人生的真诚的心愿，另一方面须得有对于被"为"的人生的深入的认识。所"采"者，所"揭发"者，须得是人生的真实，那"采"者"揭发"者本人就要有痛痒相关地感受得到"病态社会"的"病态"和"不幸的人们"的"不幸"的胸怀。这种主观精神和客观真理的结合或融合，就产生了新文艺的战斗的生命，我们把那叫做现实主义。[④]

① 阿垅：《后记》，见阿垅著：《南京血祭》，银川：宁夏人民出版社，2005 年第 2 版，第 198 页。

② S. M.：《我写〈闸北打了起来〉》，载《七月》第 3 集第 4 期，第 113 页，汉口，1938-06-16。

③ 鲁迅：《无声的中国》，见《三闲集》，《鲁迅全集》（第 4 卷），北京：人民文学出版社，2005 年版，第 15 页、第 14 页。

④ 胡风：《现实主义在今天》，见梅志、张小风整理辑注：《胡风全集》（第 3 卷），武汉：湖北人民出版社，1999 年版，第 38 页。

　　显而易见，在"七月派"所继承的鲁迅的现实主义传统中，曹白、丘东平和阿垅等人的抗战创作实践，以及后者的文学理论总结，都是其中重要的构成环节。不过在阿垅的表述中，"痛痒相关"又被增加了更感性、更具体的含义，那就是：在由身经战斗的战士"以血打稿子"[①]，以墨书写民族解放的史诗的时候，"痛痒相关"也即意味着：血肉相连、血脉相通、生死与共。

---

① 柏山：《序》，见丘东平著：《东平选集》，上海：新文艺出版社，1953 年版，第Ⅱ页。

诗卷兵书总可哀

——解读阿垅与胡风的书信往来

一、阿垅与胡风的通信和交往

在 1950 年《人民日报》针对阿垅的两篇文章《论倾向性》和《略论正面人物和反面人物》所发动的猛烈批判中，人们实际上已经可以明显感觉出其后讨伐"胡风文艺思想"的意识形态逻辑。由此也可以看出，阿垅（原名陈守梅、陈亦门，笔名圣门、S. M. 等）在所谓"胡风集团"中位置之重要。但对于一般的研究者来说，有关阿垅的文献资料却相对较少，仅有的一些也不太容易找。因此，由阿垅先生的独子陈沛和胡风先生的女儿晓风共同辑注的《阿垅致胡风书信全编》（以下简称《全编》）的推出，就特别值得学界的关注和重视。

举一个最小的例子：据阿垅生前的亲友耿庸、罗洛编写，绿原、陈沛修订的《阿垅年表简编》记载，阿垅于 1907 年 2 月生于杭州。[①] 但陈沛在《怀念爸爸》一文中却又说："爸爸出生于 1907 年 11 月"，然而紧接着又补充道："至今，谁都说不出他准确的生辰。"[②] 其实，在《全编》所收的阿垅于 1940 年 3 月 9 日自西安致胡风的信里，这位"七月派"最

---

① 耿庸、罗洛编写，绿原、陈沛修订：《阿垅年表简编》，见阿垅著：《阿垅诗文集》，北京：人民文学出版社，2007 年版，第 571 页。

② 陈沛：《怀念爸爸》，见北京鲁迅博物馆编：《一枝不该凋谢的白色花：阿垅百年纪念集》，银川：宁夏人民出版社，2010 年版，第 1 页。

重要的诗人之一，曾经这样谈及过自己的生日："偶然翻翻日历，看到了自己底生日，虽然离它还有三个星期，忽然心情汹涌得那样，禁不住一气写下了约二百七十行的诗。"[①] 照此推算，阿垅那年的生日大约应该为 3 月 30 日。考虑到阿垅出生的年代国人生辰多以农历为准的传统习惯，再对照现今的万年历，1940 年 3 月 30 日应为农历的二月二十二，正好与年表中所说的 2 月相符。如果再将 1907 年农历丁未羊年的二月二十二转换成公历，则应该是 1907 年的 4 月 4 日。

《全编》以阿垅自 1938 年 2 月 19 日至 1955 年 3 月 16 日致胡风的346 封书信为主体，同时将现存胡风致阿垅的全部 36 封书信按照相应的写信时间附入。对照《胡风全集》第 9 卷书信卷收录的"致阿垅"[②]34 封书信，《全编》增补了胡风 1947 年 9 月 28 日和 10 月 1 日自上海致阿垅的两封信。这两封短札主要是胡风与阿垅商量如何找人营救当时被国民党中统逮捕的贾植芳夫妇的，后均被《关于胡风反革命集团的第三批材料》摘引。之所以尚有"遗珠"，据书前的"出版说明"，是因为与"第三批材料"相关的书信在平反后由公安部另行归还。

阿垅与胡风通信长达 17 年有余，编者将全书分为四辑，与其说如所宣称仅仅是为了读者阅读的方便，不如说是自然突显了胡风和阿垅交往过程中重要的时空界标。

1937 年 8 月 12 日，阿垅作为国民党军八八师五二三团少尉排长，开赴上海闸北抗日前线，在淞沪战场坚持抗战两月有余，于 10 月 23 日的日机轰炸中右面颊及牙齿受一等重伤，被送往南昌医院再转长沙医院救治。正是在长沙疗伤期间，他给当时正在武汉主编《七月》的胡风，发出了现存至今的第一封投稿信。出院后，在湖南衡山短暂担任军事教官期间，阿垅在胡风的帮助下，经武汉八路军办事处吴奚如的介绍和安排，先单身一人跋涉一个月，由衡阳步行至西安，再由十八集团军办事

---

① 阿垅 1940 年 3 月 9 日自西安，见阿垅著，陈沛、晓风辑注：《阿垅致胡风书信全编》，北京：中华书局，2014 年版，第 44 页。

② 见胡风著，梅志、张小风整理辑注：《胡风全集》（第 9 卷），武汉：湖北人民出版社，1999 年版。

处联系后前往延安。从 1938 年 11 月底至 1939 年 5 月初大约半年的时间中，阿垅先后入抗日军政大学庆阳四分校、延安抗大学习。限于当时的医疗水平和他本人的经济条件，实际上，阿垅的牙伤一直到新中国成立初期都没能彻底痊愈。1939 年 4 月，在牙床溃疡糜烂发烧的状态下，阿垅坚持参加野战演习，于跃进中摔倒，右眼球被地面杂草蒺藜刺破，经组织上同意至国统区西安医治，后因交通线被封锁而未能返回延安。阿垅利用在西安治疗"牙眼"的半年时间，重写在延安学习期间起意并已经写成了两章的长篇战争小说《南京》（原稿未能携出），并于 1939 年 10 月完成全书。此后，滞留西安的阿垅入国民党军事委员会战时干部训练团第四团，任少校教官。1941 年 2 月底，阿垅又由西安至重庆，入国民党军事委员会政治部军事处第二科，任少校科员；不久，转入军令部第一厅二、三处，任少校参谋。

对于此一阶段的生活，阿垅在 1940 年 11 月 20 日自西安致胡风的信中，有这样一段自我小结：

> 只有一次战争，我骨如铁柱。只有一次短征，我溶解于光明。只有在写文章中，我完全回到了我自己。[1]

胡风于 1938 年 9 月撤离武汉。1939 年 7 月，胡风在重庆复刊《七月》。当阿垅 1941 年 3 月初到达重庆的时候，这是两人生活空间的第一次交集。但早在这一年的 1 月 22 日，当时尚在西安的阿垅，就在信里向胡风报告了"新年中第一件不愉快的事，是东平们底命运在我底心上所提出的控诉"[2]。这就是"皖南事变"，《七月》最重要的战地报告文学作家丘东平，事变之时正在新四军军中。5 月 7 日，为了对发动"皖南事变"的国民党表示抗议，胡风遵照周恩来的指示，自重庆撤退至香港。在

---

① 阿垅 1940 年 11 月 20 日自西安，见阿垅著，陈沛、晓风辑注：《阿垅致胡风书信全编》，北京：中华书局，2014 年版，第 59—60 页。

② 阿垅 1941 年 1 月 22 日自西安，见阿垅著，陈沛、晓风辑注：《阿垅致胡风书信全编》，北京：中华书局，2014 年版，第 63 页。

《全编》第一辑所收书信的 1938—1941 年间，阿垅和胡风名义上在重庆
聚首的时间不过两个月。

　　《全编》1942—1945 年的第二辑，就从阿垅于 1942 年 3 月 12 日在
重庆回复胡风于 3 月 7 日自沦陷后的香港安全撤回到桂林以后的来信开
始。一年后的 3 月 27 日，胡风回到重庆。从这时开始，直到 1946 年 2
月 25 日胡风因抗战胜利复员回到上海为止，将近有 3 年的时光，阿垅与
他"心所敬爱"①的师长胡风同处一地。在此期间，阿垅于 1944 年春考入
国民党陆军大学第二十期，并晋升中校，同年结婚、次年生子。但这也
是两人生活空间的最后一次重叠。

　　第三辑的 1946—1948 年，是阿垅一生中最不幸痛苦而又愤怒动荡的
一个时期。1946 年 3 月 17 日，妻子张瑞自杀身亡；四五月间，岳母因为
悲伤过度而病故。正当阿垅痛感"仿佛一个社会整个底力量，一下都撞
到我胸上来"②时，9 月又接到母亲垂危的电报，10 月 17 日，家中"只有
这一个""对我是重要的"③人也终于故世。接二连三受到惨重打击的阿垅
先是感觉"我有报复的毒念！"④然后悲痛麻木成"冷冷然憎恨一切"⑤，直
至发出抵抗的绝叫："这个必须击碎的世界！"⑥

　　本来，阿垅因回延安无望而重进国民党军事部门的时候，还是国共
共同抗战时期；"皖南事变"当中，阿垅明显倾向"东平们"；到重庆之
后，阿垅又与当时的一批进步学生交往密切；1946 年夏，阿垅从陆军大

---

①　阿垅 1939 年 7 月 6 日自西安，见阿垅著，陈沛、晓风辑注：《阿垅致胡风书信全编》，北京：中华书局，2014 年版，第 20 页。

②　阿垅 1946 年 5 月 17 日自重庆，见阿垅著，陈沛、晓风辑注：《阿垅致胡风书信全编》，北京：中华书局，2014 年版，第 127 页。

③　阿垅 1946 年 9 月 9 日自成都，见阿垅著，陈沛、晓风辑注：《阿垅致胡风书信全编》，北京：中华书局，2014 年版，第 142 页。

④　阿垅 1946 年 4 月 12 日自重庆，见阿垅著，陈沛、晓风辑注：《阿垅致胡风书信全编》，北京：中华书局，2014 年版，第 119 页。

⑤　阿垅 1946 年 6 月 3 日自成都，见阿垅著，陈沛、晓风辑注：《阿垅致胡风书信全编》，北京：中华书局，2014 年版，第 130 页。

⑥　阿垅 1946 年 9 月 21 日自重庆，见阿垅著，陈沛、晓风辑注：《阿垅致胡风书信全编》，北京：中华书局，2014 年版，第 143 页。

学毕业以后，到成都国民党陆军军官学校任中校战术教官。在重庆和成都期间，极端厌恶内战的阿垅，多次利用职务的便利，收集有关国民党军队编制和部署方面的军事情报，托胡风等朋友转送延安。1947 年 5 月，阿垅因情报工作被察觉，而从成都出逃至重庆。其时，以国民党中央军校教育长关麟征署名的通缉令亦到重庆，阿垅于是东下南京。在他职业无着、辗转杭州、南京两地"这毫无办法的艰难时期"①，阿垅从胡风处获得了精神和物质的支持和援助。同年 8 月，阿垅化名陈君龙，入南京中央气象局任资料室代理主任。1948 年 7 月，阿垅进入国民党陆军大学兵学研究院第十六期，任中校研究员；10 月，任国民党陆军参谋学校上校教官。就是在任职南京期间，阿垅提供的号称"左轴回旋"的国民党鲁南作战计划，通过胡风转交地下党组织的廖梦醒，直接为我军在"孟良崮战役"中取得重大胜利提供了军情参考。

　　阿垅在新中国成立后的 1949—1955 年间写给胡风的 121 封信及其 5 封附信构成了《全编》的第四辑。1948 年 12 月，按照香港转来的党的指示，胡风单身离开新中国成立前夕白色恐怖日益加重的上海，绕道香港，于 1949 年 1 月进入东北解放区，3 月，随中共中央统战部进入北平。4 月 23 日和 5 月 3 日，南京、杭州相继解放。当时已经参加第一次文代会筹委会的胡风在 5 月 7 日给在杭的友人去信，并问及路翎和阿垅。5 月 22 日，阿垅在家乡杭州给胡风复信。6 月，阿垅应邀出席在北平召开的中国文学艺术工作者第一次代表大会。9 月，经罗飞介绍，阿垅一度参加上海铁路公安局的工作。1950 年元旦到天津，任天津文联创作组组长和天津文协编辑部主任，直至 1955 年 5 月被逮捕。所以，《阿垅年表简编》中的"1 月 11 日到天津"② 一句不确，因为阿垅 1950 年 1 月 1 日自天津致胡风信的第一句就是："我今天到天津了。"③

<hr>

① 胡风 1947 年 8 月 18 日自上海，见阿垅著，陈沛、晓风辑注：《阿垅致胡风书信全编》附信，北京：中华书局，2014 年版，第 186 页。

② 耿庸、罗洛编写，绿原、陈沛修订：《阿垅年表简编》，见阿垅著：《阿垅诗文集》，北京：人民文学出版社，2007 年版，第 575 页。

③ 阿垅 1950 年 1 月 1 日自天津，见阿垅著，陈沛、晓风辑注：《阿垅致胡风书信全编》，北京：中华书局，2014 年版，第 254 页。

二、阿垅书信中的"好战"文字辨析

阿垅与胡风的往来书信，同时也可以看成是两人文学活动的日常工作档案和"七月派"研究的编年史料。

《全编》第一辑基本上对应着阿垅主要以 S. M. 为笔名，在《七月》上发表战地速写、报告，以及创作《南京》的时期，亦即战争文学时期。阿垅在《全编》第二辑时期的代表性文学活动，则分别是诗歌的结集和诗论写作的喷发。1942 年 8 月，诗集《无弦琴》被列入胡风主编的"七月诗丛"，由桂林南天出版社出版。而 1945 年 1 月的《希望》在重庆的创刊号，也以刊登一篇《箭头指向——》，预示着阿垅诗论写作丰产期的到来。

在 1946—1948 年间，身为"痛苦之子"[①] 的阿垅，抱持着"用所谓理想给创口涂些止痛的药"、"以友情和工作来相濡以沫"[②] 之心，以"要求一种不断的工作"，作为挣扎、自救于"足够毁败我"[③] 的苦痛之中的方式。这一时期，除了担任与方然、倪子明等人在成都创办的同人刊物《呼吸》的实际主编之外，他的诗论写作也蔚为大观。1948 年 1 月 16 日，阿垅就曾"约略估计"当时已经完成的诗论"共四十八篇"，"当在三十万左右了"[④]。等到 1949 年 8 月 15 日整理的时候，却已经"近五十万字，计六十八篇"[⑤] 了。这些成果后于 1951 年 11 月结集为《诗与现实》三卷本出版。

---

① 阿垅 1946 年 4 月 26 日自重庆，见阿垅著，陈沛、晓风辑注：《阿垅致胡风书信全编》，北京：中华书局，2014 年版，第 122 页。

② 阿垅 1947 年 3 月 27 日自南京，见阿垅著，陈沛、晓风辑注：《阿垅致胡风书信全编》，北京：中华书局，2014 年版，第 166 页。

③ 阿垅 1947 年 8 月 20 日自杭州，见阿垅著，陈沛、晓风辑注：《阿垅致胡风书信全编》，北京：中华书局，2014 年版，第 187 页。

④ 阿垅 1948 年 1 月 16 日自杭州，见阿垅著，陈沛、晓风辑注：《阿垅致胡风书信全编》，北京：中华书局，2014 年版，第 217 页。

⑤ 阿垅 1949 年 8 月 15 日自杭州，见阿垅著，陈沛、晓风辑注：《阿垅致胡风书信全编》，北京：中华书局，2014 年版，第 246 页。

　　此一时期阿垅的文字，除了在总共才出版了八期的《希望》上刊行之外，更多的还见之于各地一批由他和胡风的朋友们创办的、带有鲜明"七月派"标记的刊物。这些刊物主要包括阿垅在成都亲自参与编务的《呼吸》和《荒鸡小集》，北平朱谷怀编辑的《泥土》，由化铁和欧阳庄在南京创办的《蚂蚁小集》，以及满涛等人在上海出版的《横眉小辑》，等等。

　　无论在当时人还是现在的一般研究者眼里，这些文字似乎都很"好战"，以至于成了认定胡风、阿垅等人从事"宗派"活动的明证。确实，仅从《全编》中就可以看出，阿垅的诗论除了正面阐述他所理解的诗歌本质、性格特征和战斗方法等问题之外，其中很大篇幅都是针对他所认定的、当时诗歌创作中存在的问题所做的不无峻切的批评。批评涉及的对象既包括何其芳、袁水拍、沙鸥、陈敬容、臧克家等各派诗人，也包括在当时出版过诗论著作的朱光潜、朱自清、李广田等一批学者。此外，阿垅明显还是胡风及其朋友讨伐姚雪垠的主力。

　　要恰当研判这些文字，不能离开胡风和阿垅等人在这一时期的现实处境。1945 年，胡风因为不满于潮（乔冠华）、陈家康、项黎（胡绳）等人在重庆发起的反教条主义运动被强行遏止，而在《希望》创刊号上发表了舒芜和自己声援与坚持"才子集团"思想启蒙思路的文章，从而酿成了著名的"主观"公案，并连锁引发了王戎与邵荃麟、何其芳关于"倾向性"和"现实主义"，以及吕荧与何其芳关于客观主义的讨论。时在成都的阿垅致上海的胡风信中的一句话，比较准确地透露出了胡风及其朋友对这些事态的即时理解："今日接到管兄信，说是重庆还'缺席裁判'似的呢。"[①] 从 1948 年 5 月 25 日开始，在这一辑最后的十封信中，阿垅屡屡提到他和路翎等人准备回击以"怀君"[②] 和邵荃麟领衔的香港《大众文艺丛刊》对胡风文艺思想的批判。如果在这样两次重大论争的框架中审视阿垅此一时期的文字，就可以明了所谓"好战"中的很大部分，

----

　　① 　阿垅 1946 年 8 月 5 日自成都，见阿垅著，陈沛、晓风辑注：《阿垅致胡风书信全编》，北京：中华书局，2014 年版，第 137 页。"管兄"即方管，也即舒芜。

　　② 　即于怀，也即乔冠华。

实际上仅仅出于被动的"应战"，而其中因为愤激而产生的"辛辣"，也应该更容易获致人们的理解。

或许，今人不难体会阿垅对身兼左翼批判者的何其芳、袁水拍等诗人的不敬，是由于双方在"大众化"、诗歌介入政治等问题上素有分歧，但对他激烈批评陈敬容、穆旦等后来被称为"九叶诗人"的诗作，却难以轻表同情。虽然从《全编》中可知，阿垅最初注意到沙鸥和陈敬容，纯粹是因为杂志编辑的"似乎出题目作文"①。但一旦被询及，作为《七月》同人的阿垅，对陈敬容等带有现代主义倾向的诗作不能产生好感又几乎是注定的。因为早在 1938 年 1 月 16 日，在胡风于武汉召开的"七月社"第一次座谈会上，当议及文艺表现抗战的新形式的产生问题时，艾青刚一提及欧洲大战之后所出现的未来主义和达达主义，冯乃超马上就警觉地指出，这些欧战后的流派，其意义仅在于"反抗传统"，它们"是从现实生活游离出来的"，因而是不健康的。而楼适夷则更明确地对现代主义表示了拒绝：

> 中国民族革命战争和欧洲大战，在本质上是不同的。未来主义达达主义等所表现的是苦闷与彷徨，但我们今天的战争，是有光明与胜利的远景的。离开了现实主义文艺就没有前途。

在楼、冯两人的引导之下，座谈会的讨论成功规避了"向神秘的道路走"，而明显趋向"一诵出即达到大众心坎里"的、诸如报告诗、朗诵诗等"更大众化"的文艺形式②。冯、楼两人的观点几乎奠定了其后数十年左翼文艺界看待现代主义的基调。

然而，如果将阿垅对陈敬容的"攻击"，仅仅理解为"七月派"同人面对现代主义诗艺，因为固守所谓"健康／颓废"的藩篱，而表现出某种

---

① 阿垅 1947 年 9 月 3 日自南京，见阿垅著，陈沛、晓风辑注：《阿垅致胡风书信全编》，北京：中华书局，2014 年版，第 191 页。

② 《抗战以后的文艺活动动态与展望——座谈会记录》，载《七月》第 2 集第 1 期，第 195—196 页，汉口，1938-01-16。

视野的狭隘和目光的短视的话，那依然是对历史复杂性的轻忽和过简处理。

在 1948 年 3 月 19 日阿垅自南京的信中，有这么一句不引人注目的话："原来信，请寄香粉，便时请寄一点。"[①]"原"应该指诗人绿原，"香粉"即《横眉小辑》的第一辑《论香粉铺之类》。该辑以刊中所载的一篇方典（王元化）的文章为标题。因为该文似乎"很不正确地"批评了钱钟书先生在 20 世纪 80 年代后广受赞誉的小说《围城》，大概就连作者本人，晚年也不一定愿意提起这篇好像纯然出于"少年轻狂"之作了。但细读这篇文章就一定能够感觉出，早年的王元化在写作的当时，其内心充溢着的那种要把"伪善的法利赛人"从神圣的文学殿堂里赶出去的正义之情是无比真诚的。

实际上，《围城》中诸如对鲍小姐"赤裸裸的真理"和"局部的真理"之类的描写和幽默讥诮，仅仅是王元化据以做出"色情袭击到我们的文艺里来"这一批评断语的诸多文坛现象之一。作为"鲁迅、罗曼·罗兰、契诃夫……的爱好者"，王元化理所当然地将文学当作洗涤灵魂、升华精神的崇高力量之源，所以他绝难理解，不仅是鸳蝴派人物，甚至连显见的"学者"、"严肃的文学工作者"、"进步剧团"，都"在干着这种他们所不配干的勾当"。最令他愤怒和不可容忍的是，剧团演出专刊还以克利斯朵夫语录为标榜，将一个巨人"惨痛的战斗"和"壮烈的呼声"，变成了"香粉铺的装饰品"！[②]

"香粉铺"一语，就出自于罗曼·罗兰（Romain Rolland，1866—1944）的《约翰·克利斯朵夫》。在第五卷"节场"中，初到巴黎的克利斯朵夫深为法国文坛的淫猥怪异而震惊痛苦。罗兰写到其中一股"完全淹没"了克利斯朵夫的文学洪流，是那些"只为了勾引男人"的女性写的"像雨点那么多的小说"，这些小说"把私情丑事公诸大众"，"令人读

---

① 阿垅 1948 年 3 月 19 日自南京，见阿垅著，陈沛、晓风辑注：《阿垅致胡风书信全编》，北京：中华书局，2014 年版，第 226 页。

② 方典（王元化）：《论香粉铺之类》，载满涛等编：《横眉小辑》，上海横眉社，1948 年第 1 辑。

了如入香粉铺，闻到一股俗不可耐的香味与甜味。"^① 王元化就将他为之"惊异"的文坛"猥亵文字"，方之于"克利斯朵夫在'节场'所遇到的那些形形色色"。

需要探究的是：为什么早年的王元化在《围城》里只看到了"色情"和"俏皮话"，而"看不到人生"^②？《围城》里围困着的，不正是方鸿渐们琐屑凡庸的灰色人生吗？准确的答案是，王元化没有看到的，是他希望、理想中的人生，像克利斯朵夫那样壮烈、昂扬的奋斗人生。而显然，在当时的他看来，后一种人生才是 1948 年这样阴霾冷黯的年代里国人最为亟须的。

问题是，在我们的文学史叙述中，罗曼·罗兰被归入 19、20 世纪之交的批判现实主义，而《围城》显然已经带有明显的现代主义特征。如果对世界文学的"发展潮流"缺少必要的敏感，至少不也表明了批评写作者的不称职吗？殊不知这种线性"进步"的推论本身，或许又不折不扣地体现了现代偏见之一。

罗曼·罗兰写作《约翰·克利斯朵夫》的时期是 1904—1912 年，已经完全进入了 20 世纪初叶。在马歇尔·伯曼（Marshall Berman）等现代性理论家看来，20 世纪也是现代性自 16 世纪以来、五个世纪发展历程中的最后一个阶段。此时，现代性已经丧失了它在 19 世纪由尼采、马克思等所有伟大的现代主义者赋予的辩证结构，不再拥有那种"表达和掌握一个每一件事物都包含有其反面的世界"^③ 的思考深度和能力。现在看来，现代主义文化内在包含的、得自现代生活根源深处的矛盾和悖论，必然会在 20 世纪继续展开，而其极端发展和陷入困境，可能一直要到 20 世纪后半叶才会被伯曼等人清晰地体验到，但处在上两个世纪之交的罗曼·罗兰，也完全有可能以他沿袭自 19 世纪的、生机勃勃的理想主义精

---

① ［法］罗曼·罗兰著：《约翰·克利斯朵夫》，傅雷译，南京：江苏文艺出版社，2012 年版，第 574 页。

② 方典（王元化）：《论香粉铺之类》，载满涛等编：《横眉小辑》，上海横眉社，1948 年第 1 辑。

③ ［美］马歇尔·伯曼著：《一切坚固的东西都烟消云散了》，徐大建、张辑译，北京：商务印书馆，2013 年版，第 26 页。

神追求和人道主义关切，对 20 世纪开端法国文坛已经初露端倪的现代主义弊病，诸如对现代生活凡庸和荒谬的末世感，以及对世俗男女身体和欲望"无微不至"的关注，发出准确的预警和犀利的批判。

入选《横眉小辑》的标题文章以及同人间转相搜求，"七月派"同人对《论香粉铺之类》的推重，大概就源于他们与罗曼·罗兰逻辑的同构，以及对后者政治倾向的认同。由此可以进一步排除他们批评文章风格方面的"宗派主义"嫌疑，因为罗曼·罗兰对法国文坛的"苛责"有多深，"七月派"同人对批评对象的"痛诋"就可能有多痛快淋漓。依此思路，假如把阿垅对陈敬容等人的批评，理解成"七月"和"九叶"两大诗派，在激烈动荡的 20 世纪 40 年代的中国新诗界，展开的"相生相克"的交流和互动，应该更具建设的价值和文学史的意义。同样的角度，也有助于我们讨论胡风及其友人对姚雪垠等作家"色情"和"市侩主义"的指斥。

最与现今的定位截然相异的是，阿垅对朱光潜先生的批评，在当时的胡风看来却是当然的敌我斗争："弄朱光潜，很好。我们就和正面敌人对一对给他们看看吧。"[1]"他们"也即同信中亦有提及的郭沫若、茅盾等左翼对手。如果说胡风和阿垅自感与"他们"构成鲁迅先生所说的"横站"的对峙态势的话，那么朱光潜先生却被当时的左翼同人视作共同的"正面敌人"。这一点可能很容易被现在的研究者忽视，但只要读一读郭沫若不久以后发表在《大众文艺丛刊》上的《斥反动文艺》就可了然，郭文赫然称朱先生为"蓝衣监察"。当然，阿垅批评朱光潜、朱自清和李广田等学者，主要还是因为他们都在 20 世纪 40 年代出版了有影响的诗论著作。同样出于分析探讨、切磋批评的目的，在同期亦有诗论问世的艾青，尽管是同道朋友，也曾经被列入阿垅批评的写作计划。此外，朱自清和李广田还同为西南联大的教授，他们的诗论显然与"九叶诗派"的创作有一定的关联。

证明阿垅的四面出击并不是出于"宗派主义"的初心，并不意味着"七月派"同人的工作就毫无可议之处。事实上，对于他们这一时期文字

---

① 胡风 1947 年 11 月 2 日自上海，见阿垅著，陈沛、晓风辑注：《阿垅致胡风书信全编》附信，北京：中华书局，2014 年版，第 208 页。

中表露出来的情绪偏激和用词过火的失当，同人之间并非没有客观中肯的告诫和自我反省。在 1947 年 9 月 9 日自上海致南京阿垅的信中，胡风就特意提到："得北平朱谷怀信，内中有一段，另纸抄下。我觉得他说得很好。"显然朱谷怀明确批评了阿垅和方然主编的《呼吸》和《天堂的地板》。对此，胡风还补充说："我看，朱和周，行文都有聊以快意的成分，一种好像矫饰的成分，这会产生很大的害处。"[①] 他并且嘱咐阿垅将朱信摘抄阅后再转方然和绿原。阿垅则在两天后的回信中诚恳表示：

> 朱的话，我很感谢，和羞愧。对你也如此。相信我！我是怀着一种悲愤弄的，决不是意识地避去严肃。渴求一击是有的。那么，教育我！我不想到客观上却会如此。[②]

1948 年 3 月 19 日，在香港《大众文艺丛刊》第一辑出版半个多月后，阿垅对自己感情浓烈的批评文风做过反省：

> 爱和恨都强大地压迫着我，而事情又并非不严重，因此，自己也明知说话带着了感情，但是这是一种流露。[③]

4 月 8 日，胡风又在信中附上了朱谷怀对阿垅批评李广田表示异议的信，这促使了阿垅在 11 日的回信中进一步的自我剖析：

> 我往往如此，"狮子搏兔，亦尽全力"……我感到：假使例子强于论点，那是论点本来就弱；反之，像这样，论点强于例子，就

---

① 　胡风 1947 年 9 月 9 日自上海，见阿垅著，陈沛、晓风辑注：《阿垅致胡风书信全编》附信，北京：中华书局，2014 年版，第 193 页。"朱"指朱声，也即方然；"周"指周遂凡，亦即绿原。

② 　阿垅 1947 年 9 月 11 日自南京，见阿垅著，陈沛、晓风辑注：《阿垅致胡风书信全编》，北京：中华书局，2014 年版，北京：中华书局，2014 年版，第 194 页。

③ 　阿垅 1948 年 3 月 19 日自南京，见阿垅著，陈沛、晓风辑注：《阿垅致胡风书信全编》，北京：中华书局，2014 年版，第 225 页。

好像压迫了冤枉了人。其实，人倒不是重要的，重要的毋宁是论点。人，为了展开或者证明论点罢了。①

至于胡风，在写于 1977 年下半年的长篇狱中思想汇报《简述收获》中，他对自己在反击香港批判时所用的一些"刻毒的讽刺比喻"、与自己"有思想联系"的"小刊物"在反批评时"发泄"的"不满之气"，以及友人通信中"信口打诨"的"用语与口吻"有时"竟至到了轻薄和恶劣的地步"②，都做了极为沉痛的反省和真诚的自我批评。

三、照亮历史的褶皱和幽暗地层

从 1950 年起，阿垅开始深深地卷入了"胡风事件"在新中国成立后演变的各个主要环节。本来，新的时间开始了，而且终于可以一心一意地从事挚爱的文学了，所以初到天津的阿垅热情很高："我打算写两个小册子：《论艺术人物》和《拿破仑战史》。"③ 不料，"《论艺术人物》第一章"④《论倾向性》刚在天津《文艺学习》上发表，就遭到了《人民日报》的猛烈批判，紧接着被批判的还有刊发在上海《起点》第 2 期上的《略论正面人物和反面人物》。这一著名事件学界已有一定的讨论，但《全编》投注的光亮仍然有助于我们看清历史的一些褶皱和幽暗地层。

最值得玩味的是阿垅对两篇批评文章的先后反应。3 月 16 日，阿垅在天津致胡风的信中，叙述了他刚刚结束的一次进京，主要是听周扬

① 阿垅 1948 年 4 月 11 日自南京，见阿垅著，陈沛、晓风辑注：《阿垅致胡风书信全编》，北京：中华书局，2014 年版，第 228—229 页。

② 胡风：《简述收获》，见胡风著，梅志、张小风整理辑注：《胡风全集》（第 6 卷），武汉：湖北人民出版社，1999 年版，第 622 页、第 653 页。

③ 阿垅 1950 年 1 月 4 日自天津，见阿垅著，陈沛、晓风辑注：《阿垅致胡风书信全编》，北京：中华书局，2014 年版，第 255 页。

④ 阿垅 1950 年 1 月 15 日自天津，见阿垅著，陈沛、晓风辑注：《阿垅致胡风书信全编》，北京：中华书局，2014 年版，第 256 页。

关于"接受遗产"和"正确对待民族传统"的报告。在比较详细地转述了报告笔记要点之后，阿垅加上了一句评论："我听得很兴奋。讲得也很好。"然后又提到"最近，文艺上开始展开了批评"，其中包括陈涌在3月12日的《人民日报》上"批评了《论倾向性》，指出了它否定了政治"。对此，阿垅的理解是："目前强调思想斗争"，而且非常"复杂、艰巨"。最后，该信以"拉杂地谈这些，我也兴奋和幸福了"①一句结束。

仅仅3天之后的19日，在看到当天《人民日报》发表的史笃的《反对歪曲和伪造马列主义》一文之后，阿垅的语气大变。称呼之后，劈头第一句就是："今天看到天佐批评我。"然后基本上都是自责、难过和懊悔无及："我犯了一个严重的错误，如同用爆炸物爆炸了自己，如同必须刺瞎自己底眼睛"，"非常痛苦和泄气。……对师友们，我底罪过多大！"②

这一让军人出身的阿垅几近精神崩溃的事件，其基本事实在今天已经清楚：为了反对文学作品对正面人物的神化，阿垅征引了马克思在《新莱茵评论》上的两段书评。在不了解紧接着评论之后，马克思还有披露所评论的两部作品的作者复杂身份的一句话的情况下，把马克思所概括的那种不同于以往对革命领导人头戴"拉斐尔式"的"灵光圈"，而是"深入"了他们"私生活"③的描绘方法称为"范例"和"方向"。批判者史笃因此判定阿垅"有意隐瞒"最后一句话，目的是为了"盗用马列主义词句"，然后"做出马克思把特务的著作推荐给我们作'范例'和'方向'的罪恶推论"。

"有意隐瞒"云云，纯属深文周纳，因为同时的节选本大都不选这一句说明，而权威的全译还在呼吁和期待当中。但尽管如此，今天的我们仍能想见这一类的"硬伤"在当时可能具有的震撼程度，即便如何证明那是"无心的漏抄"。况且，对于这种无视基本事实、将学术和思想问题无限上纲的大批判手法，人们在后来的历史中也并不鲜见。但《全编》

---

① 阿垅1950年3月16日自天津，见阿垅著，陈沛、晓风辑注：《阿垅致胡风书信全编》，北京：中华书局，2014年版，第263—264页。

② 阿垅1950年3月19日自天津，见阿垅著，陈沛、晓风辑注：《阿垅致胡风书信全编》，北京：中华书局，2014年版，第264—265页。

③ 《马克思恩格斯全集》第七卷，北京：人民出版社，1959年版，第313页。

却不得不让人意识到，在史笃仿佛欲置人于政治死地的指责背后，确实有个人恩怨的隐秘驱动。因为史笃即蒋天佐的化名，他并不是第一次与阿垅在理论上交手。早在1948年，他就批评了阿垅的《语言片论》等文，而在通信中，阿垅与胡风也多次讨论过反批评文章《语言续论》的写作和发表。而正是在1948年，蒋天佐与陈敬容结婚。

　　指出这一事实，目的并不在于将"宗派主义"罪名的矛头调换方向。即便史笃真将个人的情感掺杂在1950年的批判之中，那也必须以他私人的冲动和主流文坛的需要取得契合为前提。正如"宗派主义"可能遮蔽我们恰当评估阿垅对穆旦等人的批评所可能包含的洞见，即现代主义由于相对超前舶来而必然带有先天局限，"宗派主义"同样也可能掩饰史笃对阿垅的批判背后权力运作的深层机制。因此，与其纠结于这一含混的政治罪名，不如拨开历史浮浅的表层，考察是什么样的时代关切，形塑了"七月派"不无激烈的话语方式？权力经过了怎样选择、排斥和界定的运作，建构了新中国成立初的批评话语形态？最为赤诚的战士诗人阿垅，与人称中国现代最抒情的女诗人陈敬容；强调主观意志燃烧的"七月诗派"，与寻求情感表达客观和曲折的"九叶诗人"之间，如何在并不全然愉快的碰撞之中，共同丰富了20世纪40年代中国诗歌的图景，并在对抗和竞争中相互映照出双方的洞见和限度？甚至，《围城》和张爱玲蕴含的现代主义潜力，为什么还需历经数十年的现代"时间"，才会引发国人滞后的共鸣？

　　同样在《全编》的光亮中清晰起来的，还有罗飞和梅志等人在上海创办的《起点》的命运。这一"胡风派"唯一诞生于新中国成立后的同人小刊，显然因为第2期上的问题论文而被阿垅紧急叫停。其实，早在批判发生之前的3月2日，《起点》就遭遇"一期北京说不卖了"[①]。翌日，阿垅从天津的书店问明白，停止销售《起点》是"总店通知的"[②]。尽管如此，当阿垅4月份写成反驳陈涌和史笃批评的文章以后，仍然这样表示：

---

　　① 阿垅1950年3月2日自天津，见阿垅著，陈沛、晓风辑注：《阿垅致胡风书信全编》，北京：中华书局，2014年版，第261页。

　　② 阿垅1950年3月3日自天津，见阿垅著，陈沛、晓风辑注：《阿垅致胡风书信全编》，北京：中华书局，2014年版，第262页。

寄北京，我估计未必刊出。上次杭兄来信说，还要弄一期，那么，等一下，等我寄北京不刊后就发表。①

6月13日，当反驳文章正式被周扬附信退回时，阿垅又表达过同样的意思。但《起点》3期终于未出。

此外，阿垅还是积极主张胡风1954年上书的朋友之一，并向胡风特别建议加强报告最后的正面意见部分，亦即"三十万言"中"作为参考的建议"。当上书最终失败，阿垅努力保全胡风的真挚愿望令人动容：

> 我敬爱你，一直到今天、将来，长兄似的敬爱你。我不能忍受你被毁灭。……我相信你底赤诚，也相信将来你将给与事业的光辉，关键是现在，关键是在现在首先从自己底弱点来开始求得解决。
>
> ……
>
> 因此，我建议：详密而深刻地作一自我检查，一直做到连批评者也都做不出来的那样的地步。②

在《全编》中，阿垅还有多处这样自剖心肝、直见性情的文字。由于新中国成立前的国民党军人经历，阿垅在新中国成立初期的求职和工作中都遭遇到了一定的尴尬。在他短暂参加上海铁路公安局工作期间，阿垅有这样的感受：

> 我详尽地写了自传，这是我们的态度。没有想到往往以赤心相见的场合筑起了障碍。③

---

① 阿垅1950年4月18日自天津，见阿垅著，陈沛、晓风辑注：《阿垅致胡风书信全编》，北京：中华书局，2014年版，第271页。"杭兄"指杭行，亦即罗飞。

② 阿垅1955年2月11日自天津，见阿垅著，陈沛、晓风辑注：《阿垅致胡风书信全编》，北京：中华书局，2014年版，第362页。着重号为原信所有。

③ 阿垅1949年11月1日自杭州，见阿垅著，陈沛、晓风辑注：《阿垅致胡风书信全编》，北京：中华书局，2014年版，第253页。

早此之前，阿垅希望继续发挥专长参加军事工作的愿望没能实现，他的心情表白既有类似鲁迅的知识分子远见，又有军人的自我牺牲精神：

> 始终坚信着：未来将是美好的，人民将是幸福的——不管要走多少迂曲的路，也不管会有多少正直的人遭遇了不被理解。每一次的革命都如此，特别是这改变世界的大革命，当革命的大踏步向前直进时……只要所有的，前面是这美好的未来和幸福的人民，个人的骸骨也可以这样铺砌道路。

即使自己"将被踏碎"，仍然"相信这个政权，相信人民和未来"[1]。这是阿垅为自己所做的预言。

相对于一般敏感的诗人，阿垅身上的预言家气质似乎格外突出。

> 要开作一枝白色花——
> 因为我要这样宣告，我们无罪，然后
> 我们凋谢。

这原本是阿垅在 1944 年 9 月写给新婚不久的妻子的。1981 年，劫后的绿原首次将自己编选的"七月派"二十位诗人的诗歌合集命名为《白色花》。从此，这一诗句也就成了整个"七月派"无罪的集体告白。

1952 年 6 月 9 日，面对昔日的友人舒芜的"倒戈"，阿垅这样告诉胡风："我记起那首'卑贱而又卑贱的灵魂'的诗，想不到，却在他底皮囊中看到！"[2]8 月 18 日，阿垅再次表示："不断地想起我早年那犹大的诗来。"[3]

---

① 阿垅 1949 年 9 月 6 日自杭州，见阿垅著，陈沛、晓风辑注：《阿垅致胡风书信全编》，北京：中华书局，2014 年版，第 249—251 页。

② 阿垅 1952 年 6 月 9 日自天津，见阿垅著，陈沛、晓风辑注：《阿垅致胡风书信全编》，北京：中华书局，2014 年版，第 324 页。

③ 阿垅 1952 年 8 月 18 日自天津，见阿垅著，陈沛、晓风辑注：《阿垅致胡风书信全编》，北京：中华书局，2014 年版，第 332 页。

　　令阿垅一再产生不幸而言中之感的，是那首收入《无弦琴》的《犹大》。早在 1941 年 10 月，阿垅就发过这样的议论：

> 十二门徒中
> 明知犹大在。
> ……
> 人之子一个人
> 是无可出卖的；
> 出卖了的是
> 一个卑贱而又卑贱的灵魂
> 那个犹大他自己。
> ……①

　　在 1941 年 3 月 7 日给胡风的书信附诗中，阿垅还咏叹过那位诗酒风流、同时还给《孙子》作过注的晚唐著名诗人，最末两句几乎亦可当作阿垅一生命运的准确自况：

> 当时杜牧真何奈！
> 诗卷兵书总可哀。②

---

　　① 　附《犹大》全诗："十二门徒中／明知犹大在。／／暴虐／一海的水淹没不了一粒明珠呀，／叛卖／阴险的十字架杀害不了不朽的光呀。／／革命是无可出卖的，／胜利是无可出卖的，／世界是无可出卖的，／历史是无可出卖的，／人之子一个人／是无可出卖的；／出卖了的是／一个卑贱而又卑贱的灵魂／那个犹大他自己。／／但是／犹大是立在十二大门徒之中／偎依在上帝底袍袖阴影里／寄生在人之子底战斗呼吸里／等候在他自己底卑贱的命运里。／／1941，10，11，林森路"，见阿垅著：《阿垅诗文集》，北京：人民文学出版社，2007 年版，第 38—39 页。双斜线表分段。

　　② 　阿垅 1941 年 3 月 7 日自重庆，见阿垅著，陈沛、晓风辑注：《阿垅致胡风书信全编》，北京：中华书局，2014 年版，第 66 页。这首七绝的前两句为："惆怅三年人再来，豆花畦垅散香埃。"

第二辑

重评鲁迅阐释史上的一件往事

——耿庸的《〈阿 Q 正传〉研究》

对冯雪峰《论〈阿 Q 正传〉》的批评

冯雪峰的《论〈阿 Q 正传〉》完成于 1951 年 9 月 15 日，发表在同年的《人民文学》上。耿庸的《〈阿 Q 正传〉研究》则于 1951 年 11 月写成初稿，后经六次修改，于 1952 年由上海泥土社初版，翌年再版。这场由耿庸挑起的笔战，在当年就显得有几分不同寻常，因为作为胡风的朋友，他所批评的对象，竟然是曾经与胡风一起、同被目为鲁迅晚年身边的亲密朋友并共同被划归"鲁迅派"的冯雪峰。由于学术的和非学术的原因，这场"笔墨官司"当年既没有在两个直接当事人之间形成正面的交锋，也没能分出是非曲直。这自然为相隔半个多世纪之后的我们，提供了重读和重新评析这些理论文章的理由。

一、冯雪峰的思路及其对鲁迅诗学的探索

今天看来，冯雪峰的《论〈阿 Q 正传〉》明显表现出了这样一个意图：通过解明《阿 Q 正传》的艺术特色和思想特色，揭示鲁迅的现实主义相对于古典的、批判的现实主义的发展和超越，从而给予鲁迅在世界文学史上的地位。

在冯雪峰看来，鲁迅的现实主义小说创作，尤其是其中最杰出的作品，已经在某种程度上发展和超越了古典的、批判的现实主义。这一超

越突出体现在："他的那些最杰出的小说，也和他的杂文一样，有着伟大的战斗的启蒙主义者所特有的思想批判的特色。"①

冯雪峰指出，杂文是鲁迅"最主要的战斗武器"，鲁迅给杂文赋予了"巨大的战斗性能和作用"；同时，杂文也是鲁迅"最高的创造"。在杂文这种形式中，鲁迅"把政论化成为诗而又丝毫也不减弱思想的深广性和政论的尖锐性与直接性"。鲁迅在杂文领域所取得的成就，在世界文学史上都可谓"空前"的创造。而兼有其杂文的伟大特色，也是鲁迅小说的独创或曰对世界文学的新贡献。冯雪峰甚至这样断言：由于鲁迅对待他的小说，也和他对待他的杂文一样，同样地"是从一个政论家，一个战斗的启蒙主义者"的立场出发，赋予两者同样的"战斗与批判"的任务，所以鲁迅越是像对付杂文一样地"去对付他的小说，则他的小说也就越杰出、越辉煌"。

这也是深入理解《阿Q正传》"这篇伟大杰作的基本精神"所"必须先有的预备知识"。冯雪峰说：《阿Q正传》"有着政论家的鲁迅和战斗的启蒙主义者的鲁迅的思想的充分的反映，其中的思想，都已经写在鲁迅在同时期所写的那些辉煌的杂文中，所以，那些杂文也都可以当作阿Q这个形象及其如何地被塑造出来的最好的注释"。

冯雪峰这篇小说论的特色，就是在《阿Q正传》和鲁迅同时期的杂文之间建立某种互文性。这是冯雪峰通过与鲁迅的近距离接触而获得的独特视角，具有直感的准确性。早在1937年的上海鲁迅逝世周年纪念会的演讲中，冯雪峰就曾对这一独特的视角做过比较系统的表述。

当时，冯雪峰将鲁迅毕生所做的工作概括为与中国民族的"死症"搏斗。作为"中国民族的战斗者之魂"，鲁迅尽毕生之力，勾画出了中国民族的史图，并对中国民族的"人性"做了深刻的解剖，从而指示出了民族改造的经典。这其中就包括了"最为大家所熟悉了的"阿Q。阿Q可谓是鲁迅用他那"勾魂摄魄"的笔所"勾画"出来的、我们民族中存

---

① 冯雪峰：《论〈阿Q正传〉》，见《雪峰文集》（第四卷），北京：人民文学出版社，1985年版，第109页。以下所引该文均见《雪峰文集》（第四卷），第108—122页，如不发生混淆，便不再另注。

在的"黑暗的鬼魂"① 的代表，是最亟待改造的民族性的典型。

鲁迅对中国民族性的解剖是以他对历史的透视为基础的。他着重展示了中国"几千年的黑暗的专制统治"和"近百年的帝国主义的宰割"，将中国人的"人性""摧残，压迫，曲折"成了怎样"教人战栗"② 的病态。正如冯雪峰对鲁迅著名杂文《灯下漫笔》的概括转述："长期在黑暗统治和野蛮侵略"之下的中国人民，"始终只在两种循环交替的时代之下"生息着："想做奴隶而不得的时代"和"暂时做稳了奴隶的时代"！"未曾有一天过过'人'的生活"！③ "我们自己的统治者将自己的人民作奴隶，有时作牛马；而对于进来的更强的征服者，中国的统治者自然自己也成为奴隶，但他们对于自己的人民却还是'奴隶总管'，并且又是刽子手，又是给征服者安排人肉酒筵的好厨师。"在外来"征服者和给征服者办人肉酒筵的厨师的合力统治之下"，"中国的民众——奴隶，是在反叛着的"，但"当然大都逃不出失败的命运。在这之下，就产生了奴隶主义和奴隶的失败主义——阿Q主义"。因此，"奴隶的被压迫史"，"是阿Q主义的产生史"，阿Q主义"是血所教训成的"；"奴隶的反叛被压平了之后"，相对于进来的"更强的征服者"，原本"居于奴隶之上的奴隶压迫者"，自然又"成为被征服的奴隶"了，但他们却为自己找到了合适的地位：对于残暴的征服者自然采用阿Q主义，而同时却为虎作伥！中国民族的被征服史"，同时也是"阿Q主义偿付更多血的代价的历史"。冯雪峰指出，这就是鲁迅"以毕生之力"描画出来的中国民族"衰弱史的总图"，同时也是阿Q主义的精华——"精神胜利法"④ 形成的深远历史根源。

---

① 冯雪峰：《鲁迅论》，见《雪峰文集》（第4卷），北京：人民文学出版社，1985年版，第1—2页。这篇演讲原题《鲁迅与中国民族与文学上的鲁迅主义》。以下所引该文均见《雪峰文集》（第4卷），第3—15页，如不发生混淆，不再另注。

② 冯雪峰：《鲁迅论》，见《雪峰文集》（第4卷），北京：人民文学出版社，1985年版，第4页。

③ 冯雪峰：《论〈阿Q正传〉》，见《雪峰文集》（第4卷），北京：人民文学出版社，1985年版，第114页。

④ 冯雪峰：《鲁迅论》，见《雪峰文集》（第4卷），北京：人民文学出版社，1985年版，第1—2页。

在《灯下漫笔》等杂文中，鲁迅所解剖的阿 Q 主义和"精神胜利法"，无论原因和具体的表现，都呈现出了普遍的多层次的复杂结构。以此来反观或者"注释"《阿 Q 正传》中"精神胜利法"的主要体现者阿 Q，冯雪峰自然就感觉到，如果仅仅将阿 Q 这一形象阐释和定性为"流浪的雇农"，恐怕难以承担起鲁迅所赋予奴隶的失败主义及其精华"精神胜利法"的全部深邃内涵。

由此，冯雪峰提出了他的中心观点："阿 Q 并不完全是中国雇农的典型或流浪的雇农的典型"，"阿 Q 这形象的主要的特征"，对于一切的阿 Q 主义和"精神胜利法"者，都是非常活生生且性格化的。因此，与其说阿 Q"是一个人物的典型化"，"不如说是一种精神的性格化和典型化"。"阿 Q，主要的是一个思想性的典型，是阿 Q 主义或阿 Q 精神的寄植者"。"在阿 Q 这个人物身上集合着各阶级的各色各样的阿 Q 主义"，即鲁迅前期所说的"国民劣根性"①。

冯雪峰显然很清楚他的主张必然会超逸和突破当时已有的对阿 Q"流浪雇农"这一阶级属性的判定，而表现出一定的超阶级性。或许，突破和超越已有的阶级典型说以及在此基础之上形成的"农村——农民——农民革命问题——辛亥革命的失败教训"这一系列解释，挖掘出作品更深层、更广泛、更本质的意义，正是冯雪峰写作《论〈阿 Q 正传〉》的根本动力。但冯雪峰显然也并不想全然否定已有的通行解释，他的策略是：努力使自己的主张与原有的通行解释取得兼容。

但他同时还得完成一次理论的转换。尽管《鲁迅论》和《论〈阿 Q 正传〉》的基本思路一脉相承，但前者是他对鲁迅思想的一次概论，而后者却是对鲁迅小说作品的艺术论析，所以，冯雪峰必须将他在 1937 年主要基于杂文得出的对鲁迅的基本理解和评价，恰当地转换成十四年之后对鲁迅小说艺术形象处理策略的探讨和阐释。换言之，他必须回答这样一个问题：鲁迅这一现实主义大师是如何在一个辛亥革命时期的农村流浪雇农身上，寄植和集合了各阶级的各色各样的阿 Q 主义，从而使这一

---

① 冯雪峰：《论〈阿 Q 正传〉》，见《雪峰文集》（第 4 卷），北京：人民文学出版社，1985 年版，第 111 页。

形象既不会因为思想性的概括广泛而削弱人物和环境的典型特征，也不会因为人物和环境的典型特征而缩小了思想性？换言之，怎样才能使活生生的人物性格的阶级性与他身上所寄植的国民劣根性的超阶级特性协调一致？

这确实是一个具有深刻理论内涵的诗学问题。冯雪峰对此的试解是区分了阿Q和阿Q主义。他认为，这两者在《阿Q正传》中既相互区别，又相互联系。理清两者的关系，找到其中的根据，是解开鲁迅之所以能够将阿Q主义的双重根源及其在不同阶级身上的各色各样的表现，概括到特定时代中一个活生生的流浪雇农身上的奥秘的关键。

冯雪峰指出：一个"满清皇朝之下"的"流浪雇农"身上的"阿Q性"或"阿Q相"，只是"由于鲁迅的挖掘、塑造和点破，立即以阿Q之名"，"成为家喻户晓的最闻名的东西，这就可见它原来就是非常有普遍性的东西。"尽管鲁迅当时是"以超阶级的观点看待"这种"国民劣根性"，但因为这种"国民劣根性"思想本身就是"阶级社会的产物"，并且揭发了封建和半封建社会的黑暗统治和半殖民地社会外来野蛮侵略的真相，因此也就自然地深刻"反映着封建社会和半封建半殖民地社会的阶级对立和阶级斗争的形态"。所以，鲁迅所指明的这种"劣根性"一方面"具有广泛的社会意义"，普遍地"存在于各阶级中"；但另一方面，其"各色各样"的表现就显示出了其中的"阶级性"①。

因为真实地揭发阶级社会的真相，所以阶级的事实自然存在其中。大概就是为了显示出这一"现实主义的胜利"，使"精神胜利法"的普遍性不至于与通行的阶级观点发生冲突，相对于《鲁迅论》，冯雪峰对《论〈阿Q正传〉》的论述顺序和强调重点也做了着意调整。同样是论述阿Q主义的双重根源和双重表现，《鲁迅论》优先和重点论述的都是民众的奴隶主义。而在《论〈阿Q正传〉》中，冯雪峰却把"精神胜利法的创作权及其光荣"首先归之于"失败于外来侵略者的统治阶级"，认为统治阶级用以自欺欺人的"奴隶的失败主义与投降主义"是"最标本

①　冯雪峰：《论〈阿Q正传〉》，见《雪峰文集》（第4卷），北京：人民文学出版社，1985年版，第113页。

的精神胜利法"。同时，"反动统治阶级的这种失败主义及欺骗的精神胜利法"，"不仅是统治者用来安慰和欺骗自己"，而且主要的还用它"来欺骗人民，压迫和麻痹人民对侵略者的反抗运动和斗争意志"。冯雪峰认为，鲁迅"指出这种精神毒素""从封建半封建的统治阶级及其一切御用者帮闲者散发出来"，"这种正确的分析和判断在实际上就明明是明确的阶级观点"，体现了他"这个伟大的革命启蒙主义者的战斗的意志和阶级立场"。

那么，"鲁迅以现实主义巨匠的概括力"，在阿 Q 这个典型中，同时概括了反动统治阶级和民众的阿 Q 主义及其精华"精神胜利法"，却为什么"不会使我们引起混淆的感觉"呢？"因为鲁迅对于一个流浪的雇农的阿 Q 和对于阿 Q 主义者的阿 Q"①，态度上有非常明确的区分：对于流浪的雇农阿 Q，鲁迅给了他任何人都未曾给过的最"深大的爱"，但也正因为这种"民族的和阶级的爱"，所以他对阿 Q 和他身上的民众的阿 Q 主义，同时也怀有"最伟大的愤怒和憎恨"，并借此号召奴隶起来反抗，争得"在做稳了奴隶及做奴隶而不可得的时代之外"的"第三种时代，争得'人'的地位"②；而对于"他所攻击而催促其灭亡的"统治阶级及其阿 Q 主义，鲁迅则是"决不妥协"、"深恶痛绝"，"毫不可惜它的溃灭"③。

看来，冯雪峰确实很希望在对鲁迅的诗学探索上有所推进，所以他又进一步提出了一个设问：既然阿 Q 主义各色各样地存在于各个阶级中，"鲁迅这个现实主义的巨匠，为什么不采取一个别的人"，"来寄植和概括阿 Q 主义，而独独采取一个流浪的雇农呢"？冯雪峰之所以提出这样的问题，是因为他在脑海中时刻将鲁迅与俄罗斯的杰出作家及其优秀作品，

---

① 冯雪峰：《论〈阿 Q 正传〉》，见《雪峰文集》（第 4 卷），北京：人民文学出版社，1985 年版，第 116 页。

② 冯雪峰：《鲁迅论》，见《雪峰文集》（第 4 卷），北京：人民文学出版社，1985 年版，第 4—7 页。

③ 冯雪峰：《论〈阿 Q 正传〉》，见《雪峰文集》（第 4 卷），北京：人民文学出版社，1985 年版，第 116 页。

诸如果戈理的《死魂灵》和冈察洛夫的《奥勃洛莫夫》[①]，相对照，以后两者所取得的艺术成就和社会影响类推，即便鲁迅"采取别的人来概括和塑造"阿Q主义，也同样可以达到"出色和辉煌"。合理的解释只能是："这和鲁迅的革命思想以及他的启蒙主义的方向"有关。鲁迅"敏感到当时革命的问题在于农民""是否觉悟和发动起来"，希望鼓动阿Q们起来革命，所以他把阿Q主义和精神胜利法概括在一个雇农身上，因为这是"奴隶造反"和"人民革命最要不得的"，是人民身上"必须首先加以批判和抨击的弱点"。至于把统治阶级的阿Q主义也概括在阿Q身上，"是鲁迅在替人民清除阶级敌人所放射来的精神毒素"，同时也"使人民更感觉到自己的弱点的严重性而加倍警醒"。

此外，"鲁迅把他的人物的时代放在辛亥革命时候，而反映出辛亥革命的失败教训，这也足以说明他的现实主义是在探寻中国革命的道路，是和革命的现实相结合的。"冯雪峰真可谓用心良苦，他在鲁迅诗学方面每掘进一步，他同时也会注意检查一次自己观点的升级是否与通行的正统解释保持兼容。但兼容策略的采用也导致了冯雪峰在论证自己的理论发现之外，必然会在自己的文章中保留一些人云亦云的套语。冯雪峰并不在意这些套语，因为他的所有理论热情都只聚焦在一点，就是向世人表明：《阿Q正传》"是鲁迅的战斗的启蒙主义思想及政论家的特色，跟他的现实主义的巨大概括力及高超的艺术手腕相结合的作品"，思想"特别深广"，艺术"特别辉煌"，堪称"世界现实主义文学的突出的高峰之一"[②]。

---

① "七月派"的重要诗人阿垅在20世纪50年代反对文学创作对政治内容的概念化表现，反对除了工农兵以外不能写的论调和对反面人物的丑化描写的时候，曾经将冈察洛夫的《奥勃洛莫夫》作为重要的反证，并称作品的主人公奥勃洛莫夫为"典型的极致"。因为作家不但以反面人物为主角，而且还在他身上表现了似乎是没落阶级人物不能或"不应有"的"好的"品质，即写出了反面人物的"笑容"和"柔情"。当这些"好的"品质也无可避免地成为历史全面否定没落阶级的"殉葬物"的时候，这样的否定才算达到了"否定的高度"。参见拙文《阿垅对现实主义理论的坚守与探索》，载《学术月刊》，2008年第2期。这也从一个方面说明冯雪峰当时对《阿Q正传》的阐释重心，主要在于诗学和艺术的方面。

② 冯雪峰：《论〈阿Q正传〉》，见《雪峰文集》（第4卷），北京：人民文学出版社，1985年版，第121—122页。

在某种意义上说，探索鲁迅的小说诗学，奠定鲁迅在世界文学史上的地位，才是冯雪峰写作《论〈阿Q正传〉》的终极目的。在《鲁迅论》中，冯雪峰就曾感叹，尽管鲁迅在"著作之文学的数量和重量上"不及高尔基，但他"对于中国民族的重要不但不逊于高尔基之于俄罗斯民族"，而且简直可以说"一人而尽着果戈理，培林斯基（今译别林斯基——笔者注），以至高尔基的历史任务"。但"由于中国文字的特殊"和当时中国国际地位的低下，鲁迅的世界意义受到了限制，他"对世界的影响，就和中国民族的地位一样，正要我们去争取"①。《论〈阿Q正传〉》的写作，可以说是对十四年前的一个夙愿的完成。

二、耿庸的《〈阿Q正传〉研究》对冯雪峰的批评

如果说，冯雪峰对《阿Q正传》的阐释，是在不排斥通行的政治意识形态系列解释的同时，努力发掘阿Q典型更深层丰厚的意义，从而探索鲁迅的小说艺术的话，那么，耿庸对冯雪峰的质疑却始终锁定在探讨鲁迅思想及其发展的层次。换言之，尽管耿庸的《〈阿Q正传〉研究》采用的是处处与冯雪峰论辩的姿态和写作策略，但自始至终，他对冯雪峰的批评，似乎都没有针对冯雪峰观点的核心，即鲁迅小说的诗学问题，而将自己的主要火力，都集中到了冯雪峰袭用的那些"套语"上。

（一）"一贯"论与"两截"论

《〈阿Q正传〉研究》全书分五个部分。第一个部分"关于鲁迅思想的二三理解"集中批驳了冯雪峰的第一个"套语"，即认为鲁迅在尚未获得"明确的阶级观点"的思想"前期"，"以超阶级的观点"看待阿Q身上的"国民劣根性"，所以"对于农民群众的革命性和革命力量""有些

---

① 冯雪峰：《鲁迅论》，见《雪峰文集》（第4卷），北京：人民文学出版社，1985年版，第12页。

估计不足"，"并且有过某种程度的悲观和怀疑"①。

对于这一"套语"，有两点耿庸完全不能认同：第一，把鲁迅先生的一生"机械地""截为两段——'前期'是进化论的，'后期'是阶级论的"；第二，把鲁迅先生这位"以'共产主义的宇宙观和社会革命论'为内容的中国新文化大军的旗手，说成是'超阶级'的、看不清人民大众的革命力量——'怀疑'不足、继以'悲观'"②，则完全与马列主义、毛泽东思想不符。

耿庸的理论确信显然来自于《新民主主义论》对鲁迅一生的论定。他对"悲观和怀疑"论的反驳以一个设问开始：能不能因为鲁迅先生暴露了旧社会的反动统治所加于人民的精神奴役的创伤，并看清了这种创伤又在不同程度上成了反动阶级借以维持统治的凭借，就因此认为他对人民大众的革命性和革命力量有所"悲观和怀疑"？耿庸的回答不仅是否定的，而且指出，鲁迅先生暴露人民身上的精神创伤，正是为了"实事求是地焕发人民的觉醒，热情地担当革命斗争的先行工作"。因为人民觉醒的过程，也就是克服精神创伤的过程，"没有这个是痛苦更是欢乐的过程"，也就没有成长和壮大的过程。所以，暴露并与人民的精神创伤"作不可调和的斗争"，正是为了帮助人民"缩短觉醒的过程"、"迅速地走向新生和成长"。这是伟大的思想家和革命家"忠心怀抱"的庄严志愿，没有丝毫对于人民大众的"悲观和怀疑"。

耿庸认为，冯雪峰"悲观和怀疑"论的主要根据是冯对鲁迅前期的这样一个判断：

> 鲁迅在思想上虽然达到了彻底的……资产阶级民主主义的革命思想，可是……关于怎样达到这革命，即依靠什么力量和谁来领导

---

① 引文出自冯雪峰：《论〈阿Q正传〉》，见《雪峰文集》（第4卷），北京：人民文学出版社，1985年版，第116页、第113页、第121页。但耿庸选用的批判靶子并不限于《论〈阿Q正传〉》一文，有些意思相近的段落还出自冯雪峰的《党给鲁迅以力量》、《鲁迅生平及其思想发展的梗概》等文。

② 耿庸：《〈阿Q正传〉研究》，见耿庸著：《文学：理想与遗憾》，上海：上海辞书出版社，2004年版，第119—120页。以下所引该文均见耿庸著：《文学：理想与遗憾》，第117—192页，如不发生混淆，不再另注。

的问题，鲁迅还没有明白的认识。①

对此，耿庸则引用《论人民民主专政》来说明：

> 十月革命一声炮响，给我们送来了马克思列宁主义。十月革命帮助了全世界也帮助了中国的先进分子，用无产阶级的宇宙观作为观察国家命运的工具，重新考虑自己的问题。走俄国人的路——这就是结论。②

耿庸接着分析说："中国先进分子的存在和俄国十月革命的影响"，是"问题的主观根据和客观条件的辩证的过程"，鲁迅先生因为具有"辩证唯物主义的思想内容和把握事物的矛盾规律的思想方法"，"所以在十月革命之后立即在思想要求上明白了新社会的创造者是无产阶级"，并早在十月革命后的第一年（1918 年），即在《热风·随感录》五十九中，热情地"回应"和"赞颂"俄国十月革命。这足以证明：鲁迅先生是"确信中国人民能够而且必然要走上"俄国人民的革命道路的，并且"鼓动"中国人民走上这条道路。"由确信到鼓动，这就决不会是对人民大众力量的'估计不足'以至于'悲观和怀疑'；相反"倒更是由于根生于现实，因而也执着现实的"③。

---

① 冯雪峰：《鲁迅生平及其思想发展的梗概》，见《雪峰文集》（第 4 卷），北京：人民文学出版社，1985 年版，第 93 页。

② 转引自耿庸：《〈阿 Q 正传〉研究》，见耿庸著：《文学：理想与遗憾》，上海：上海辞书出版社，2004 年版，第 124 页。

③ 耿庸：《〈阿 Q 正传〉研究》，见耿庸著：《文学：理想与遗憾》，上海：上海辞书出版社，2004 年版，第 124—125 页、第 128 页。耿庸所说的鲁迅先生"回应"和"赞颂"十月革命的段落指："新主义宣传者是放火人么，也须别人有精神的燃料，才会发火；是弹琴人么，别人的心上也须有弦索，才会出声；是发声器么，别人也必须是发声器，才会共鸣。""看看别国""有主义的人民"，"因为所信的主义，牺牲了别的一切，用骨肉碰钝了锋刃，血液浇灭了烟焰。在刀光火色的衰微中，看出一种薄明的天色，便是新世纪的曙光。"鲁迅：《热风·五十九"圣武"》，见《鲁迅全集》（第 1 卷），北京：人民文学出版社，2005 年版，第 371 页、第 373 页。

　　如果早在 1918 年，鲁迅对于人民大众的革命性和力量就已经是"确信"并且"鼓动"了，那么，"悲观和怀疑"论的前提，即鲁迅思想的"前""后"期的两截区分也就自然失去了事实依据。耿庸想证明的是：鲁迅毕生都是一个"战斗的、实事求是的现实主义者"，他的"全部作品都显示着他的深入历史内容"，因而"总是和历史现实一同前进的实际"，因此，他的"基于生活实践的思想之发展"也是"一贯的"。哪怕在所谓的"前期"，鲁迅先生也已经"在战斗实践中把握了实际的阶级斗争理论"，其思想"不能单纯用进化论来概括"①。

　　这就不得不重新考辨鲁迅先生在《三闲集·序言》里"一向是相信进化论的"，以及翻译普列汉诺夫的《艺术论》以纠正"只信进化论的偏颇"这样的自述。耿庸认为，除非对之"加以机械的、形而上学的理解，便不能因此得出鲁迅先生'前期'是进化论者或社会达尔文主义者的结论"。自然，鲁迅先生的思想发展也是"经过它的生长过程的"。"他相信进化论，然而并非以进化论为世界观，更没有以进化论来限制历史和模糊斗争，而是借着进化论以展望社会未来的光明。""在战斗实践中，被用来作为武器之一的进化论固然提供他以仇旧迎新的支持力量"，但因为鲁迅先生"在阶级社会里面的具体的社会斗争实践中""付出了血肉因而也取得了血肉"，因而也就在"社会的实际斗争中把握到了阶级论的实际内容即无产阶级的世界观"。这一点可以在《阿 Q 正传》中得到验证，在这部创作于 1921 年的小说中，人们并不能找到进化论的痕迹，看到的倒是"农村阶级斗争"②的真实反映。

　　至于鲁迅初期作品中确乎使用过的"国民"这个字眼，不应将之理解为"超阶级"的思想，而应该理解为渗透鲁迅全部作品的"强烈而深刻的人民性"③在初期作品中的体现。

---

　　① 耿庸：《〈阿 Q 正传〉研究》，见耿庸著：《文学：理想与遗憾》，上海：上海辞书出版社，2004 年版，第 119 页、第 128 页、第 126 页。

　　② 耿庸：《〈阿 Q 正传〉研究》，见耿庸著：《文学：理想与遗憾》，上海：上海辞书出版社，2004 年版，第 125—126 页。

　　③ 耿庸：《〈阿 Q 正传〉研究》，见耿庸著：《文学：理想与遗憾》，上海：上海辞书出版社，2004 年版，第 126 页。

（二）"号召新的革命"与"探寻革命道路"

在《〈阿 Q 正传〉研究》的第二部分"历史的真实"中，耿庸将论辩的靶子选定为冯雪峰用来与自己所总结的鲁迅诗学相兼容和缝合的、当时通行的一种对《阿 Q 正传》的政治解释：

> 鲁迅把他的人物的时代放在辛亥革命时候，而反映出辛亥革命的失败教训，这也足以说明他的现实主义是在探寻中国革命的道路，是和革命的现实相结合的。①

耿庸不同意冯雪峰的"探寻革命道路"论，理由紧承第一部分的逻辑水到渠成：早在 1918 年，鲁迅先生"就业已明确地号召中国人民'抬起头来'向俄国人民的十月革命看齐，实在是很可不必退步地去'探寻'"了。相反，鲁迅先生在《阿 Q 正传》中"反映的是辛亥革命当时所包容着的、一个在性质上有别于辛亥革命的革命胚胎"，而且"凭这来号召新的革命"②。

在某种意义上，耿庸的"号召新的革命"论是从政治阐释的角度，对《阿 Q 正传》的深广意义做了与冯雪峰的诗学向度全然不同的解读。

同样以《阿 Q 正传》和《灯下漫笔》为主要根据，耿庸重新解析了精神胜利法的起因和心理过程：人民，既已被当作"下贱的""蚁民"，还要把"拨动反抗要求的情愫忍住在自己的心里面"，这才是他们从统治阶级染受到精神胜利法的根本原因。无论是阿 Q 式的"自轻自贱"抑或"自高自大"，都既不能保证维持生活，也不能改变"卑末的"地位，反倒因此渐渐"冲淡了或麻木了原来忍在内心的反抗的情愫，化成为不过

---

①　冯雪峰：《论〈阿 Q 正传〉》，见《雪峰文集》（第 4 卷），北京：人民文学出版社，1985 年版，第 121 页。

②　耿庸：《〈阿 Q 正传〉研究》，见耿庸著：《文学：理想与遗憾》，上海：上海辞书出版社，2004 年版，第 131 页。鲁迅先生的"号召"即为《热风·五十九"圣武"》中一句："曙光在头上，不抬起头来，便永远只能看见物质的闪光。"，见《鲁迅全集》（第 1 卷），北京：人民文学出版社，2005 年版，第 373 页。

是聊以自慰的精神胜利"①。

　　当辛亥革命来到未庄的时候，尽管阿Q对革命的理解和想象都非常落后，但他对革命的热烈响应（"便是我，也要投降革命党"）"仿佛突然而来"，然而却"有着悠长的、深厚的、对于革命对象的仇恨的宽广的物质基础和心理基础"，于是，"那个隐忍在内心深处的反抗情愫"就"涌动"起来了；但资产阶级在革命中"背叛了自己的同盟者"农民，这除了导致资产阶级民主革命的失败以外，还"强力地刺激"了"在觉醒起来"并有了革命要求的农民。因此，当阿Q被摒绝于革命队伍之外以后、"满心痛恨"地"总要告"假洋鬼子"一状"的时候，就已经不是精神胜利法了，而"是自发地意识到了那个革命的反人民的实质而在旧意识之下所表现的一个怨愤的控诉和复仇的反拨"了。尽管"还没有先进阶级和先进政党的领导"，但是即便是阿Q，"也业已分明地肯定了必须革'不准我革命'者的命了。他所追求的，已经是和辛亥革命"在性质上大不相同"的另一种类的革命了；虽然最后阿Q是被当作"盗匪"杀害了，但在他自己，却是"因为我想造反"、"向往革命而死的"②。

　　耿庸认为，鲁迅先生正是通过阿Q这个"艰难地走向革命而带着革命意志死去了的人物"的创造，表现了农民革命思想的生长过程，因此，《阿Q正传》不是"消极地'反映出辛亥革命的失败教训'"，而是"积极地号召革命并指出""和俄国十月革命相通的革命方向"。

　　可见，"鲁迅先生是正确而明确地认识了中国农民的革命性、革命力量和作为中国革命的基本群众的地位"的。当然，"如果不看到中国农民在长期封建统治下所带有的精神伤疾的一面"，也就取消了"农民的革命力量之所以能够形成并发展的自我斗争的过程"③。就这样，耿庸用胡风有

---

①　耿庸：《〈阿Q正传〉研究》，见耿庸著：《文学：理想与遗憾》，上海：上海辞书出版社，2004年版，第134—135页。

②　耿庸：《〈阿Q正传〉研究》，见耿庸著：《文学：理想与遗憾》，上海：上海辞书出版社，2004年版，第137—139页。

③　耿庸：《〈阿Q正传〉研究》，见耿庸著：《文学：理想与遗憾》，上海：上海辞书出版社，2004年版，第139—140页。

关作家或作品人物"自我斗争"的思想处理了阿Q的精神胜利法与革命性的关系。

（三）"典型环境中的典型性格"与"寄植"说

也许，《〈阿Q正传〉研究》的第三部分是全文中唯一对冯雪峰的核心观点进行了批评的部分。耿庸将冯的"精神的性格化和典型化"以及"寄植"说的错误分析为两点：首先，"居然主张典型可以没有个性，而只要是某种概念"或精神的形象"化"，从文学创作的角度着眼，是公式主义，而如果将这种主张归之于鲁迅先生，则"质变"和"歪曲"了"鲁迅的方向"；其次，不区分阿Q主义的阶级内容和阶级特征，而视之为所有阶级"共有的""国民劣根性"，是"混乱了甚至抽空了"阶级界限的超阶级观念。

耿庸希望通过对阿Q这一"典型环境中的典型性格"形成和发展过程的分析，来对冯雪峰的观点进行反驳和校正。耿庸认同冯雪峰对精神胜利法"奴隶的失败主义"的本质概括，也同意冯将阿Q主义的"创作权"归之于"失败于外来侵略的统治阶级"，并认为"人民自身的精神的创伤"直接来自"反动阶级的精神奴役"。但他同时强调，这只是《阿Q正传》"消极的一面"，积极的一面则是：鲁迅先生从阿Q"被压得歪曲的性格"中，"揭发"和"展现了与阿Q主义相对立的阿Q的革命性"。这是阿Q精神的"另一面、并且是主要的一面"，正是这一面，使人民和反动阶级区分并"绝缘"开来。

耿庸援引鲁迅的《华盖集续编·〈阿Q正传〉的成因》一文来直接证明阿Q的革命性："中国倘不革命，阿Q便不做，既然革命，就会做的。""此后倘再有革命，我相信还会有阿Q似的革命党出现。"[①]这是因为冯雪峰也曾经以鲁迅先生在同一篇文章中转引高一涵的《闲话》一事，来证明精神胜利法的普遍性，耿庸便以此针锋相对。

---

① 鲁迅：《〈阿Q正传〉的成因》，见《华盖集续编》，《鲁迅全集》（第3卷），北京：人民文学出版社，2005年版，第397页。

耿庸对阿 Q 典型性格发展的分析突出强调了中国农民"潜伏在蒙昧"状态的革命性，"突破"了"沉重的精神负荷"而艰苦生长的过程。在阿 Q 那被"沉重的压迫""歪曲了的性格里面"，仍然深深埋藏着"生活下去的社会要求，和变化为内心的苦痛的反抗的意志"，这一"受苦的人类""渴仰完全的潜力"和要求，为被侮辱与被损害的人们提供着性格支持的力量。"在生命受到致命的威迫的时候"，这种潜力和要求就会发光。

阿 Q 性格的发展包含着这样几个关键环节：在发生了"生计问题"之后决然上城求食，反映出阿 Q 生命的最初觉醒；在城里不"忍气吞声"地受举人老爷的奴役，回到未庄之后复能坦然而冷漠地面对赵太爷们，这是阿 Q "从自卑自贱的状况之中""脱身而出"；当辛亥革命到来的时候，"向往革命"的阿 Q，"生命就迅速地在饱满起来"，他的思想在土谷祠"闪闪的"烛火下"进跳"，是因为他的生命即将克服身上的精神历史负担，"庄严地直立起来"；被捕下狱时"我想造反"的真情表白，标志着阿 Q 性格的最终确立和完成。总之，阿 Q 性格的发展过程，同时也反映了中国人民对于"几千年的残疾"的第一次"最猛烈的突破"过程。

严格区分阶级界限自然使耿庸对冯雪峰的"集合着各阶级的各色各样的阿 Q 主义"的"寄植"说大为不满，他尤其不能容忍冯雪峰的可以"采取别的人来概括和塑造"阿 Q 主义的假设。对此他批评道：

> "寄植"这一说法，正是典型的观念论，好像这阿 Q 主义真是一个离开了实际的阶级斗争的基础的东西，可以放在任何阶级的人身上，而性质依然可以"同样"似的，好像鲁迅先生是先有了阿 Q 主义这个概念，这才来找一个居然可以信手拈来的"寄植"的对象，而不是经过战斗的实践取得了历史内容、阶级内容的阿 Q，这才同时也击中了阿 Q 主义似的。①

在指认冯雪峰为概念化、公式主义和观念论的时候，耿庸表现了对

---

① 耿庸：《〈阿 Q 正传〉研究》，见耿庸著：《文学：理想与遗憾》，上海：上海辞书出版社，2004 年版，第 155 页。

胡风区分"形象思维"与"形象化"思想的深刻领悟与体认①。他说：

> 现实主义的作家，首先并不是凭恃自己的某一概念、希望和用意来创作，而是首先根据现实生活、现实生活的人的活的本质，凭了思想要求的引导来创作的。这就正是现实主义和公式主义的根本的、关键的分歧。②

这也许是耿庸最贴近冯雪峰艺术探讨层面的一个批评，但这一批评仍然出自他政治解读的立足点。耿庸的理论兴趣和发明在于区分和探讨阿Q主义的阶级特征。他指出，阿Q主义是阶级斗争复杂关系的产物：统治阶级的精神"胜利"，来自于几千年"凶残的吃人的'履历'"，而阿Q的精神胜利法，却是由于对剥削和压迫的阶级反抗要求不能在现实中起作用而退缩到"精神"所致。这一本质区别不容含混和歪曲。因此，通过对阿Q的精神胜利法的描写，固然可以一并击中剥削阶级的精神胜利法，因为前者本来就是受后者毒害的结果，但绝不可能通过对剥削阶级的凶残的描写来概括劳动人民的阿Q主义。

对于鲁迅为什么"从农村无产者来掘发地创造阿Q这一典型性格"问题，耿庸也有自己的回答："为了进行战斗。"首先，"鲁迅先生之所以以革命的人道主义的精神举起了阿Q"，是因为阿Q"想造反"，想做革命党、打碎奴隶的镣铐。其次，在"切实而深刻地意识到"农民的革命力量和要求的同时，鲁迅还深切地认识到，在农民当中，像阿Q式的贫雇

---

① 胡风最早在1942年的桂林提出了"形象思维"的理论，以批评当时流行一时的诗歌"形象化"理论。胡风认为，"形象化"理论危险有二：容易让人以为"形象就是诗"，从而忽略了诗之为诗的最重要的因素，即诗人的主观战斗精神；给主观公式主义者提供理论的荫蔽。因为"形象思维"与"形象化"尽管字面上相差无几，但前者意味着思想在艺术创造过程中，始终要"被统一在血肉的生活现实里面"，而后者则是"先有一种离开生活形象的思想"，"然后再把它'化'成'形象'"。"这是真现实主义和假现实主义的分歧点。"胡风：《关于"诗的形象化"》，收入胡风著：《在混乱里面》，见梅志、张小风整理辑注：《胡风全集》（第3卷），武汉：湖北人民出版社，1999年版，第85—91页。

② 耿庸：《〈阿Q正传〉研究》，见耿庸著：《文学：理想与遗憾》，上海：上海辞书出版社，2004年版，第159页。

农"受迫害最重、生活最苦、革命性最强"，因而反抗亦"最有力、最猛烈和最坚韧"。

耿庸还从典型性格的角度，再一次透视了农村无产者阿Q的精神胜利法的特点：由于对反动的强力统治的反抗要求"没有得到借以实现的物质力量"，所以只能"隐伏在内心深处"，并被"歪曲表现"为精神胜利法，"反而形成为精神的屈服"。因此，阿Q的精神胜利法实际上也是一个"既反抗又逃避的"矛盾的存在，具有两种发展的可能：或是"突破了精神胜利"，或是麻木到精神死灭。但在《阿Q正传》中，"反抗的要求是主要的和基本的"。这也就决定了，阿Q这一典型人物，无论他所背负的历史负担多么沉重，他总是能够变化、觉醒，并一步一印血痕地向前进。

（四）耿庸文章的理论提升

耿庸文章的第四部分抓住的是冯文结语中顺便一提的"阿Q和阿Q主义"因为革命胜利而"完全过去了"的"套语"。这一套语在冯文中实在无关宏旨，但耿庸却把它提到了"在思想斗争的战线上"这一高度。

实际上，耿庸是试图将他对历史"一贯"的看法贯穿到革命胜利以后，所以，他又在冯雪峰的套语中敏感到了其中包含的将历史发展"机械地割断"为绝缘的"两段"的倾向。

在耿庸看来，反对对鲁迅思想做前后期的截然区分，与反对以革命胜利来判断阿Q主义是否"完全过去"，实际上是同一逻辑的辩证的两面。他认为，鲁迅写于1926年的《华盖集续编·〈阿Q正传〉的成因》包含着重大的意义：一方面，"阿Q们终于要参加革命党"，因而革命党之中"也就不能没有阿Q似的虽然在觉醒过来然而仍然带着从旧社会得来的落后性的农民"；另一方面，为了革命的胜利，这一落后性又必须并只能在革命的进程中得到克服。因此，《阿Q正传》所反映的辛亥革命当时的历史内容"通到今天"。

"今天"所面临的也即"人民内部思想意识的改造和提高问题"。既然阿Q们不是在"他们完全明白了"革命的性质、意义、道路和步骤之后才"投向革命"的，用马克思的话说就是革命是"从第一幕"（意即由普通人参加）而不是"第五幕"（由在特别暖床和温室中所栽培出的特别善人来参加）开始的，那么，虽然阿Q们"按照性格的发展已经成长为和还在成长为新的人物，但被阿Q主义所集中起来的旧社会的统治的意识形态，今天仍然在精神领域中残留着它的蠕动的、甚至蠢动的地盘"。因此，阿Q主义还没有"真正"地"完全过去"。阿Q们要想获得"精神的新生"，势必还要经过"一番广泛、严酷、细致而长期的"思想改造的斗争。

在第五部分"结语"中，耿庸试图通过阐明自己"关于革命的人道主义和现实主义的胜利"的理解，来对自己的批评做一提升和总结。

耿庸认为，在阶级对立的社会里，当矛盾的主要方面还在于压迫阶级的时候，被压迫阶级一般并不"能以革命的自觉投入斗争"，对于自己的革命要求，还"尚未理解，而只是漠然感到而已"；同时，"由于被压迫的痛苦"，他们又"总是从内心生长起对于压迫者的仇恨即反抗的情绪"，"从而也有了革命要求的初生形态"。在长期盘踞着封建主义血腥统治的中国，被压迫人民的反抗要求"受了特别多、特别重、特别严酷的残害"，因而也"特别歪曲地发展了"。鲁迅先生从"自己的革命的思想要求"出发，触及并表现出这一被压迫人民"潜在心底的反抗压迫的情绪要求，并由此来唤起、促醒自觉"，体现了他革命的人道主义立场。

从这一立场出发，鲁迅先生即便在所谓"前期"，也就得到了"能够和毛泽东思想相通的""阶级论和社会革命论"的内容和精神："哀其不幸，怒其不争。"人民最严重的"不幸"不仅在于"被压迫得精神上创痕斑斑"，而且还在于被压迫了而又"不争"。这让与人民共命运的鲁迅既"哀"且"怒"："哀"的对象是奴隶即被压迫阶级，"怒"的理由是为了"改变他们的精神"，"克服受封建毒害而致的麻木"，开展变革社会和生活的斗争。

耿庸对"现实主义的胜利"的理解分成几个方面。其一，现实主义"克服了那种和现实发展甚至是相对峙的、作家'自己的阶级同情和政治成见'之对于他自己的文学创造的影响"，取得了胜利。"之所以能够，就因为现实主义的原则要求，是描述现实关系的真实。""描述现实关系的真实"也是作家痛苦的"自我斗争"过程：作家深入了生活因而把握了生活内容，在真诚的态度之下他就被自己所把握到的真实、本质的东西所克服。其二，现实主义"引导作家"使其"真实地反映未来时代主角的新生过程"而取得胜利。这同样"也是一个克服的过程"："作家排除了纷纭万千的现象而攫住了历史内容"，并形象地表现出"孕育并诞生于'当时'的人类"中、怀抱着"朦胧的变革"要求的"未来时代的主角"。

《阿Q正传》"高度地体现了现实主义的胜利"。"凭着现实主义的思想要求和创作态度"，鲁迅达到了"在那一历史时期里面"所能追求到的生活本质的"最高度"："真实地发现了农民阿Q的要争、能争而且在争的内在的面貌，即表现了在严重压迫下面、性格被歪曲了的受苦人的生活要求，它的生发和昂扬起来的形态。"在作品中，作家对于特定历史条件下"社会人的自觉性的掘发"，又具体体现在阿Q从反动统治之下的血泊里提出了革命要求。

耿庸指出，作家对社会人"自觉性的掘发和自觉过程的真实反映"，必须通过"典型环境中的典型性格"的正确描写。原因在于，人的自觉过程相应于社会的历史过程，并在"具体的历史社会条件的规范下"，以特定的具体形态表现出来；同时，具体人的阶级和政治觉悟又"相应于自己的主观能动性"，而表现为"或强或弱"的多种不同的样貌。因此，鲁迅所创造的阿Q，"只是辛亥革命前后中国农村里受苦最深、浮浪的雇农的阿Q"，而不是任何时代、社会、阶级的阿Q。

正因为阿Q是典型人物，所以具有"深广的社会内容和恒久的社会意义"。这也是耿庸所理解的"现实主义的胜利"的第三方面的含义："文学上的典型人物，不但只活在出现的当时，并且是不死的。"从这个意义上说，阿Q也不存在"过去了"的问题。

现实主义的伟大胜利在鲁迅身上，也体现在他"思想内容的发展即战斗要求的提高上"：至少从1907年开始，鲁迅先生即"以革命的人道主义的生活态度，把自己投进了变革社会的斗争"，成为"精神界之战士"，并同时提出了建立"人国"的社会理想。为了达到这一战斗目的，他从总结自己所经历的重大历史事件和"社会斗争的经验"入手，呕心沥血地思考和追求达成目标的"最可能、最有效的方针"。辛亥革命"没有也不能达到这目的",当俄国革命胜利了,鲁迅先生"加以理解,立即就肯定了",这就是达成目标的"曙光"。"接着,鲁迅先生就承担了中国人民革命的文化新军的旗手。"这一发展过程,"相应于现实斗争发展的策略要求",从现实斗争中取得,又转而深入"广袤的人民生活""考验并印证"、"传播并培植""发展了的思想"。这一过程因此必然"是前后相承、互相联系的",是"不能机械地割裂"。

显而易见,耿庸的"结语"也是对他批评靶子的又一次总结性反驳。

三、《〈阿Q正传〉研究》的论争谱系

耿庸的批评并没有激起冯雪峰的直接回应,但上海《文艺月报》1953年第7期却刊登了陈安湖和沈仁康对《〈阿Q正传〉研究》的两篇反批评文章。这两篇文章虽然在某些问题上不免教条和政治上纲等时代的局限,但对耿庸关键问题的抓取却比较精准,对主要论据的反驳也是言简意赅、切中肯綮。

陈安湖将耿庸文章的主旨简括为二:不同意几乎已被大家公认的鲁迅"从进化论到阶级论"的"定论","而极力证明鲁迅在一九二七年以前,甚至是五四以前,就已经是马克思主义的阶级论者,在实际的斗争中,把握了无产阶级的世界观";把鲁迅早期的"某些消极情绪""理想化"。针对耿庸文章的两大关键论据,陈文指出:《热风》中的《来了》、《圣武》等篇,确是提到一个'过激主义',而且是抱着同情的态度的,但也不过提到而已,与鲁迅当时提到尼采主义等类,在态度上,并无什么不同。十月革命的具体内容及其异于资本主义思想的地方,鲁迅尚未有一语道及",所以"实在看不出他当时就已经具备了无产阶级的世界观";至于《新民主主义论》所给予鲁迅的崇高的评价",耿庸"好像不知道那是一个总结性的评价","毛主席并没有在那里分析鲁迅的思想发展过程"。

除了反驳的一针见血之外,陈安湖文章的写作角度也颇值得称道。

他认为耿庸在《〈阿Q正传〉研究》中所犯的错误，正同苏联《真理报》的一篇专论对某些马雅可夫斯基的研究者的批评类似："力图粉饰"、"掩盖诗人早期的一些错误"，"把早年的马雅可夫斯基说成社会主义现实主义的成熟巨匠，把诗人的矛盾的发展道路简单化了。"①

沈仁康的文章也多处表现出独具只眼的地方。全文明显分成两个部分，第一部分主要关乎鲁迅思想的发展道路。与陈安湖类似，沈也将耿庸的文章简捷地概括为三个"否认"："否认把鲁迅思想大概分成二期"；"否认鲁迅对农民的革命力量曾抱有过怀疑的态度；否认鲁迅曾为'求索'革命的力量及它的领导力量而有过一个时期的苦闷。"

沈文显然是维护耿庸矛头直指的根源——瞿秋白在《〈鲁迅杂感选集〉序言》里的那段著名的论断，而且也清楚地意识到耿庸以"共产主义的宇宙观和社会革命论"作为鲁迅"一贯"精神的基本内容，其支柱性的依据是《新民主主义论》，因而特意指出：毛主席的意思"是把五四运动作为新民主主义革命的开始"，并不直接意味着鲁迅思想"在五四的当时""就完全是或者主要是无产阶级革命的思想了"。五四时的鲁迅毋宁"是以小资产阶级革命知识分子的姿态出现的"，其思想的彻底转变，"当在大革命失败以后"。

大概是深感耿庸对批评对象的文意多有割裂，沈文写作也相应地突出了一个特点：特意引用耿庸批评对象的文章来反驳耿庸的观点和指责，从而达到对耿庸所批评对象的再次维护。这也使该文显得比较厚道。相较于耿庸"把鲁迅的思想看作没有变化，好像开始就是一个阶级论者"，沈文认为冯雪峰对鲁迅思想发展的概括更见本质："从进化论跃进到马克思主义，从革命的小资产阶级跃进到无产阶级，从一般进步的唯物论跃进到革命的、历史辩证的唯物论。"

此外，沈文还不无准确地指出了耿庸观点与胡风文艺思想的紧密关联，尽管他采用的是与林默涵批判胡风一致的腔调：耿庸认为不应该"分析鲁迅先生的什么'前期'的思想"，而应该主要分析"鲁迅先生的

---

①　陈安湖：《从一篇〈真理报〉的专论谈到〈阿Q正传研究〉》"，载《文艺月报》1953年第7期。

战斗要求如何和历史的发展形势取得了血肉的结合，以及如何在这血肉的结合的基础上向前发展了的，从而发扬革命的人道主义者鲁迅先生的积极的战斗精神，好使我们从中汲取更多的力量"。"这和反马克思主义的文艺思想所谓的'主观战斗精神'有什么两样呢？"①

关于鲁迅是否有过"怀疑"与"苦闷"，沈仁康也是以罗列冯雪峰、瞿秋白等人对鲁迅思想矛盾、寂寞和苦闷原因探讨的段落作答，其中也包括胡绳在《鲁迅思想发展的道路》一文中的一段：或许，鲁迅在大革命过程中的"悲观、绝望、矛盾、愤慨和苦痛的追求的心情"，"最深刻地表现"在《野草》中，但"鲁迅的伟大就在于他能够通过大悲观而走向真实的大希望，通过绝望而开始去学习'别种方法的战斗'"。沈文由此接着指出，否认鲁迅曾经有过"苦闷和寂寞的感觉"和"悲观怀疑的态度"，并不是对鲁迅的维护，反而"抹杀"了鲁迅思想发展和跃进的关键环节。

沈仁康文章的第二部分则继续沿用以"正解"引文来纠正"曲解"的方式，集中针对耿庸对冯雪峰的阿Q论述"概念化"和"超阶级"的指责进行辩解和维护。较值得一提的是对阿Q革命性的恰当评价。耿庸反复强调，相对于奴隶主义和精神胜利法，阿Q性格的主要方面是革命性。但沈文却认为："阿Q有革命性，将来他会参加革命这是肯定的。但也并不如耿庸所估计的那样高，鲁迅先生本人也没有那个意思。"可以比较肯定的是，鲁迅先生塑造阿Q，"目的在于揭露他身上旧社会所给予的病毒，进行启蒙主义的教育，鼓励他起来革命"，所以显而易见，阿Q是"落后农民的典型"，而不是"革命农民的典型"②。

陈安湖和沈仁康一致表明，耿文的重点主要在于推翻对鲁迅思想发展道路问题的成说，而不仅限于对《阿Q正传》的阐释和评论。换言之，相较于冯雪峰，最早对鲁迅思想发展道路做出重要阐述的瞿秋白，

---

① 林默涵批判胡风的著名文章名为《胡风的反马克思主义的文艺思想》，载《文艺报》1953年第2号。鉴于沈文发表在对胡风的公开批判之后，沈仁康当时也不可能采用与林默涵所代表的主流观点不同的腔调。

② 沈仁康：《驳〈阿Q正传研究〉的一些错误论点》，载《文艺月报》1953年第7期。

似乎更有理由成为耿庸论辩的真正对象。事实证明，他们非常准确地看出了一个耿庸在论争当时没有明言的意图。这一点直到十余年之后，才被耿庸坦率地承认。在《鲁迅"前期"思想论》的一开头，耿庸就清楚地表明，他对自己在 20 世纪 30 年代也曾深受其影响的瞿秋白的论断产生怀疑，正是始于 20 世纪 40 年代读了《新民主主义论》之后。当时，他明显感觉到两者"在鲁迅论上的距离是大的"，而他之所以倾向于认同后者，是因为他觉得瞿秋白对"鲁迅在'五四'文化运动及其后一个时期内的作用""显然估计不足"。探究其中的原因，耿庸认为这与两者"对'五四'运动的认识有关"：瞿秋白"断言'五卅'才是无产阶级的'五四'"，而"把五四运动整个地归属于资产阶级"。耿庸觉得这和瞿所受的"拉普""左倾"影响不无关系。但即便如此，当时的耿庸也"并没有因此完全怀疑瞿秋白的鲁迅思想论"，所以在 20 世纪 50 年代初写作《〈阿 Q 正传〉研究》的时候，"还回避了"他"业已认为存在问题的"瞿秋白的论断[①]。

　　在《鲁迅"前期"思想论》中，耿庸第一次将他对瞿秋白论断的异议做了明确系统的表述。正因为耿庸的最大不满，在于瞿秋白"对鲁迅五四时期的实质的战斗估计不足"[②]，所以他完全不能同意瞿秋白将鲁迅

――――――――――

　　① 耿庸：《鲁迅"前期"思想论》，见耿庸著：《文学：理想与遗憾》，上海：上海辞书出版社，2004 年版，第 209—210 页。1953 年的论争过后不久，耿庸就以"胡风反革命集团""骨干分子"的罪名，于 1955 年 5 月入狱。耿庸可谓一刻也没有忘怀这一未竟的论争，1962 年，当他在狱中一旦获得读书和写作的可能时，首先写成的一万余字的论文，就是针对《鲁迅杂感选集序言》的。尽管这一论文没能保存下来，但留在书页周边的阅读札记却第一次清楚表明，他对瞿秋白那众所周知的"从进化论到阶级论"的论断从心底里怀有深刻的不认同。耿庸：《狱中札记》，见耿庸著：《文学：理想与遗憾》，第 249 页、第 259—262 页。《鲁迅"前期"思想论》的文末标注了写作日期和当时的环境："1966 年 10 月 2 日　窗外'战鼓'响过一阵又一阵。"时距耿庸 1966 年 3 月出狱仅半年。文章在写作当时几无发表的可能，这又足见耿庸写作此文纯粹是出于长期如骨鲠在喉、不吐不快的目的。在晚年结集出版的时候，耿庸还增加了这样一条附注："这是 1955 年 4 月里一个友人向我提出的一个问题。由于无可奈何的原因，一直未有作答机会。直到十多年以后，才写下了这作为回答却已无法投寄的'信'，便算作自己的心得。"见耿庸著：《文学：理想与遗憾》，第 224 页、第 209 页。

　　② 耿庸：《狱中札记》，见耿庸著：《文学：理想与遗憾》，上海：上海辞书出版社，2004 年版，第 261 页。

"从进化论最终的走到了阶级论,从进取的争求解放的个性主义进到了战斗的改造世界的集体主义"的时间断定为 1928 年至 1931 年期间。与此相关,耿庸也拒绝了瞿秋白对鲁迅在此之前的思想所做的概括:"鲁迅在'五四'前的思想,进化论和个性主义还是他的基本。"[①]

　　凭着对鲁迅著作的熟稔,耿庸直观地感觉到瞿秋白对鲁迅思想阶段的划分存在着矛盾之处,因为按照瞿秋白的理解,将"反映着一般被蹂躏被侮辱被欺骗的人们的彷徨和愤激",作为鲁迅"从进化论最终的走到了阶级论"的证明或标志的话,那么,早在五四前的《狂人日记》时期,鲁迅就可以说"业已'达到了阶级论'了"。而瞿秋白得出五四前的鲁迅进化论是基本的主要论据,就是鲁迅的"我一向是相信进化论的"和《三闲集·序言》里"只信进化论的偏颇"这两段著名自述。对于这两段自述,耿庸深感有"加以切实的"而不仅仅是机械地和望文生义地理解的必要。在实际的语境中,前一个自述是鲁迅针对创造社指控他为"主张杀青年的棒喝主义者"的回应性剖白,而后一个的适用范围仅限于"达尔文在阐述自然有机界的发生和发展问题中所涉及的"、"艺术起源以及相关问题上存有"的"不正确之处"[②]。

　　如果从瞿秋白《序言》的内在理路来体察,矛盾更加明显。《序言》着重在于"说明鲁迅的杂文在社会斗争中的意义、价值以及它内在的品质、精神和所形成的战斗传统的作用",在这个方面,瞿秋白的工作可谓"真正杰出"。耿庸认为,也正是在对鲁迅杂文的考察分析中,"瞿秋白接触到了鲁迅思想的实际"。他"相当准确地看到"了:"为着将来和大众而牺牲的精神"贯穿于鲁迅的各个时期;在"对革命主义和改良主义的分水岭问题"上,鲁迅"站在革命主义方面";在鲁迅早期杂文集中,"猛烈的攻击阶级统治的火焰","锋芒都集中在军阀官僚和他们的叭儿狗"……也就是说,瞿秋白准确"呈现了鲁迅在当时的阶级斗争中所在

---

　　① 瞿秋白:《〈鲁迅杂感选集〉序言》,见孙郁、黄乔生主编的"回望鲁迅丛书"之《红色光环下的鲁迅》,石家庄:河北教育出版社,2000 年版,第 18 页、第 14 页。

　　② 耿庸:《鲁迅"前期"思想论》,见耿庸著:《文学:理想与遗憾》,上海:上海辞书出版社,2004 年版,第 210—212 页。以下所引该文均见耿庸著:《文学:理想与遗憾》,第 209—224 页,如不发生混淆,不再另注。

的战斗地位和所持的战斗方向，表明了鲁迅思想在那一时期历史运动中的高度和先进的水平"，但最终却基于这些"明确理解"而得出了五四前"鲁迅思想属于进化论"的结论。

瞿秋白矛盾的症结主要在于对"进化论"和"鲁迅思想"这两个关键概念未加深究。耿庸分析说，达尔文意义上的进化论基本上是"关于自然有机界""发生和发展"历史的科学理论，当它从自然历史领域被引入社会历史领域之后，却"被形而上学所俘虏和奴役"，质变成了庸俗进化主义和"社会达尔文主义"。但无论质变前后，进化论"都不就是"人们世界观的本质。如果说达尔文的进化论表现了他"自发的唯物主义"世界观的话，那么，"庸俗进化主义和社会达尔文主义"则"是唯心主义世界观的显现形式"。同样，作为一个概念的"鲁迅思想"也具有宽广的内涵，它包括鲁迅的自然科学思想、社会思想（其中包括文学思想），"而按其本质则是一定的哲学思想即世界观"。瞿秋白之后，"不少有关鲁迅思想的论文在说'前期是进化论'的同时还说那一时期的鲁迅思想'是唯心主义'"的，这实际上就等于"判定鲁迅的'前期进化论'思想是鲁迅的社会思想"，并将其"归于庸俗进化论或社会达尔文主义"。这也就是为什么耿庸总有一个强烈的感觉："瞿秋白关于鲁迅思想的论断""被视为'公理'"，并不是瞿秋白"预期的实现"，而是他的表述进一步遭到机械理解的过程。那些"似乎是充实或发展他的论断的后来人"，将瞿氏原本还略有松动的结论——"五四前'进化论还是基本'，1928—1931 年间'从进化论最终的走到了阶级论'"——概括成了一个简单僵硬的"公式"："前期是进化论，后期是阶级论。"

要想对僵硬机械的理解进行清理和解构，最有效的办法莫过于我们今天所说的米歇尔·福柯（Michel Foucault, 1926—1984）意义上的知识考古。耿庸当年实际上就是这么做的，而他选择的具体事例就是：人们在"论证鲁迅思想'前期是进化论'"的时候，几乎总要以"鲁迅对待青年的态度问题"作为证据。耿庸将这一思路直接上溯到瞿秋白。他认为，且不说"瞿秋白用'热烈地希望着青年'来表述进化论"，与鲁迅的自我描述已经出现较远的距离，即如鲁迅自己对"一向是相信进化论"的注释"将来必胜于过去，青年必胜于老人"，也只不过是表明了"历史总是前进性的运动的观点"，它反映了"五四时期思想领域中关于进化论的一般认识"。在当时，所谓的"进化"，也就是"发展"的代名词。在表明"继起的历史优胜于已往"这一历史发展规律方面，恩格斯早就说过类似的话，"后一代人之能纠正这一代人的错误必定强于这一代人之能纠正前一代人的错误"，但"恩格斯在另一处还说过，认为人类总的说来是朝着进步方向运动的信念，是和唯物主义和唯心主义的对立决不相干的"。

耿庸试图证明的，是瞿秋白"以'热烈地希望着青年'当作进化论的不确切"。否则，岂不是恩格斯也是进化论者，而不是进化论者就必定是"热烈地"不"希望着青年"了？如果验之于鲁迅的杂文，这一不确切就更加昭然："鲁迅当然是'热烈地希望着青年'的"，但并不是"颟顸地对凡是青年就都作无所区别的热烈的希望"。在所谓进化论的前期，鲁迅就曾"知道青年有各式各样"，不能"一概而论"，甚至明白说过"对某种青年不加赞赏的话"，而到了 20 世纪 30 年代后所谓的"阶级论"时期，鲁迅仍然一如既往地"以自我牺牲精神在为'孺子'即新生并向上的青少年开辟前进的道路"。

对于鲁迅思想的发展过程，耿庸的正面观点包含三个层次：首先，他将鲁迅与进化论的关系表述为一个辩证综合的判断：鲁迅一直是相信"达尔文意义上的进化论"的，但是并"没有把自然科学的进化论作为他进行社会斗争的认识论和方法论"。因为当青年鲁迅经过"上穷碧落下黄泉"的追求，选择了"投入以文学为武器的社会斗争去求取社会进步"的人生道路之后，他早年所学的各门自然科学，就"转成了他的知识内容构成中的从属的，时而用以作为战斗武器的灵活的部分"，而"自然科学内在的唯物主义"也随同一并注入了鲁迅思想，这其中也包括达尔文的进化论。其次，着眼于"鲁迅思想的总体"，其发展过程应该准确地概括为："鲁迅的世界观是从自发的素朴的唯物论发展到自觉的、科学的唯物主义。"此外，鲁迅思想的"决定性飞跃"，酝酿于从《文化偏至论》和《摩罗诗力说》到《狂人日记》之间的十余年沉默时期。因为这十余年也是"亚洲的觉醒"时期，其间"发生了中国资产阶级民主革命和俄国无产阶级社会主义革命"，"两个性质不同的革命的强烈的对比"，于"在沉默中感受并沉思"历史动向的鲁迅之思想的发展，"起了强大的催化作用"。

在《鲁迅"前期"思想论》中，耿庸并未畅所欲言，所以在时隔 15 年之后的 1981 年，他又展开了第二轮补充考古。考古针对的是一个在数十年的鲁迅思想研究中不绝如缕地存在着的现象："仅从《三闲集·序言》截取片言只语"，"并'只看名目'"、"不假思索"便加以立论。鲁迅《三闲集·序言》里的那两句直白本来"并无难懂之处"[①]，但却被人从两个方向加以错误地发挥。

早在鲁迅刚刚逝世的 1936 年，郭沫若就将鲁迅"感谢创造社"对他的"挤"，从"创造社的立场"和"思想方法"做了重新表述，"创始"了"创造社同人对鲁迅的'激烈'论争'成了'鲁迅'方向转换的契机'"这一说法。这也"成了其后几十年来屡见的所谓创造社促使鲁迅'方向转换'、'世界观转变'"这一类"鲁迅思想论的启示或导言"。耿庸首先致力于恢复鲁迅表述的"本意"：早在 1928 年"激烈"论争之时，鲁迅就已经指出过"创造社一派并'不懂'史的唯物论"；在 1930 年左联成立大会的发言中，鲁迅又表示，"能操马克思主义批评枪法的人""终于没有"在论争中"出现"。可见，鲁迅在 1932 年"所要感谢的创造社对他的'挤'"，并不是"来自正面的"，因此"这'挤'实际上并无力量"。鲁迅之所以"要感谢创造社"，主要是"旨在为共同对敌而争取团结"。其次，鲁迅本意的恢复同时也是对耿庸观点的又一次反证：如果鲁迅丝毫不懂历史唯物主义和马克思主义批评方法，他"凭什么能"[②]对创造社做出如此明确的判定呢？这样，又怎么能说论争当时的鲁迅还属于进化论呢？

1937 年 6 月，艾思奇在《民族的思想上的战士——鲁迅先生》中说：

鲁迅先生在思想过程中曾跳过了两个截然不同的阶段：从个

---

①　耿庸：《十月十九日随笔》，见耿庸著：《文学：理想与遗憾》，上海：上海辞书出版社，2004 年版，第 231 页。众所周知，十月十九日为鲁迅逝世的忌日。以下所引该文均见耿庸著：《文学：理想与遗憾》，第 225—232 页，如不发生混淆，不再另注。

②　耿庸：《十月十九日随笔》，见耿庸著：《文学：理想与遗憾》，上海：上海辞书出版社，2004 年版，第 225—228 页。耿庸针对的郭沫若文章为发表在 1936 年 10 月 26 日本《东京帝国大学新闻》的《吊鲁迅》。

人主义到集体主义，从人道主义到社会主义，从进化论到历史的唯物论。他曾经彷徨，站在个人主义的立场上看见了"集团主义的大纛"，却找不到跨过去的桥梁；他终于跳了过去，承认了他过去"只信进化论的偏颇"。[①]

耿庸不仅发现艾思奇的说法是没有切实地理解"只信进化论的偏颇"一语的另一例，即把鲁迅从普列汉诺夫的《艺术论》汲取有益的思想、来对自己文学史的认识进行纠偏的自述，误读为鲁迅世界观的转变，而且由此出发，进而认定"进化论和历史唯物论""互相隔绝、中间没有相通的桥梁"。这大概就是较早的"一种使鲁迅成为'截然不同的两个鲁迅'"之"兼具外科和内科的手术"。在此，耿庸不但理清了20世纪七八十年代那种鲁迅论的渊源，即"把鲁迅'看了几种科学底文艺论'直接扩大化为'学习马克思主义'"，把"纠正'只信进化论的偏颇'"与"彻底否定了进化论"、"世界观根本发生变化"直接等同；同时也找到了从瞿秋白的鲁迅思想发展论述到机械僵硬的前后期"两截论"之演变的关键一环。

耿庸非常学术地指出，要谈论鲁迅与进化论问题，至少应该综合达尔文的著作、马克思和恩格斯对进化论的评价，以及进化论在五四时期的影响等方面的因素。他想再次强调的则是他的与"两截论"相对立的"一贯说"：鲁迅世界观的变化，是"在其一贯的发展过程中随着社会每一发展过程的时代要求而扩展和扩深它的内涵"。

三十年念兹在兹，耿庸已经让我们深刻感受到了他对鲁迅思想发展道路问题之执着，但却未必已经将隐含在《〈阿Q正传〉研究》中的论辩对象全部解码。至少，沈仁康征引过的胡绳的《鲁迅思想发展的道路》一文，就一定曾在耿庸的写作视野中出现过。胡绳的文章是1948年香港

---

① 耿庸指出艾思奇的文章发表在当年上海出版的一本文集《鲁迅研究》上，耿庸：《十月十九日随笔》，见耿庸著：《文学：理想与遗憾》，上海：上海辞书出版社，2004年版，第229页。艾思奇的文章亦可参见孙郁、黄乔生主编的"回望鲁迅丛书"之《红色光环下的鲁迅》，第27页。

《大众文艺丛刊》对胡风文艺思想展开猛烈批判的系列檄文之一。同时，胡绳也是在1943年与胡风等人一起发起以反教条主义为核心的重庆思想启蒙运动的"才子集团"同人之一①。在香港批判中，他与另一名"才子集团"同人乔冠华的文章，都代表着洗心革面之后的他们对曾经的思想同道胡风的当头棒喝并兼以自我批判的榜样示范。只不过与乔冠华的文章直接针对胡风的理论逻辑逐条进行批驳不同，胡绳的自我批判主要采用的是正面阐述自己学习毛泽东主席与瞿秋白对鲁迅的经典论述的体会的方式。胡绳的具体做法是，以瞿秋白在《鲁迅杂感选集序言》中的结论为纲，从自己的理解出发，具体勾勒出鲁迅思想发展全程的主要线索，用以说明"为什么'鲁迅的方向就是中华民族新文化的方向'"②。当然，在各个相应的环节，胡绳也不忘对胡风等人提出批判。

　　胡绳将鲁迅的战斗历程划分成三个阶段。显然，从辛亥革命前的1907年到1918年，属于瞿秋白所说的五四前阶段。但胡绳想要阐明的却是，尽管当时"进化论和个性主义"还是鲁迅思想的基本，但鲁迅在《文化偏至论》中提出的"掊物质而张灵明，任个人而排众数"的思想，"客观上在当时还有相当的革命意义"。它是鲁迅在"不可能提出集体主义的思想"、"不可能用科学的方法来看出中国社会的发展规律"的时候，"按照他自己的理解来接触了当时中国的问题"，而将"欧洲资产阶级没落中的反动思想"，转变成中国小资产阶级"启蒙思想者"开始思想追求的武器。况且，"重个人、轻物质"的思想，仅仅是鲁迅"在昏沉的子夜开始他的思想追求的长途的发端"，它最终要被鲁迅"克服和扬弃"。所

---

　　① 香港《大众文艺丛刊》对胡风等人的系列批判文章主要包括邵荃麟的《对于当前文艺运动的意见》、《论主观问题》、乔木的《文艺创作与主观》、胡绳的《评路翎的短篇小说》和《鲁迅思想发展的道路》。"才子集团"成员主要包括于潮（乔木，也即乔冠华）、项黎（胡绳）与陈家康。关于重庆反教条主义运动和香港批判的具体过程和理论思路，可参见拙著《在文艺与意识形态之间——胡风研究》的第二章第四、五两节，北京：中国人民大学出版社，2003年版，第127—181页。

　　② 胡绳：《鲁迅思想发展的道路》，见荃麟、胡绳等著：《大众文艺丛刊批评论文选集》，北平：新中国书局，1949年版，第154页。以下所引该文均见荃麟、胡绳等著：《大众文艺丛刊批评论文选集》，第154—174页，不再另注。该文最早发表在1948年9月香港《大众文艺丛刊》第4辑。

以，当"四十年后"，胡风等人"企图用新的字眼来复写"鲁迅当年"在唯心论与个人主义的思想基础上"片面提出的"发展个性，加强主观力量的主张"，"其客观的趋向却只能是小资产阶级对于人民大众的自觉的，集体的进取和改革的抵制。"

胡绳将"五四运动后十年间"，看作鲁迅循着"从进化论最终的走到了阶级论，从进取的争求解放的个性主义进到了战斗的改造世界的集体主义"这个方向，"从事着艰苦卓绝的斗争"的阶段。在此当中，鲁迅所走过的道路，生动地体现了革命的小资产阶级知识分子与无产阶级的关系规律：前者的道路"终究""只能也必须和无产阶级的道路紧相连接起来"；但另一方面，"从前者的立场转向后者"，毕竟又是"一个艰难的""严肃的自我改造的过程"。

这一规律是鲁迅在经历中国思想界两次"伟大的分裂"过程中分别体现出来的：在"五四运动的一二年后"、当资产阶级知识分子"陆续与敌人妥协"的时候，鲁迅却"独立地坚持着"，在"当时整个人民革命运动"的重要文化战线上，进行彻底的"反帝反封建的文化斗争"，成为毛泽东主席所赞扬的数个"最"的"民族英雄"[①]；在五卅前后，"新文化内部"分裂成"工农民众"和"依附封建残余的资产阶级"两大阵营，在此当中，尽管鲁迅的革命立场非常鲜明，但不可否认，他也曾流露过"悲观失望的情绪"。在胡绳看来，这种"悲观失望的情绪"来自于鲁迅思想中"进化论和个性主义"的"负累"：由于"没有明确的阶级观点"，所以就看不见"群众的革命可能性"，"发生'怀疑群众的倾向，'"并且"把统治者的罪恶和被统治的人民因黑暗的统治制度而染上的病态一起归着于'国民性'的问题'"。然而，"悲观失望的情绪"最终并没有阻止鲁迅"前进的脚步"，因为鲁迅"从实践斗争中培养起来的现实主义的战斗精神起着伟大的抗毒素的作用"，同时，"自我批判，从不自欺的精神"也不断地让鲁迅"从他与'卑微的小人物'的接触中"检查自己"怀疑

---

①　"鲁迅是在文化战线上，代表全民族的大多数，向着敌人冲锋陷阵的最正确、最勇敢、最坚决、最忠实、最热忱的空前的民族英雄。"见毛泽东著：《新民主主义论》，北京：人民出版社，1975年版，第48页。

人类"的思想。这些因素共同促使鲁迅突破小资产阶级"进化论与个性论"的"思想圈套"。所以，虽然鲁迅在追求的过程中体验到悲观绝望的苦痛，但"鲁迅的苦痛""与整个时代的""大矛盾"和"大分裂"相关联，因而"是向前迈进更大一步的新生因素"。总括起来看，鲁迅立场发生"转变"的关键时期是在1927年"四一二"事变之后，而1929年翻译马克思主义文艺理论、1930年参加"左联"，则是"转变"的完成。

在鲁迅的道路中，胡绳所以特别强调立场转变"艰苦卓绝"的过程，强调从进化论到"明确的阶级斗争的观念""决不是简单地一跃而至"，是为了第二次展开胡风批判："以为革命的知识分子本来就在人民大众中，所以用不着什么自我改造的想法是和鲁迅的道路一点也没有相似之处的。"

1930年以后是鲁迅的晚年时期。胡绳认为，这一时期突出表现了"转变"后的鲁迅的一个特点："他把无产阶级的思想方法和他在旧社会战斗中积蓄起来的丰富经验结合了起来"，所以，新的武器立刻在他的手中运用裕如，而旧经验也"都提炼而上升到了无产阶级的科学水平"。突出的例子就是鲁迅前期的"改造国民性"思想。后期的鲁迅并不是"不再指出中国人民的精神创伤"，而是"明确指出""人民的创伤乃是统治者的治绩"。因此，所谓"国民性"的改造，便"一定是在向统治者决斗过程中去实现"。此外，鲁迅关于文艺大众化问题的意见、对于革命文学家"必须和革命共同着生命"的"净戒"，都无不是他转变后特点的体现。

"人民的精神创伤"、"文艺大众化"和"生命"，这些字眼都很容易让人联想到胡风那些备受批判的理论见解。在文章的最后一部分，胡绳批判胡风的意图格外显豁。因为他所罗列的一系列对鲁迅思想"片面""错误"的理解，仿佛都是特意针对胡风等人的。比如"片面地强调鲁迅一生保持着首尾一贯"的精神，却忘记了鲁迅"敢于以新的立场来冲破"旧立场的局限；"片面地强调鲁迅的主观战斗精神"，而不理解鲁迅的主观力量来自于"他和实际的社会斗争"、"和中国无产阶级运动相结合"；"单纯歌颂鲁迅前期的个性主义思想"，而忽视了鲁迅"终于在人民大众中发现了他所全心全力与之相结合的力量"，等等。而所有这些偏向的产生，核心原因只有一条：小资产阶级的革命家，更容易亲近鲁迅前期的思想，而与后期的思想"格格不入"。胡绳最后总结说，鲁迅一生的思想，"固然有一贯之处"，但只有理解其间存在的"迂回曲折"、"质的飞跃"，以及"艰难、苦斗的历程"，才能真正懂得"鲁迅的道路"。

胡绳以前后期"质的飞跃"来与鲁迅思想一贯论相对立，在"迂回曲折"中强调鲁迅曾经的"悲观失望"，用"国民性"说明鲁迅前期的缺少阶级观念。就核心观点的针锋相对程度而言，如果由胡绳来充当耿庸的主要论争对手，显然要比冯雪峰恰切得多。

对于香港批判，胡风写有长篇答辩《论现实主义的路》，但主要是以乔木（乔冠华）的文章为靶子的。对于胡绳的《鲁迅思想发展的道路》，胡风集团的成员似乎一直都没有正面回应。在胡风的朋友中，耿庸一向偏重于理论，且独钟鲁迅研究和现实主义理论的探讨，对于胡绳的批判和挑战，他照理不会漠视。尽管耿庸始终都没有明言胡绳为自己的论辩对手，但从他对"鲁迅思想发展道路"问题的数十年难以割舍，从他对瞿秋白的鲁迅论断展开一而再地知识考古的执着行动中，我们可以推知，或许在内心深处，耿庸其实一直在对胡绳的批判做着回应。因为"鲁迅思想发展道路"这一命题，就是首先由胡绳在他的文章标题中概括提出的；胡绳的文章以对瞿秋白结论的具体演绎为纲，所以，在理论上寻找瞿秋白结论的破绽和不严密之处，自然也就是对胡绳观点的釜底抽薪。

四、笔墨官司的再解读和再评说

随着《〈阿Q正传〉研究》隐藏的论辩对象的陆续解密，我们阅读的一些疑惑终于找到了比较合理的解释：为什么针对冯雪峰一篇不长的文章，耿庸却动用了精心结撰、数易其稿的洋洋大文来发难？为什么耿庸在文章中始终难掩态度和情绪的"过激"，一再以"机械论者"、"观念论者"、"观念论的机械论者"、"机械论的教条主义者"来称呼论辩对象，并指责他们"超阶级"、"反现实主义——公式主义"、"反马克思列宁主义"、"质变了'鲁迅的方向'"①？为什么表面看来与冯雪峰论战的文章，却经常不惜分散注意力，转而对何其芳、孙伏园、巴人、西谛、贾霁、许杰、阿英等一系列其他鲁迅研究者展开指名批评？最主要的是，为什么耿庸对冯雪峰的批评总显得有些没抓住要害、偏离了冯雪峰文章的核心？因为冯雪峰只是耿庸介入鲁迅论争的一个前沿阵地，由此突进，他实际上拉开了论辩的两条战线。②

因此，我们也必须分两个层面来评价它。该文的前提是对鲁迅思想发展道路的考辨。在这一方面，冯雪峰以及他所袭用的"套语"基本上充当了耿庸的传力器，借此，耿庸更主要的是想对冯雪峰背后的一系列"机械论者"发起攻击。

耿庸不同意对鲁迅的一生做前后期机械的割裂，尤其不满将其固化为一个僵硬的公式，因而强调鲁迅思想的"一贯"性，这本来无可厚非。关键是对"一贯"的具体含义做何种解释。耿庸称鲁迅为"一贯"的现实主义者，"总是和历史现实一同前进"。就此种意义而言，胡绳也并不反对，因为这样的"一贯"显然并不妨碍对鲁迅思想发展道路的大致阶段划分。但耿庸并没仅止于此。为了纠正瞿秋白对鲁迅"五四"时期的战斗作用估计不足，耿庸试图表明，即便在所谓的"早期"甚至在"五四"之前，鲁迅就已经"在社会的实际斗争中把握了阶级论的实际内容即无产阶级的世界观"③，这实际上是把鲁迅说成是"一贯"地先知先觉且一成不变，这不仅在客观上造成了对鲁迅形象的拔高，也使自己的观点弹性尽失，变得和自己着力批判的对象一样的僵硬和机械。尽管耿庸的"一贯"论在1981年又恢复了本该有的弹性，意为鲁迅的世界观"一

---

①　这些称呼和指责散见于《〈阿Q正传〉研究》各处。耿庸态度的"过激"显然也引起了一些人的反感，唐弢因此讥之为"符咒文学"，参见唐弢：《符咒文学》，载《文艺月报》1953年第7期。

②　在此意义上，我们才能理解胡风为何将耿庸的《〈阿Q正传〉研究》称作"一个小炸弹"。见胡风1952年9月2日自北京致王元化的信，见梅志、张小风整理辑注：《胡风全集》（第9卷），武汉：湖北人民出版社，1999年版，第567页。

③　耿庸：《〈阿Q正传〉研究》，见耿庸著：《文学：理想与遗憾》，上海：上海辞书出版社，2004年版，第128页。

贯"地随着时代要求的发展而"扩展和扩深它的内涵",但如此一来,耿庸所坚持的五四前"沉默"的十年固然是鲁迅思想发展的一个重要质变期,然而瞿秋白属意的 1928 至 1931 年、胡绳认定的大革命前后,都同样在鲁迅思想的发展历程中,占据着举足轻重的地位。

耿庸用以支持自己观点的,是鲁迅在 1918 年对十月革命的肯定和赞颂。但正像陈安湖恰当地指出的那样,及时接收到革命的信息并做出积极的反应并不等同于"立即"就系统地了解了阶级斗争的理论和无产阶级的世界观。至于说《阿 Q 正传》真实地反映了中国农村的阶级斗争,那只不过再一次证明了耿庸自己终生都服膺的"现实主义的伟大胜利"。

对鲁迅思想发展问题的理解又密切关联到鲁迅是否对人民大众的革命力量有过"悲观和怀疑"。为了否定鲁迅曾经"悲观和怀疑",耿庸将鲁迅暴露阿 Q 式的人民精神奴役的创伤解说为"热情地担当"焕发人民觉醒这一"革命斗争的先行工作",将阿 Q 式的革命形容为"是痛苦更是欢乐的"人民觉醒过程,并且"迅速地走向新生和成长"。这样的解说和形容确乎非常堂皇,几乎把鲁迅浪漫化为一个"革命的乐观主义者",但很显然,它善意地忽略了人间血肉的鲁迅在面对惨淡人生时必然会敏感到的苦闷和沉痛,与鲁迅当时的思想实际并不相符。

但耿庸的矫枉过正中也包含着真正的洞见:不能单纯用进化论来概括鲁迅早期的思想。瞿秋白及其后继者都把"进化论"的含义视作自明的,但耿庸却在众人都认为理所当然之处入手,对"进化论"、"世界观"和"鲁迅思想"这三个概念展开细致的意义考辨和关系梳理,从而使瞿秋白"定论"的自明性遭到根本的解构。这或许可以视为耿庸鲁迅思想研究中最具有学术眼光和潜力的地方。在此基础上,耿庸清晰地勘定了进化论在鲁迅总体思想中的方位,将进化论与鲁迅思想的关系问题推进到了同时代所能达到的最前沿水平;不仅如此,早在 1966 年,耿庸就看到了"进化"这个西方现代的概念,如何在五四时期,几乎被整个时代仅仅一般性地理解为"发展"。20 世纪末学术界在"现代性"反思的视野中兴起了一股对包括"进化论"在内的一系列中国思想史上的关键词进行重新探究和梳理的潮流,如果从学术创造先驱的角度来看,耿庸当年的发现也可以视为这股潮流的先声。此外，在对鲁迅有关"进化论"自述的考究和清理中，耿庸从"切实"理解出发所使用的研究方法，又在多年之后不自觉地契合了福柯"知识考古"的立场和主张。

耿庸的理论前提，决定了他对《阿Q正传》的文本解读必然采取"政治阐释"的角度。在这一层次，耿庸的见解也可谓逻辑严密、环环相扣：小说的主旨是号召一场性质上有别于辛亥革命的新的革命，因而阿Q这一典型性格形象地体现了中国农民"潜伏在蒙昧"状态的革命性，"突破"了"沉重的精神负荷"而生长的艰难过程。而革命性，也正是阿Q形象当中，除了"精神胜利法"这消极的一面以外另一并且是主要的一面。对阿Q革命性的强调又突出地体现了耿庸阿Q阐释的核心特点：严格的阶级观点。这又进而催生了耿庸的一个理论发明：区分阿Q主义的阶级特征和来源。①

耿庸的另一发明则在于，从心理学的角度揭示了精神胜利法所包含的本质矛盾：蚁民不得不把反抗的情愫隐伏在内心深处。由于得不到实现的物质条件，反抗要求被歪曲表现为精神胜利，反而形成精神的屈服，所以阿Q的精神胜利法又是一个"既反抗又逃避"的矛盾所在。或许，耿庸对精神胜利法心理过程的展示，无意中正契合了鲁迅对陀思妥耶夫斯基创作方法的深切认同："穿掘着灵魂的深处。"②

---

①　耿庸对阿Q主义的阶级特征所做的区分，在一定程度上满足了特殊年代的人们对鲁迅作品政治正确的真诚期待。萧军曾经告诉耿庸这样一件事：萧在延安的时候曾经与艾思奇有过一场关于阿Q的口头争论。艾思奇认定"阿Q是中国国民性消极方面的典型，阿Q的精神胜利法就是这国民性的主要特征，一般说来是中国人普遍具有的"。但萧军却坚持认为，阶级属性对立的赵太爷和阿Q的精神胜利法应该不同，是"两者的阶级性本质不同的表现"。这场争论没有取得确切的结论，因为当时艾思奇虽然不同意萧军的观点，但仍然承认萧军对阶级性的坚持"从理论上是不错的"，而萧军却也苦于一时难以说清赵太爷和阿Q的精神胜利法区别在哪里。因此，当萧军在后来看到耿庸的解释：统治阶级的精神胜利"是从他们凶残吃人的经历来的"，而阿Q的精神胜利法却产生于"对剥削和压迫阶级的反抗要求"时，感到"豁然开朗"。耿庸：《的确是萧军》，见耿庸著：《文学：理想与遗憾》，上海：上海辞书出版社，2004年版，第481—483页。

②　鲁迅：《〈穷人〉小引》，见《鲁迅全集》（第7卷），北京：人民文学出版社，2005年版，第107页。

　　由于对鲁迅著作的极度熟稔，再加上早年长期从事经济研究的精微与细密，耿庸对《阿Q正传》的解读自成一体，某些见解甚至能够道人所未道。但这仅仅指局部而言，如果从对《阿Q正传》的总体把握来看，耿庸的解说又难免给人一种分寸把握过火的感觉。事实上，当他过分着力地挖掘阿Q的革命性，并努力把它突出为阿Q性格的主要方面时，他已经在不知不觉中犯下了他试图用以指责冯雪峰的错误："革命要从第五幕开始，不要从第一幕开始。"① 这也就是沈仁康简捷地指出的，错把阿Q这一落后农民的代表，当成了革命农民的典型。至于耿庸断言鲁迅在写作《阿Q正传》的时候，就已经"正确和明确地认识了中国农民的革命性、革命力量和作为中国革命的基本群众的地位"②，则已经开始显露出了后来所习见的那种将鲁迅小说解读为中国革命的百科全书，逐渐抹消鲁迅的人间烟火气、将其偶像化和神化的端倪。当然，需要顺便指出的是，耿庸之所以要强调阿Q主义没有"真正"地"完全过去"，与其说是针对冯雪峰那个无足轻重的"套语"，不如说是对胡绳在1948年指出的思想改造要求之长期和艰巨性的吸收和转用。

　　综合观之，耿庸的《〈阿Q正传〉研究》尽管不乏洞见和发明，但其学术价值却受到了其研究范式的根本局限，即虔诚地将《新民主主义论》的政治结论，当作自己全部学术研究的先在前提和出发点，将自己的全部心力，都灌注在了对一个已有结论的论证之上，即便那个结论表现了一代政治伟人对鲁迅的深刻理解，又恰好契合了耿庸心中对鲁迅的真诚敬仰。

　　如果仅仅是诗学探索和政治阐释的向度不同，冯雪峰和耿庸对《阿Q正传》的不同解读本来可以并行不悖，至多只存在着层次的深浅或理解的高低之别。但这场论争的实际效应却远远逸出了单纯学术探讨的范围。冯雪峰的阿Q论实际上是在对鲁迅作品整体的意识形态解释氛围中

---

　　① 这是耿庸转引马克思《哥达纲领批判》的第三十三注的话。耿庸：《〈阿Q正传〉研究》，见耿庸著：《文学：理想与遗憾》，上海：上海辞书出版社，2004年版，第165—166页。

　　② 耿庸：《〈阿Q正传〉研究》，见耿庸著：《文学：理想与遗憾》，上海：上海辞书出版社，2004年版，第121—122页、第140页。

一次独立而自由的思考，在当时注定会遭到阻截，只不过他本人对此没有足够清醒的预期。更加让他始料未及的是，耿庸选择的批评策略，又几乎让他一个人独自承受了本应分散到两条论争战线上的密集火力。因此，冯雪峰在此次论争当中所受到的内心冲击之强烈，实在不足与外人道。尽管从表面看来，他甚至没有对耿庸的叫阵做出正面的回应。

然而，对于耿庸的每一项批评和指责，冯雪峰实际上都深铭于心。1955年，冯雪峰又重新写作了《阿Q正传》一文，用以取代他已经认识到"空泛"和"有错误"的《论〈阿Q正传〉》。冯文主旨在于阐发小说《阿Q正传》广泛的"社会意义和作者的革命思想"，而且这一目标是通过对"阿Q这个典型人物"[①]具体细致的性格分析而达到的。这实际上也就是耿庸在《〈阿Q正传〉研究》中推崇示范的方法。该文的写作标志了冯雪峰鲁迅阐释思路的一次根本调整，即从探究鲁迅小说诗学问题和艺术奥秘的理论前沿，后撤并靠拢和回归社会学和政治阐释的时代主流。

冯雪峰显然牢记着耿庸批评中的两大关键词：阶级性和革命性。因此，他对小说《阿Q正传》三方面社会意义的分析和概括，努力做到教科书般的规范：反映了中国半封建半殖民地时代农村的社会生活和阶级剥削和压迫；尖锐批判了辛亥革命；在对民主革命的根本问题即农民革命问题的接触过程中，批判了农民群众的落后性。而他对阿Q典型人物的分析也从界定阿Q的阶级身份和革命可能性入手：阿Q"是一个流浪的雇农"，在当时"最被压迫"，因而也应该"最具有反抗性"、"最容易走上革命的道路"。

但是，阐释思路彻底地改弦更张，并不意味着冯雪峰就此失掉了对鲁迅小说基本的分寸把握。因此，他在"虚心"接纳耿庸对阿Q形象的基本意识形态"定性"的同时，却坚持对阿Q的革命性进行"定量"微调：阿Q"有反抗性"，而且"时时在反抗"，"然而有什么东西在阻碍着

---

① 冯雪峰：《阿Q正传》，见《雪峰文集》（第4卷），北京：人民文学出版社，1985年版，第412页"作者附记"、第398页。以下引用该文，都见《雪峰文集》（第4卷），北京：人民文学出版社，1985年版，第398—412页，不再另注。

他真正的觉醒"；"他最后也走向革命了"，但直至那时，"他也还是没有真正的觉醒"。

阿 Q 身上"交织着反抗与屈服"。这是冯雪峰对鲁迅创造的阿 Q 性格的基本判断。这一点，可谓与耿庸对精神胜利法"既反抗又逃避"的矛盾心理剖析英雄所见略同。所不同的是，两人对辩证组合表述中矛盾双方的尺度拿捏稍显差异。耿庸最终实际上不免片面地将"反抗"突出提升为了精神胜利法的主要方面，而冯雪峰则首先着意侧重精神胜利法中"逃避"和"屈服"的一面，并将分析的辩证框架维持始终。

精神胜利法中"屈服"的一面也即阿 Q 身上体现的精神上"惊人的麻痹"。冯雪峰这样领会鲁迅的匠心：鲁迅"时刻都注意阿 Q 的反抗性"，但又发现，阿 Q 所采用的反抗手段，却总离不开"自我麻醉的'精神胜利法'"，这又使得阿 Q 能以各种"自譬自解的理由"忍受种种"压迫和迫害"，从而"有力地阻碍着他的觉醒"。阿 Q 用以"自我欺骗和自我安慰"的方式有很多种，比如"没有现实根据的自尊"、"最容易发生的自轻自贱"，以及"对于耻辱和敌人""超乎寻常的健忘"，等等。这些手段的共同作用，都"使他自己不去意识到""被压迫的现实"。

冯雪峰指出：鲁迅在"解剖阿 Q 精神上的麻痹的同时"，也在"以同样的注意力观察和解剖着阿 Q 的反抗性和革命性"。而这两方面的工作，都"以阿 Q 和他的压迫者之间"的阶级矛盾为描写的基础。正是因为压迫者对阿 Q 的残酷压迫"从来不曾缓和过"，所以阿 Q "有时候也不能不觉得自己骗不过自己"，并最终成为"以一个被压迫者的身份"最快地被革命吸引、并"迎接革命的人物"。

对于受到耿庸高度肯定的阿 Q 的革命性，冯雪峰仍然坚持用矛盾辩证的眼光去探究。重读有关阿 Q 革命的那些著名段落，冯雪峰一方面完全同意，阿 Q 的革命性和革命要求是"真实"和"极自然的"；但另一方面，又无一不伴随和掺杂着"糊涂的观念"。由此开始，冯雪峰对鲁迅小说的解读又进入了自己独特的发现：

　　　　作者一步不离地紧钉在阿 Q 的脚后，总想发现阿 Q 对于自己的"失败"的现实——被压迫被侮辱的现实——的清醒的感觉和意

识，但似乎只发现了两次，而一次是很快就过去了，一次是在他的
最后了。①

"很快就过去"的一次是指"恋爱悲剧"之后的决定进城"求食"，
"最后"的一次则是在他被杀前的刹那，看见了"那些喝彩的人们"比狼
"更可怕的眼睛"。

那么，"究竟什么东西在阻碍阿 Q 的清醒呢？"从阿 Q 自身的精神
状态说，"一个主要、致命的原因，是他在绝大部分的时候都设想自己是
一个'胜利者'。"这又是一种怎样的"胜利者"呢？冯雪峰剖析说：阿
Q "虽然是一个被剥削、被压迫者"，但"他的'精神胜利法'"却使"他
常常会设想自己也是处于压迫者、奴役者的地位上，设想他也有力量和
权利去压迫人、奴役人"。尽管这种"胜利法"的根本原因就在于阿 Q 在
精神上"是一个严重的被奴役者的缘故"，但"从思想的本质说"，"精神
胜利法"反映的正是封建"统治阶级对人民的奴役主义思想"。

封建奴役主义思想还可以解释阿 Q "精神胜利法"中重要的另一面：
"在受辱或失败之后""向比他更弱的人去泄恨"。此外，阿 Q 关于"男女
之大防"的"道德"观念、"排斥异端的正气"，都无不再次证明他的思
想与剥削、统治阶级的思想紧密相连。总之，阿 Q "是一个被封建剥削
阶级的奴役主义思想所奴役的被压迫者"的典型。鲁迅通过对阿 Q 性格
中"反抗和屈服的矛盾"剖析，既鲜明反映了当时的阶级对立、猛烈攻
击了封建势力和思想对农民的物质剥削和精神麻痹，同时还着重"批判
了农民群众的落后性——统治阶级的思想的影响和毒害"、提出了民主革
命思想启蒙的任务，还尖锐地批判了辛亥革命。

冯雪峰不愧为鲁迅晚年的亲密朋友之一，对鲁迅的思想和作品有着
常人所不及的深刻理解。因此，即便在被迫放弃了对鲁迅小说的诗学探
索之后，仅仅在鲁迅作品的社会意义阐释方面，也还能够做到不落俗套、

---

① 冯雪峰：《阿 Q 正传》，见《雪峰文集》(第 4 卷)，北京：人民文学出版社，1985 年
版，第 405 页。

独树一帜。[1]但在此过程中，冯雪峰的写作心态却不可避免地发生了改变。在《阿 Q 正传》这篇评论中，明显可见写作策略性的增强。本来，评论中属于冯雪峰独特发现的，大概就是对阿 Q"反抗与屈服相互交织"性格的分析，以及对"精神胜利法"封建奴役主义思想实质的揭示，但冯雪峰在写作中费心更多的，似乎主要不是如何将自己的独特发现表达得更加精粹和清晰，而是想方设法将它们包裹在如教科书般严整的系列社会意义中间，让它们淹没、尽可能地消去锋芒。在批评文体上，则随时随地对照着批评者对自己的指责，苦心孤诣地把它们与自己的发现同时组织进一种诸如以下这种辩证结构、转折甚至多重转折的句式当中：

> 我们不能以为作者着重地描写了阿 Q 的落后性，是作者的不对，因为阿 Q 的落后性当然不能代表当时的每一个农民，但他有广泛的代表性，是符合当时的现实的；同时作者描写了阿 Q 的革命性和革命要求，虽然阿 Q 式的革命决不足以代表当时所有农民的革命性，

---

① 1979 年 10 月，《文学评论丛刊》第四辑发表了支克坚的《关于阿 Q 的"革命"问题》，张梦阳先生将该文要点概括如下：（一）《阿 Q 正传》集中描写了阿 Q 的落后和不觉悟，对阿 Q 的思想性格做了彻底的批判和否定——既批判和否定阿 Q 的不革命，又批判和否定阿 Q 的"革命"。（二）把阿 Q 的"革命"，说成是鲁迅对农民革命性的发现和肯定，显然与鲁迅的本意不符。鲁迅的本意，是在当时中国一部分农民中发现和指出与革命格格不入乃至背道而驰的思想意识。原因有二：其一，阿 Q"精神胜利法"的实质，并非什么不能在实际上只能在精神上反抗压迫者、奴役者并取得这种反抗的胜利，而是不能在实际上只能在精神上爬到压迫者、奴役者的地位，取得使自己变成压迫者、奴役者这样的所谓"胜利"；其二，"精神胜利法"产生的根源在于小生产、封建宗法统治以及闭塞性所造成的农民政治思想的不发展。（三）作为一篇反映革命中的农民问题的小说，《阿 Q 正传》所总结的辛亥革命的最主要教训，就是中国今后应当有真正的革命，而为此必须有真正的革命者。广大农民首先要改变旧的"魂灵"，另换新的"魂灵"。（四）《阿 Q 正传》旨在暴露国民的弱点，鲁迅必定集中描写阿 Q 思想性格中那必须批判和否定之点，而不可能再来探索什么应该肯定的东西。用一个否定的农民典型来揭示小生产经济、封建宗法统治和闭塞性对现代中国革命所造成的最严重的障碍，是鲁迅对于时代和文艺所做的独有贡献。张梦阳先生称赞该文为 20 世纪 70 年代末出现的"一篇超越平庸的奇文"。见张梦阳著：《阿 Q 新论——阿 Q 与世界文学中的精神典型问题》，西安：陕西人民教育出版社，1996 年版，第 59—61 页。对照支克坚与冯雪峰的观点，联系支克坚先生对冯雪峰的精深研究，我们可以更加清楚支文"超越平庸"的源头。

但仍然反映了农民群众的革命要求。①

　　通篇醒目的辩证结构和转折句式，不仅使这篇评论带上了浓重的自我检讨、改正错误的意味，更本质的，无时无刻要兼顾各方保持平衡，无形中就会对研究和写作的思维自由产生某种约束和规范，它犹如在冯雪峰的脑海里树立起一道"政治正确"的藩篱，让他从此小心翼翼，不敢越雷池一步。

　　冯雪峰的《阿Q正传》标志着他独立自由地思考和探索鲁迅诗学问题的结束，同时止步的还有他理论探索的雄心和尚处在萌芽状态的理论发现和发展的巨大可能性。1986年，美国的文学理论家詹姆森将鲁迅的小说解读成民族寓言，并明确指出，由于寓言所特有的分裂、异质和强大的容纳力，鲁迅《阿Q正传》中的阿Q自然"成为关于某种中国式态度和行为的寓言"，但欺压阿Q的人，"也在寓言的意义上是中国"②。从另一个角度确证了冯雪峰对鲁迅小说多层意涵揭示的合理性。在《道德的谱系》一书中，尼采曾经这样论述过被他称为"奴隶道德"的基督教道德观及其价值体系："这种道德以怨恨为动机"，"这种怨恨发自一些人，他们不能通过采取行动作出直接的反应，而只能以一种想象中的报复得到补偿。所有高贵的道德都产生于一种凯旋式的自我肯定，而奴隶道德则起始于对'外界'、对'他人'、对'非我'的否定"，"这种从反方向寻求确定价值的行动"，"就是一种怨恨"③。众所周知，早年的鲁迅曾深受尼采思想的影响，尼采对奴隶道德的论述与阿Q的精神胜利法非常接近。这从一个方面提醒我们，阿Q不仅可以"超阶级"地成为中国国民性的代表，而且精神胜利法还存在着某种超越民族和国界的人类共通的心理根源。

---

　　①　冯雪峰：《阿Q正传》，见《雪峰文集》（第4卷），北京：人民文学出版社，1985年版，第412页。

　　②　［美］弗雷德里克·詹姆森：《处在跨国资本主义时代中的第三世界文学》，见张京媛主编：《新历史主义与文学批评》，北京：北京大学出版社，1993年版，第239—240页。詹姆森也即本书第一篇文章中的杰姆逊。

　　③　［德］尼采著：《道德的谱系》，周红译，北京：生活·读书·新知三联书店，1992年版，第21页。

对冯雪峰《论〈阿 Q 正传〉》的理论潜力认识和展示得最充分的，可能要数张梦阳。通过对 70 年来阿 Q 典型研究的学术史考察，张梦阳断言："冯雪峰的'思想性典型说'与'精神寄植说'实质上是 70 年阿 Q 典型研究史上最值得珍惜、最接近阿 Q 典型意义与鲁迅创作本意的理论成果"，但他同时也指出，冯雪峰的提法确实也存在着容易招人诟病的不圆通之处：冯雪峰"对思想精神重心的强调是完全正确的，对隐藏在人物背后的精神本质的透视也是难能可贵的"，但"寄植说""颠倒了思想与形象、精神与典型的源流关系"，而"思想性的典型"又"易于趋向理念化"。因此，他建议把冯雪峰"'思想性的'这一'典型'的修饰词更换成'精神'"①。从"精神典型"这一新概念出发，张梦阳全面推进并基本解决了冯雪峰遗留下来的系列难题。

他首先充分论证了阿 Q 典型和精神胜利法的普遍性和特殊性的关系问题。正是在这个问题上，冯雪峰在政治上被指责为"超阶级"，在艺术上受到概念化和主观公式主义的批评。通过详细的心理学考察，张梦阳得出这样的结论：阿 Q 精神胜利法的实质，"就是人类不愿意面对自身缺陷和失败现实时所借以进行心理调节的消极策略与防御机制，属于一种精神系统的消极平衡术"。"这种精神机制，产生于客观存在的人类心理本身的根本性弱点。"而从哲学层面看，由于阿 Q 这一精神典型"深掘"到了"精神与物质这个人人面临的哲学根柢"，"反映了每个人都无法逃避的主观与客观的关系问题"，"因而具有全人类的普遍意义"。同时，正因为阿 Q 所反映的精神弱点"是每个人都可能出现的"，所以也就不必进行"寄植"，"只需选择最合适的具体人物精心塑造、'深掘'下去"，精神典型就会"理所当然地首先是一个活生生的具体人物"，具有生动鲜明的"具象性"②。

张梦阳的理论灵感很大程度上还来自黑格尔。他指出，精神典型

---

① 张梦阳著：《阿 Q 新论——阿 Q 与世界文学中的精神典型问题》，西安：陕西人民教育出版社，1996 年版，第 92 页、第 95 页、第 97 页、第 98 页。70 年指的是 20 世纪 20 至 90 年代。

② 张梦阳著：《阿 Q 新论——阿 Q 与世界文学中的精神典型问题》，西安：陕西人民教育出版社，1996 年版，第 116 页、第 128—129 页。

之所以能够"有最充分的条件在最大的限度内、最高的境界上实现独特性与普遍性的统一，历史的具体性、文学的形象性与哲学的抽象性的统一"，其哲学基础恰如恩格斯已经指出的那样，源自黑格尔在《精神现象学》中阐发的、有关"这一个"的重要辩证法思想：环境规定了特定个体的普遍性，但"世界情况"所包含的普遍性又必须将自己"特殊化"于"这一个"[①]特定的个体当中。

当然，"精神典型"这一概念是否确立，很大程度上取决于它是否具有"不同于其他艺术典型"的特质。张梦阳认为，精神典型的特质即在于"精神高于性格"。也就是说，在精神典型的性格系统中，某种"更深一层的精神机制"或者"根柢性的'哲学中枢'"占据着统治地位，与其他丰富多样的性格特征构成"内控"和"外显"的关系，从而形成人类精神的普遍"共相"与特定时空中"人物的独特行径与特征""互相渗透、和谐统一"的性格整体。这一点在阿Q身上非常明显，精神胜利法是这一典型的"精义"或曰哲学中枢，它作为"内控机制"，在辛亥革命前后的"浮浪农工"阿Q身上，"外显"[②]为他这个人物所特有的系列奴性特征。

"浮浪农工"是张梦阳对阿Q阶级身份的重新界定，也是他试图回答这样一个问题的切入点："鲁迅为什么选择阿Q作为自己唯一一部中篇小说的主人公？"这也是冯雪峰和耿庸共同关心过的问题。张梦阳的解答试图一举贯通人物的个性、阶级性、民族性和人类共通性：首先，"阿Q所处的辛亥革命前后"，"正是中国从传统农耕文明向现代工业文明转变的前夕"，而"浮浪农工游荡于城市与农村之间"，正好"有利于表现中国城市文化与农村文化之间的冲突及其千丝万缕的联系"。这种冲突和联系当然会集中体现在当时"中国精神和民族性格的负载者"身上。本来，农民是主要的负载者，但中国的知识分子或曰士人也是小农

---

① 张梦阳著：《阿Q新论——阿Q与世界文学中的精神典型问题》，西安：陕西人民教育出版社，1996年版，第129—130页。

② 张梦阳著：《阿Q新论——阿Q与世界文学中的精神典型问题》，西安：陕西人民教育出版社，1996年版，第161页、第169页、第154页。

经济之子，所以"选择阿Q这个浮浪农工作为人物典型"，"既能表现中国农民的重负，又能反映中国士人的弊病，从而成为中国民族性格和精神现象劣根性的最佳体现者"，同时也能反映"中国从传统农耕文明向现代工业文明转变的必要性、必然性以及复杂性、艰巨性"。此外，与其他阶级相比，阿Q的精神状态最接近本能和蒙昧，因而又"最容易直接显露人类的普遍弱点"，使其"以最简单明了的方式"所折射出来的"精神胜利法"这一人类消极的精神机制，"具有最大的普遍意义"[1]。张梦阳的幸运在于，他终于能够冲破冯雪峰和耿庸当年各种他设或者自设的禁区，从冯雪峰未能实现的理论可能性出发，重启自由的鲁迅诗学和哲学的探索。

回顾20世纪50年代初耿庸对冯雪峰的批评，有一个事实浮现出来：这场论争包括显在的与隐藏的两个部分。如果仅限于论争显在部分的四篇文章、阿Q的典型形象阐释这单一的论题，耿庸的《〈阿Q正传〉研究》势必会被归入"把阶级论绝对化、庸俗化"的"50年代初的庸俗社会学"[2]之列，获得基本否定的评价。但如果综合考察耿庸其后狱中狱外的思想直至90年代的系列文章，就会发现，耿庸鲁迅研究的第一关注始终都是鲁迅思想的发展道路，其中的理论心结主要来自胡绳也参与其间的、1948年香港《大众文艺丛刊》对胡风文艺思想的批判。作为胡风的重要同仁和鲁迅作品的热爱者和研究者，耿庸自觉地结合自己的理论专长，将自己鲁迅研究的积年心得聚焦于一个目标：对胡绳鲁迅论述的"暗辩"。以此为中心，他此前对瞿秋白的真诚质疑、此后对郭沫若、艾思奇等人的执着追讨，实际上都可以置入"胡风集团"同人与他们的理

---

① 张梦阳著：《阿Q新论——阿Q与世界文学中的精神典型问题》，西安：陕西人民教育出版社，1996年版，第154—155页、第265页。

② 张梦阳著：《阿Q新论——阿Q与世界文学中的精神典型问题》，西安：陕西人民教育出版社，1996年版，第43—44页。作者还在70年《阿Q正传》研究的学术史视野中这样评价耿庸的《〈阿Q正传〉研究》："无论是对鲁迅创作思想的评价，还是对阿Q典型性的判断，都是不符合实际的"，"对鲁迅创作《阿Q正传》时期"的思想"进行了简单化的拔高"，"否定了鲁迅前后期的思想发展，并进而又把阿Q拔高成'农村无产者的革命性'的典型"，"得出了一系列错误的结论"。见该书第47页。

论对手对峙的整体格局之中来探讨。反之，也只有将《〈阿Q正传〉研究》放置回恰当的论争谱系和文章序列，我们才能够对耿庸鲁迅研究的独特发明和时代局限做出比较客观公正的评价。同时，我们还发现，从对冯雪峰的"明争"，到针对对象完全超离冯雪峰的"暗辩"①，随着论争态势的缓解，耿庸的鲁迅见解也逐渐克服了其中的意气和偏颇，表现出比较纯粹的学术性。

　　至此，还有一个疑问必须解明：为什么耿庸一开始要选择冯雪峰发难？这跟整个"胡风集团"在新中国成立初期的境遇有关。当时，"胡风集团"已被视为文艺界的"异端"，面临被"剿灭"的危险，对此，胡风及其同人则采用反批评和论争等"公共领域"的方式，展开了顽强的抗争。在此形势中，耿庸的《〈阿Q正传〉研究》自然也被胡风当作可以在"险恶"时机"抛"掷出去的"一颗炸弹"②。正因为处境险恶，仓促出手之间未必就找得准那么理想的目标。再加上，新中国成立之后，胡风及其朋友确实也对冯雪峰产生了很大的不满，原因主要有两条：一是冯雪峰当时的鲁迅论述与20世纪40年代相比有了显著的变化③，二是当时冯雪峰兼任主编的《文艺报》在胡风等人的眼里，也成了不断"打击""新

---

　　① 在《鲁迅"前期"思想论》中，耿庸对冯雪峰已经转为完全正面的评价："大约在1953年下半年冯雪峰最初地突破了关于鲁迅思想的发展是'从进化论到阶级论'的论断，改用'从革命民主主义进到共产主义'的表达方式。这是冯雪峰在鲁迅思想研究上的一个重要的贡献。"见耿庸著：《文学：理想与遗憾》，上海：上海辞书出版社，2004年版，第220页。

　　② 在1952年8月15日自北京致王元化的信中，胡风这样谈及耿庸的《〈阿Q正传〉研究》："他那篇文章，大家仔细看看，应该利用时间弄好它，管它现在能不能抛出去。我想，到了险恶的时机，由我来当作一颗炸弹抛出去！"见梅志、张小风整理辑注：《胡风全集》（第9卷），武汉：湖北人民出版社，1999年版，第563页。胡风及其同人的抗争还包括围绕路翎新中国成立初期的创作所展开的争取剧本上演和针对侯金镜、宋之的等人的反批评，阿垅与陈涌、史笃有关"倾向性"等问题的论争。

　　③ 据耿庸晚年自述，他在写作《〈阿Q正传〉研究》时之所以"怎么也平静不下来"，主要就因为冯雪峰当时的鲁迅论"和40年代所作的鲁迅论不知为什么发生了令人吃惊而且恼火的变化"，让他产生"简直是'上当'"的感觉。耿庸：《想起了吴强》，见耿庸著：《文学：理想与遗憾》，上海：上海辞书出版社，2004年版，第396页。笔者认为，冯雪峰鲁迅论述的变化应该放在冯雪峰思想脉络的整体中另行考察。

生力量"、实行"宗派统治"的"独立王国"①。因此，在新中国成立后直至"胡风事件"发生的一段时间里，胡风及其朋友有时甚至几乎将冯雪峰与周扬等人等同。②

事实证明，《〈阿Q正传〉研究》这颗"炸弹"在当时造成的最大和唯一的"杀伤"对象就是冯雪峰。在回顾鲁迅研究史的时候，汪晖曾经敏锐地指出过这样一个现象："一些对鲁迅精神有着深刻体验和理解的研究者，对于鲁迅精神中那些与特定政治意识形态体系不相吻合的独特而复杂的现象"，也"自觉不自觉地忽略和持否定态度"③。以此对照冯雪峰的鲁迅研究，我们发现，其实在最终变得"自觉地"不加深究之前，对于那些"独特而复杂的现象"，冯雪峰既曾经怀抱过宏大的理论雄心，也兴味盎然地做过自由的探索，甚至还拥有过某些现象的发现"专利"。重新考察当年的论争，我们犹如重新打开了已然折叠起来的历史书页，再一次重温冯雪峰曾经的执着和无奈。

　　　　　　　　　　　2009年11月动笔，2011年2月17日完稿④

---

①　参见胡风1954年11月14日自北京致方然信，见梅志、张小风整理辑注：《胡风全集》（第9卷），武汉：湖北人民出版社，1999年版，第70—71页。在该信中，胡风通报了自己在文联和作协主席团扩大会议上几次就《文艺报》《红楼梦》事件所做的批判发言要点。毛泽东主席原本以"新生力量"指李希凡、蓝翎，但却被胡风推及阿垅、路翎等同人。

②　在1952年8月28日自北京致耿庸就《〈阿Q正传〉研究》校样发表意见的信中，胡风这样说："这个两头马，完全是假东西，越来越恶劣，其实他自己是心虚得很的。这一仗，要把他的'飘飘然'打掉，免得他欺负读者，祸国殃民。"见梅志、张小风整理辑注：《胡风全集》（第9卷），武汉：湖北人民出版社，1999年版，第98页。胡风事后显然意识到自己"误解"了冯雪峰，所以在出狱后第一封致楼适夷的信中就提出，请楼适夷转告有关领导，建议彻底重新评价冯雪峰。参见胡风1979年9月13日自成都致楼适夷信，见同书，第167—169页。

③　汪晖：《鲁迅研究的历史批判》，见汪晖、钱理群等著：《鲁迅研究的历史批判——论鲁迅（二）》，石家庄：河北教育出版社，2001年版，第316页。

④　本文最初曾以提纲的形式提交2009年12月11日至13日由北京鲁迅博物馆主办、复旦大学中文系协办的"鲁迅与胡风的精神传统"学术研讨会，会上黄乔生先生精当的评议和张梦阳先生宝贵的指点对本文的写作助益良多，特致以衷心的谢忱。

文学对生活空间的垦殖和作家精神空间的建构
——路翎与重庆

在晚年的回忆文章《一起共患难的友人和导师——我与胡风》中，路翎曾说他与胡风的通信集中了他生活中主要的思想与感情。因此，本文就以现在保留下来的路翎在重庆期间致胡风的信件为主要根据，并与胡风在相应时间致路翎的信件相对照，试图重构路翎在1938年至1946年、在重庆这一战时首都的生活和文学活动。

路翎在重庆与胡风的通信始于1939年4月20日给《七月》发出的第一封投稿信，离渝返回南京前的最后一封信日期标明为1946年5月8日。在1939年10月20日的一封信中，路翎还回顾了自己在大约一年前，在当时的四川一个县份（今天的重庆合川区）出刊过一份叫作《哨兵》的周刊，一共出到六十七期才离开[①]。换言之，路翎在重庆时期与胡风的通信，基本上覆盖了他自1938年入川，至1946年5月27日返抵南京，这一长达8年有余的生活的全程。

在这一时期的通信中，还有两处与我们此次研讨会的题目密切相关：一是大约在1940年6月至9月初，路翎经胡风介绍，到陶行知在合川草街创办的育才学校度过了大约3个月的文学组员生活；二是路翎在重庆南温泉国民党中央政治学校任图书馆助理员期间，曾于1943年回到当时他母亲和继父家的住处北碚文兴镇后峰岩，并在8月16日给胡风的

---

① 路翎1939年10月20日自重庆，见路翎著，徐绍羽整理：《致胡风书信全编》，郑州：大象出版社，2004年版，第6页。

信的一段记述中这样提到了合川：

> 到后峰岩后，便到三十里外的乡场去转了一趟，住了一夜。乡下情况，甚为险恶，民不聊生。江北县大路上兵士化为匪，无所不为，我们就担心被劫。关舍不用，合川罢市。江、巴、壁、合四县与北碚争夺土地，势将宣战。[①]

本文的副标题为"路翎与重庆"，比我们此次研讨会的题目"路翎与合川"略有扩展，但显然，后者是前者的题中应有之义。

路翎大约从 1937 年开始写作，至 1955 年因"胡风集团"案发被捕为止，主要创作时间也就是不长的 19 年。换言之，重庆时期几乎占据了其中的"半壁江山"。严格地说，重庆也是作家"路翎"的诞生地，因为"路翎"这一笔名，是在 1940 年 5 月《七月》第 5 集第 3 期发表他的短篇小说《"要塞"退出以后——一个年轻"经纪人"底遭遇》时第一次使用的。自此以后，路翎在胡风的指导下，发奋读书，勤奋写作，迅速成长和成熟，完成了一系列短篇小说、中篇力作《饥饿的郭素娥》、长篇代表作《财主的儿女们》，同时，时刻关注文坛的理论动向和胡风的批评活动，并配合写了一系列书评和文学评论文章。作家路翎在当时重庆的文学空间中成长和确立的过程，同时也表现为他的作品里的文学空间对作家的记忆空间和生活空间的垦殖与重塑的过程，以及作家内在精神空间和诗学空间的建构过程。

一、路翎在重庆文学空间中的成长和确立

如果对路翎在重庆时期致胡风的信件进行逐年解读，作家路翎在重庆战时文学空间中成长和确立的过程可以清晰地显示为寂寞期待、迅速

---

① 路翎 1943 年 8 月 16 日自重庆，见路翎著，徐绍羽整理：《致胡风书信全编》，郑州：大象出版社，2004 年版，第 69 页。

成长、突击和成熟、转化过渡四个阶段。

（一）1938—1939 年，寂寞期待阶段：路翎在向胡风发出第一封信的时候，这位年仅 16 岁的少年正在重庆两路口的国民党三民主义青年团中央团部宣传队从事着抗日救亡的宣传工作，自诉"在这'地方'很苦痛"，感到"寒冷的寂寞"，但在苦痛和寂寞中又仿佛有所期待。他很期待自己能够"写一点东西"，"在昏睡群里叫一声"。在与胡风通信之前，尽管已经零星发表过一些散文、诗歌和杂文，并且"受过不少评价"，但他感觉"从来没有从那些'评价'中得到过什么"，因此非常渴望能够从胡风和《七月》处得到必要的指点、鼓励和帮助。路翎 1939 年的信件显示，这一年他至少向《七月》投稿 4 篇，其中只有第四篇《"要塞"退出以后》在 1940 年获得刊出，成为他首次以"路翎"为名在《七月》上的亮相之作，其他 3 篇都未能发表。但显然，每一篇未刊的投稿都得到了言简意赅的意见和指导，因为路翎在相应的信件中都以心悦诚服的语气接受了这些意见：小说《妈妈的苦难》不发表是因为"写的时候原就没有决定重心"；而长诗《钢铁是怎样炼成的？》在接到退稿的同时，也收到了庄涌的信件，指出他"模仿艾青"，没有"自己的线条和构图"；短篇小说《沙明》被退回以后，路翎自己"便又发现许多缺点①"。经过不多的几次这样心领神会的交流，作家"路翎"就崭露头角了。

（二）1940—1941 年，迅速成长阶段：因为在 1940 年 2 月初就被告知《"要塞"退出以后》能够发表，路翎原本就炙热地埋藏在心底的向上的愿心被极大地激发了出来："总希望能写出更好的东西来"，"愿意在自己底路上向理想大飞跃……②"几天之后，路翎首次拜会了与自己通信将近一年的胡风，发现对方很能理解自己，直可剖心相待。这时的路翎，像他后来笔下的蒋纯祖一样热情有冲劲、不从容不得体，用他自

---

① 引文见路翎 1939 年 8 月 26 日、11 月 9 日、9 月 11 日、9 月 28 日自重庆，见路翎著，徐绍羽整理：《致胡风书信全编》，郑州：大象出版社，2004 年版，第 3 页、第 7 页、第 3 页、第 5 页。

② 路翎 1940 年 2 月 21 日自重庆，见路翎著，徐绍羽整理：《致胡风书信全编》，郑州：大象出版社，2004 年版，第 9 页。

己的话说就是"在'年青'的惑乱里败北不止一次了"①。但也正因为如此，当他遵照胡风的教导，将感情"像一个吸盘一样紧紧吸住生活"②、试图展示出周围"一些人和一些日常生活的节目"③的时候，就显示出了可惊的创作力：以自己周围的环境为蓝本、包含了他"一段生活"的《"青年人啊……"的故事》长一万五千字；在文星镇等待去育才的时候，"一个多星期写了一万多字底关于矿工底"小说《黑色子孙之一》。为了"写出生活底各个面来"，路翎又花了几天时间"用长江中游底大溃败写出一篇东西"；而短篇小说《家》则既写了矿工，也"写了一个'动物的个人主义'的地主"……但1940年的创作有发表也有失败④。当时的路翎对自己的写作还非常不自信，但对自己的要求却很高："对于时代，对于我自己，我底要求相当大。"⑤他说："我绝不想回避我底一切创作上的未成熟点"，所以经常恳请胡风对他的作品"'杀'它一下子"。因为"这'杀'对于目前的我，是教养"⑥。在领会胡风"教养"的同时，严于律己的路翎还常常对自己创作的各方面进行总结和反省："我感觉得，我从形势铺张上前进了一步。这里的一个人物'何绍德'也许还很模糊；至少是并没

---

① 路翎1940年2月29日自重庆，见路翎著，徐绍羽整理：《致胡风书信全编》，郑州：大象出版社，2004年版，第10页。

② 路翎：《一起共患难的友人和导师——我与胡风》，见晓风主编：《我与胡风》(增补本，下)，银川：宁夏人民出版社，2003年版，第711页。

③ 路翎1940年3月15日自重庆，见路翎著，徐绍羽整理：《致胡风书信全编》，郑州：大象出版社，2004年版，第14页。

④ 在信中提及的7个1940年的创作中，除了这里提到的第一和第三篇未刊、短篇《米》后来在香港丢失之外，其余4篇均在1941年发表。还有两篇发表的小说为《何绍德被捕了》和《祖父的职业》。参见路翎1940年4月15日、3月15日、5月1日、5月22日、5月16日、11月14日、12月9日自重庆，见路翎著，徐绍羽整理：《致胡风书信全编》，郑州：大象出版社，2004年版，第15页、第12页、第16页、第20页、第19页、第27页、第29页。

⑤ 路翎1940年5月22日自重庆，见路翎著，徐绍羽整理：《致胡风书信全编》，郑州：大象出版社，2004年版，第20页。

⑥ 路翎1940年3月15日自重庆，见路翎著，徐绍羽整理：《致胡风书信全编》，郑州：大象出版社，2004年版，第14页。

有突进到更深的一点。"① 同时，路翎还一如既往地在食量惊人地阅读："假若你能替我找到一点书——巴尔扎克、陀思妥耶夫斯基的以及苏联的一些小说：《士敏土》《一周间》《对马》……我都非常需要。"② 一句话，1940年的路翎处于急速地成长过程当中，以至于他在这一年中萌发并预告了写作长篇的念头："我预备写一个长篇写一个老财主家庭的溃灭——他底儿子、'新时代'等等。"③

　　到了1941年，路翎开始收获第一批成果。2月初，长篇初稿《财主的儿子们》即告完成。4月中，初稿修改好的同时，短篇《青春的祝福》亦已出笼。这一年5月，为了抗议皖南事变，胡风离开重庆赴香港，路翎又陆续向香港寄去了《谷》《卸煤台下》和《破灭》等多篇小说。这一系列作品已经让胡风预感到路翎这一块璞玉将成大器，除了告以长篇准备在上海和香港各出一套、短篇"一面发表，一面出集子"④以外，言辞之间亦频频出现鼓励和期许之语："你对于劳动人物的追求将带你到一个远大的前途"；"近来的作品，我看你是在进展的"；"只要努力，我敢预约给你一个伟大的前程。"但胡风同时也对这块璞玉进一步精雕细刻，除了为每篇作品提供详细而具体的修改指导外，还特意叮嘱路翎要"用把铁石也要消化掉的胃力看书"，而对于研究对象，则要"拼命地追求，追求，追求……"，"战败自己，忠于自己"，并且"努力地认识自己"，"化腐朽为神奇"。胡风甚至还提醒路翎"应该注意文字、标点"⑤等小节。而备受鼓舞的路翎则继续在阅读和领悟、创作和试验以及修改和总结当中迈向成熟。

---

①　路翎1940年11月19日自重庆，见路翎著，徐绍羽整理：《致胡风书信全编》，郑州：大象出版社，2004年版，第29页。

②　路翎1940年11月14日自重庆，见路翎著，徐绍羽整理：《致胡风书信全编》，郑州：大象出版社，2004年版，第28页。

③　路翎1940年×月自重庆，见路翎著，徐绍羽整理：《致胡风书信全编》，郑州：大象出版社，2004年版，第30页。

④　胡风1941年7月17日自香港，见胡风著，张晓风整理：《致路翎书信全编》，郑州：大象出版社，2004年版，第2页。

⑤　胡风1941年8月9日、11月21日、7月17日、11月21日自香港，见胡风著，张晓风整理：《致路翎书信全编》，郑州：大象出版社，2004年版，第3页、第8—9页、第2页、第9页。

（三）1942 年—1944 年 6 月底，突击和成熟阶段。1942 年 3 月，胡风从沦陷后的香港脱险抵达桂林，他在火线下和逃难中初步确定了《七月》被迫结束之后、回渝创办新刊的工作计划。为了结束过去以便"开来"，逗留桂林的胡风着手将《七月文丛》和《七月诗丛》重编出版。原本计划在香港出版的路翎的短篇集和当时路翎正在写作的中篇小说《饥饿的郭素娥》都被列入丛书出版计划。同时，由于长篇初稿《财主的儿子们》在香港丢失，路翎立意要重写。因此，路翎这一年的工作计划就变得非常明确：先集中"完成中篇，短篇集"，"预备暑假后"[①]重写和扩充长篇。事实上，前者的工作成了重写长篇之前的必要热身和试练，因为无论是中篇力作《饥饿的郭素娥》和短篇《棺材》的新创，还是其他短篇旧作，如《青春的祝福》、《谷》和《卸煤台下》等的修改，每一次主题的"掘深"，抑或对创作中始料未及的难题的克服，都为《财主的儿子们》的重写，累积和增进了宝贵的经验和功力。

1942 年 8 月，路翎开始以一种沉湎其中的热情重写《财主的儿女们》。开始进行得非常顺利，但很快就碰到了创作的探索和怀疑、情绪的不安。第一部一直到 1943 年 11 月才完成。1943 年这一整年路翎基本上都专心于《财主的儿女们》的写作，除了一个不成功的短篇《乡下的新识》和《蜗牛在荆棘上》的改写。

1944 年 5 月 13 日，《财主的儿女们》杀青，6 月底修改结束。至此，经过血痕斑驳的突进，路翎完成了一生中最重要的作品，同时他作为一个作家也彻底成熟。

（四）1944 年 7 月—1946 年 5 月，转化过渡时期。1944 年是路翎个人生活发生很大变动的一年。年初父母家乔迁，在巨著杀青的第二天自己订婚，接着结婚育女，职业也发生变动。在短暂的休息之后，路翎还是那么勤奋地写作，下半年开写一个长篇，写成多个短篇和中篇，还有一组 6 篇的小小说，多篇书评与散文。这一时期的小说都将在离开重庆之后结集出版。

---

　　① 路翎 1942 年 4 月 5 日、6 月 23 日自重庆，见路翎著，徐绍羽整理：《致胡风书信全编》，郑州：大象出版社，2004 年版，第 41 页、第 50 页。

　　1945 年，胡风的《希望》创刊，路翎作品仍然不少。这一年比较触目的是，路翎以书评和文学评论的方式全面介入了文化批评和斗争，参加了对姚雪垠等人的批评。但写作也碰到了问题：一个因素是职业的变动妨碍了创作，更重要的是他有时感觉到闭塞、"失却了以前的愉快的心安"[①]、没有了幻想的勇气。

　　1946 年在 5 月 27 日以前，路翎基本上都在为复员回南京做准备。

二、文学对生活空间的垦殖和重塑

　　在与胡风通信之初，路翎就屡屡表现出了强烈的空间意识："我垦殖我自己底环境"，"想写我周围的一些人"[②]。固然，生活是文学的源泉，但只有天赋独具的优秀作家，才能够将人人都处身其间的生活转变为文学创作的丰富矿脉，将日常的生活空间熔铸和重塑为独特的文学世界。这大概也就是所谓文学的空间生产。

　　在重庆时期的路翎，先后换过五次工作。除了短暂的宣传队和育才文学组经历之外，还有一段时间在南温泉的国民党中央政治学校图书馆任助理员。其余的生活好像都与煤矿有关。因为继父在经济部矿冶研究所任职，所以北碚文星场后峰岩的矿区就成了路翎在当学生和没有职业时候的主要居留之所。路翎的其余两份工作都与这个家庭背景有关，先也是在矿冶研究所当小职员，1944 年又到燃料管理委员会北碚办事处"黄桷镇"管理处任办事员。于是，煤矿及其相关的世界就成了路翎文学垦殖的第一个空间和场所。《黑色子孙之一》、《家》、《何绍德被捕了》、《卸煤台下》等，这些早期的短篇极大地锻炼了路翎的文学感受力、对劳动世界的把握力，以及在此基础上的文学想象力和表现的雄健笔力，以至

---

　　① 路翎 1945 年 10 月 10 日自重庆，见路翎著，徐绍羽整理：《致胡风书信全编》，郑州：大象出版社，2004 年版，第 113 页。

　　② 路翎 1939 年 9 月 28 日、1940 年 3 月 9 日自重庆，见路翎著，徐绍羽整理：《致胡风书信全编》，郑州：大象出版社，2004 年版，第 5 页、第 11 页。

于胡风在 1941 年就大胆预言："你对于劳动人物的追求将带你到一个远大的前途。我认为你应该向这个方向突进。"[①] 矿区生活之于路翎的重要意义，几乎就相当于高尔基意义上的"人间大学"。胡风就是这么看的，因此，当后来路翎因为与同事发生激烈冲突而不得不离开矿冶研究所时，胡风的惋惜之情溢于言表："那地方真是可惜的，是一个不容易进去的大学。现在就流浪几天再看罢。"[②]

中篇小说《饥饿的郭素娥》或许可以视为路翎在这所人间大学的毕业作品。用今天的眼光去重读，我们会发现，当年胡风在为这篇力作撰写序言的时候，就已经对至那时为止的路翎小说的空间内涵做了鲜明生动的揭示：

> 路翎君创造了一系列的形象……最多的而且最特色的却是在劳动世界里面受着锤炼的，以及被命运鞭打到了这劳动世界的周围来的，形形色色的男女。……
>
> 他从生活本身的泥海似的广袤和铁蒺藜似的错综里面展示了人生诸相，而且，这广袤和错综还正用着蠢蠢跃跃的力量膨胀在这些不算太小的篇幅里面，随时随地都要向外伸展，向外突破。[③]

具体到《饥饿的郭素娥》，胡风指出，作为"封建古国的又一种女人"，郭素娥"用原始的强悍碰击了这社会的铁壁，作为代价，她悲惨地献出了生命"。但尽管如此，"她底命运却扰动了一个世界"，即整个"劳动世界"。

胡风不但对路翎作品中的艺术空间做了极富张力感的勾勒，而且还敏锐地指出了这一独特的艺术空间对于新文学历史的整体空间所具有的

---

　　① 胡风 1941 年 8 月 9 日自香港，见胡风著，张晓风整理：《致路翎书信全编》，郑州：大象出版社，2004 年版，第 3 页。

　　② 胡风 1942 年 5 月 23 日自桂林，见胡风著，张晓风整理：《致路翎书信全编》，郑州：大象出版社，2004 年版，第 16 页。

　　③ 胡风：《一个女人和一个世界——序〈饥饿的郭素娥〉》，见胡风著，梅志、张小风整理辑注：《胡风全集》（第 3 卷），武汉：湖北人民出版社，1999 年版，第 99—100 页。

增扩作用:

> 在路翎君这里,新文学里面原已存在了的某些人物得到了不同
> 的面貌,而现实人生早已向新文学要求分配座位的另一些人物,终
> 于带着活的意欲登场了。向时代的步调突进,路翎君替新文学的主
> 题开拓了疆土。[1]

路翎小说世界中的另一重要主题空间是小知识分子的生活。1945 年
1 月 15 日,路翎在将小说稿《我们时代的英雄》寄呈胡风的同时这样反
省说:

> 一般的社会性格和精神,就是所谓人民的,我能够做一些,然
> 而,对于这种非一般社会性格的小知识分子,我却常常一点法子都
> 没有。但是,又极其愿望抓住他们,使他们变成我的"殖民地"。[2]

应该说,路翎对小知识分子题材的自我意识明显地晚于他的创作实
践。事实上,在路翎对自己早期一些未刊的习作的简单的解释中,我们
大概可以推知他的主人公应该都属于小知识分子一类。比如,《沙明》是
"纪念两个朋友"的,作者"想在沙明这精悍的朋友身上找到希望"[3]。在
《"青年人啊……"的故事》中,路翎在等待代表古中国的一群"趋向必
然地灭亡"的同时,也在"找寻一个'向上的','发生的',希望的代表
者"[4]。在发表或者出版的小说中,也有比较成功的小知识分子的形象,像

---

① 胡风:《一个女人和一个世界——序〈饥饿的郭素娥〉》,见胡风著,梅志、张小风整理辑注:《胡风全集》(第 3 卷),武汉:湖北人民出版社,1999 年版,第 100 页。

② 路翎 1945 年 1 月 15 日自重庆,见路翎著,徐绍羽整理:《致胡风书信全编》,郑州:大象出版社,2004 年版,第 100 页。

③ 路翎 1939 年 8 月 26 日自重庆,见路翎著,徐绍羽整理:《致胡风书信全编》,郑州:大象出版社,2004 年版,第 2 页。

④ 路翎 1940 年 3 月 15 日自重庆,见路翎著,徐绍羽整理:《致胡风书信全编》,郑州:大象出版社,2004 年版,第 13 页。

《谷》里的林伟奇、《青春的祝福》中的章松明。这一方向的题材也曾得到过胡风的首肯："知识分子也可以写，'自画像'也可以的，不过希望和具体的政治情势贴紧点。"[①]但路翎早期这一类题材的小说确乎不像矿工题材的小说那么引人注目，原因可能与胡风评价《饥饿的郭素娥》中的几个主要人物类似："郭的性格无问题，但我觉得张（振山）、魏（海清）比她本人还写得好些。这也许因为郭对我们更熟悉，而张、魏却较生，因而感到了新鲜的缘故。"[②]况且，时代要求知识分子走与人民结合的道路，作为小知识分子的作家本人，也在不时地反省和有意克服着自己身上的小知识分子习气[③]，反而可能造成在表现自己熟悉的生活时候的特殊困难，即如路翎在首次解释《财主的儿女们》的初稿时说：

> 我是在写这一代的青年人（是布尔乔亚底知识分子）；他们底悲哀，底情热，底挣扎。我自己和蒋纯祖一同痛苦，一同兴奋，一同嫌恶自己和爱着自己。我太熟知它了。它假若是真的，完完全全地变成我自己，这对我底创作就成了一个妨碍。[④]

路翎的两大题材空间在《财主的儿女们》中得到了彻底的融会。在这一巨著出版的当时，就有人准确地将之解读为"'五四'以来中国知识分子的感情和意志的百科全书"，并且指出，主人公蒋纯祖的一生，其实是"这个特定的时代里一个特定的人格的锻炼过程"[⑤]。鲁芋的这一理解与

---

① 胡风 1941 年 10 月 16 日自香港，见胡风著，张晓风整理：《致路翎书信全编》，郑州：大象出版社，2004 年版，第 6 页。

② 胡风 1942 年 6 月 11 日自桂林，见胡风著，张晓风整理：《致路翎书信全编》，郑州：大象出版社，2004 年版，第 17 页。

③ 路翎在 1940 年 6 月 3 日自重庆的信中就有这样的反省之语："我竟然还舍弃不了那些知识分子的可悲的习气。"见路翎著，徐绍羽整理：《致胡风书信全编》，郑州：大象出版社，2004 年版，第 21 页。

④ 路翎 1941 年 2 月 2 日自重庆，见路翎著，徐绍羽整理：《致胡风书信全编》，郑州：大象出版社，2004 年版，第 31 页。

⑤ 鲁芋：《蒋纯祖的胜利——〈财主的儿女们〉读后》，见林莽编：《路翎文集》（第四卷）附录，合肥：安徽文艺出版社，1995 年版，第 369—370 页。该文原载 1948 年 11 月《蚂蚁小集》之四。

路翎的初稿自述完全吻合，但却远不如胡风以理论家的敏锐眼光、对这部杰作的宏大时空架构所做的准确描画。

胡风认为，在这部"可以堂皇地冠以史诗的名称"的作品里面，作者所追求的是"以青年知识分子为辐射中心点的现代中国历史底动态"，因此，"整个现在中国历史"都"颤动在这部史诗所创造的世界里面"。胡风正是从路翎创作的两大题材（人民和知识分子）的结合和融会的角度来解读现代中国的历史动态的，而且言辞之间充满了明显的空间隐喻。他说，小说表现了这样"浩瀚无际、生命跃动的人生实相"：中国人民从几千年的封建主义和几十年的殖民地意识的沉重精神积压下，艰难地觉醒和挺立，终于准备悲壮地负起解放自己的战争重担。在此中间，青年知识分子，因为是"最敏感的触须，最易燃的火种"，所以也就自然成为"各种精神力量最集中的战场"。作者将这一战场置于"民族解放战争底伟大的风暴里面"，"用着惊人的力量"，对"精神现象底若干主要的倾向"，"执行了全面的追求也就是全面的批判"，从而"横可以通向全体，直可以由过去通向未来的倾向"[1]。

《财主的儿女们》不仅标志着路翎两大创作方向的汇聚，同时也是作家一次空前规模的文学空间生产。作品上部主要描写财主家族的命运，空间主要在王桂英兄妹和蒋少祖的上海、蒋捷三的苏州大宅、蒋家原配和蒋家女儿们的南京之间切换，用路翎自己的话说，就是"南京、上海、苏州之间乱跑"[2]；而下部则主要围绕着蒋纯祖的流亡、个人奋斗的行踪展开：从沦陷后的上海逃亡回到南京，又从大屠杀前的南京沿着长江沿岸流徙到武汉，在武汉投身抗日救亡的演剧队一路到达重庆，最后在爱情遭到挫败之后到重庆的乡下石桥场从教病亡。

这一宏大的文学空间生产纵横当时中国的核心地带，其中，路翎对南京和重庆着墨尤多，因为在路翎的心目中，这两座城市的空间政治意

---

① 胡风：《青春的诗——路翎著长篇小说〈财主的儿女们〉序》，见梅志、张小风整理辑注：《胡风全集》（第 3 卷），武汉：湖北人民出版社，1999 年版，第 263—264 页。

② 路翎 1942 年 8 月 8 日自重庆，见路翎著，徐绍羽整理：《致胡风书信全编》，郑州：大象出版社，2004 年版，第 52 页。

味一直十分清晰：南京是一座"文武百官"的城市①，而重庆也是另一个"巍巍乎二百万人口之皇城"②。在重写《财主的儿女们》的过程中，路翎还对这两大政治中心做了这样一个意味深长的比较：

> 我并且预备在末尾加一章，尽情地展开重庆……重庆是以前的南京，现在它和以前的南京简直没有差异了。我们是冀待着另一种性质底出现的。③

我们知道，无论是胡风还是路翎，他们对抗战的全面爆发，都是寄予了民族解放和涅槃的浪漫希望的。因此，相对于传统沉滞的南京，作为战时首都的重庆，在他们的理想设计中，也应该出现某种更加现代、更加奋发进步的全新质素。路翎的这种政治时空的比较，也是与胡风对《财主的儿女们》的时空阐释相一致的。

当然，《财主的儿女们》的文学空间生产又是作家对自己亲身经历过的生活空间的一次全面的调动、熔铸和重塑。众所周知，财主家族的故事带有路翎母亲家族的很深的烙印；而蒋纯祖从南京到重庆的路线，基本上也与路翎本人随家庭搬迁的轨迹重合；蒋纯祖是以抗日救亡演剧队队员的身份到重庆的，而路翎也有一段类似的宣传队表演经历；至于蒋纯祖的最后归宿石桥场，则完全是以路翎本人对重庆周边乡场的熟悉为依据。

三、作家精神空间和诗学空间的建构

人们普遍认为，路翎的文学创作是在胡风文艺思想的指导下完成的，

---

① 路翎1946年7月5日自南京，见路翎著，徐绍羽整理：《致胡风书信全编》，郑州：大象出版社，2004年版，第127页。

② 路翎1944年12月7日自重庆，见路翎著，徐绍羽整理：《致胡风书信全编》，郑州：大象出版社，2004年版，第94页。此是路翎信中引用化铁（刘德馨）语。

③ 路翎1941年3月17日自重庆，见路翎著，徐绍羽整理：《致胡风书信全编》，郑州：大象出版社，2004年版，第35页。

是胡风文艺思想的体现。对此，胡风本人的看法略有不同。他认为，他和路翎是因为文学见解相同而形成的相互支持的关系：路翎赞成他的理论，而他自己，则在遇到路翎之后，也找到了创作上实践的依据，路翎也支持了他。路翎确实受过他一些理论的影响，但同时也受到以高尔基为代表的苏联文学和大量世界古典名著的创作方法的影响，路翎的一些文学见解也非常精辟①。阅读路翎重庆时期与胡风的通信，就可以发现胡风的看法更准确地道出了他们两人关系的真实。因为你会清楚地发现，作家路翎的精神空间，是在克服创作实践中的一个又一个矛盾之后逐渐扩张、强健的，而他诗学空间的主要架构，则直接由他的重要创作体悟和独到的思考心得搭建而成。当然，胡风的批评和鼓励同时也是这两大空间的重要支柱。

当年路翎向《七月》寄出小说《"要塞"退出之后》的时候，对这篇作品曾有过比较详细的解释："要塞"指的是福山要塞；作品中的"经纪人"也是实有人物"掺入一种想象"；作者"正视性格"，而这一性格却也基于"环境"；在处理"环境"中的性格的时候，作者发生了"许多矛盾"，但没有"将这些矛盾统一地克服"；对于作品中的人物，作者对之"孕育着希望"。在同一封信中，路翎还说："我垦殖自己的环境。"②大约在早此一个月的另一封信中，路翎还这样表示："我愿意把我的灵魂挖出来。"③

这两封信预示了路翎日后的基本创作特色：在现实主义经典要求的限度内，将现实主义空间化和处身化，强调作者主观精神在创作中的融入，注重开掘作品的心理和精神空间。

路翎创作碰到的第一个问题是他在创作矿区小说时遇到的：

---

① 参见路翎：《一起共患难的友人和导师——我与胡风》，见晓风主编：《我与胡风》（增补本，下），银川：宁夏人民出版社，2003 年版，第 719—720 页。

② 路翎 1939 年 9 月 28 日自重庆，见路翎著，徐绍羽整理：《致胡风书信全编》，郑州：大象出版社，2004 年版，第 4—5 页。

③ 路翎 1939 年 8 月 26 日自重庆，见路翎著，徐绍羽整理：《致胡风书信全编》，郑州：大象出版社，2004 年版，第 3 页。

　　　　我很苦恼不能正确知道现在的一个进步的工人是怎样的在生长。
而在较落后的这里又该怎样？我几乎把一个工人写成知识分子甚至
"诗人（？）"地在出现着。[1]

　　这实际上也就是"对人民形象追求"的问题。路翎的信件表明，一
直到创作完《饥饿的郭素娥》之后，他仍然对这一问题的解决没有把握：

　　　　但完成了的中篇，里面又有那么多的"？"，它们天天向我叫
喊，要求解答；自然，我在解答，但稍一不慎，就滑开去，弄得天
地昏茫，自己也不知道究竟是在哪里了。[2]

　　由于信件的丢失不全，我们不能单纯从通信中追踪到路翎对这一问
题的具体答案，但他晚年的回忆或许可以帮助我们补上这一答案的阙如。
在重庆的时候，胡风曾经与路翎谈到过小说《黑色子孙之一》。胡风认为
作品中"关于人民身上的精神奴役的创伤，有着给读者的压力"。但由
此也就引出了胡风当时的隔壁向林冰对路翎小说的两个意见：语言欧化、
缺少土语和群众语言；"人物有着精神的歇斯底里"。向林冰对路翎的评
价正类似路翎在给胡风的信中表达的苦恼："写的工人，衣服是工人，面
孔、灵魂却是小资产阶级。"
　　路翎当时的回答表明他对如何表达人民形象有过系统严肃的思考：

　　　　不应该从外表与外表的多量取典型，是要从内容和其中的尖锐
性来看。工农劳动者，他们的内心里面是有着各种各样的知识语言，
不土语的，但因为羞怯，因为说出来费力，和因为这是"上流人"
的语言，所以便很少说了。

-----

　　① 路翎1940年5月1日自重庆，见路翎著，徐绍羽整理：《致胡风书信全编》，郑州：
大象出版社，2004年版，第17页。当时路翎正在创作《黑色子孙之一》。
　　② 路翎1942年4月30日自重庆，见路翎著，徐绍羽整理：《致胡风书信全编》，郑
州：大象出版社，2004年版，第43页。

他们是闷在心里用这思想的，而且有时也说出来的。我曾偷听两矿工谈话，与一对矿工夫妇谈话，激昂起来，不回避的时候，他们有这些词汇的。……当然，这种情况不很多……但我，作为作者，是既承认他们有精神奴役的创伤，也承认他们精神上有奋斗，反抗这种精神奴役的创伤的。……精神奴役创伤也有语言奴役创伤，反抗便会有趋向知识的语言。

我还是浪漫派，将萌芽的事物"夸张"了一点。

在语言奴役创伤的问题里，还有另外的形态。负创虽然没有到麻木的程度，但因为上层的流氓、把头、地痞性的小官与恶霸地主，许多是用土语行帮话，不用知识语言，还以土语行帮话为骄傲；而工农不准说他们的土语，就被迫说成相反的了。劳动人民他们还由于反抗有时自发地说着知识的语言。①

路翎将向林冰的"歇斯底里"替换为"唐突"。他说：

突击的时代我要寻找往前进的唐突与痉挛，因为时代和人的心理都有旧事物的重压，所以有这种唐突与痉挛；沉滞的时代我也寻找，这种重压在沉滞的时代更多些。但歇斯底里，唐突，是一个爆炸点，社会总是在冲突中前进的，而反面人物的唐突，也说明他心中的和环境的激战点。②

路翎还特意指出，这些想法也就是他在给胡风解释《饥饿的郭素娥》的信中所说的，"我要在作品里'革'生活的'命'。"

路翎还指出，在《饥饿的郭素娥》里，他"企图用描写'原始的生命强力'来反对'精神奴役的创伤'"，因此，作品中的人物被胡风称为

---

① 路翎：《一起共患难的友人和导师——我与胡风》，见晓风主编：《我与胡风》（增补本，下），银川：宁夏人民出版社，2003 年版，第 714—715 页。

② 路翎：《一起共患难的友人和导师——我与胡风》，见晓风主编：《我与胡风》（增补本，下），银川：宁夏人民出版社，2003 年版，第 715 页。

"'精神奴役创伤'少的人民的形象"①。

路翎第二个创作难题的解决是通过小说《谷》的写作和修改完成的。1941 年，胡风在香港读完《谷》的初稿的时候，提出了这样的意见：

> 我懂得你对于自己的追求是苛刻的，因而这里有了深刻的心理解剖，但我觉得这心理纠葛没有穿过活的社会纠葛里面，失败处就在这里。……我认为，你应该在更浓的社会感的形象里面去把握心理发展。②

在另一封信里，胡风将这一意思解释得更加清楚："那通过人物心理、性格去反映社会的方法基本上是对的，而《谷》却太把心理、性格用长段的对话（其实是男的的自白）去表现了。"显然，这里涉及的是如何正确表现知识分子形象的问题。胡风希望路翎在表达知识分子的心理纠葛的时候，能够尽量"贴紧""具体的政治情势"③。

但路翎的疑问却更具体，它是由他和胡风的共同朋友欧阳凡海对《谷》的批评引起的。欧阳这样说：

> 林底性格发展是模糊的，带有个人英雄主义底色彩。他克服弱点的努力，也完全是单独的内心工作。这可能使别人得到另一种理解，以为他的精神是代表一个精神意志，甚至野心家的胜利。而这种思想，就是目下《战国》的思想……④

---

① 路翎：《一起共患难的友人和导师——我与胡风》，见晓风主编：《我与胡风》（增补本，下），银川：宁夏人民出版社，2003 年版，第 715—716 页。

② 胡风 1941 年 8 月 9 日自香港，见胡风著，张晓风整理：《致路翎书信全编》，郑州：大象出版社，2004 年版，第 3 页。

③ 胡风 1941 年 10 月 16 日自香港，见胡风著，张晓风整理：《致路翎书信全编》，郑州：大象出版社，2004 年版，第 6 页。

④ 转录自路翎 1942 年 3 月 30 日自重庆，见路翎著，徐绍羽整理：《致胡风书信全编》，郑州：大象出版社，2004 年版，第 40 页。

对于欧阳的批评，路翎显然有所保留，但他想把判断和解答问题的权力留给他最信赖的胡风：

> 我自己底解释，可能别样些。但我不想告诉你。主要的，是盼你告诉我，这种"个人的英雄主义"在作品里，应该怎样处置（作者底态度）。因为，在最近写的下层人民的中篇里，我又接触到它了。[①]

胡风的回答恰如路翎所期盼的那样毫不含糊：

> 海的意见，我认为并不对。林伟奇是一个对人生有好的追求……而被压抑了，因而在恋爱和生活上经受着大的痛苦的知识青年。这有广泛的根据，和时代的脉搏相连。怎么会是"英雄主义"么？……我们正要找出这个性的受难和情绪的波澜，为新文学灌入活的生命，而他却要求八股或市侩的唯物主义！拉到"野心家"、"战国"，更是莫名其妙了。……作者对它的态度么？那是在于把他放在什么事件里面，和什么人相遇，他自己在怎样变化，却绝不是给他一个肯定的或否定的结论。……你要他和下层人民相遇，那就是了。[②]

在各种意义上，《财主的儿女们》都堪称路翎的代表作。光就写作过程而言，路翎所遭遇的矛盾最大，克服难题的过程也最艰苦。在写作初稿的时候，路翎就自述"精神紧张得要炸裂"，自己心理上的斗争"凄凉而残酷"[③]。而到了 1943 年 5 月，在第二稿进行得最艰难的时候，路翎在与胡风讨论一个短篇小说的时候却说了这样一些话：

---

① 路翎 1942 年 3 月 30 日自重庆，见路翎著，徐绍羽整理：《致胡风书信全编》，郑州：大象出版社，2004 年版，第 40 页。

② 胡风 1942 年 4 月 15 日自桂林，见胡风著，张晓风整理：《致路翎书信全编》，郑州：大象出版社，2004 年版，第 13—14 页。

③ 路翎 1941 年 2 月 2 日自重庆，见路翎著，徐绍羽整理：《致胡风书信全编》，郑州：大象出版社，2004 年版，第 31—32 页。

　　你说的关于作品的话，想了一下。文句上的毛病，那起源是由
于对熟悉的字句的暧昧的反感：常常觉得它们不适合情绪。……叙
述的摒弃等等，则生根于近来的某些倾向里：以为要尊重读者底想
象力，以为作者不需多说话，以为作者要宽大，使读者自己去明白
那些未显露的内容等等。①

　　从路翎的语气来看，他应该是在为胡风指出的自己创作中的问题而
辩解，但这些辩解显然包含了他自己在创作上所做的尝试和追求。用今
天的眼光来重读，我们可能会惊讶于路翎诗学思想中居然包含了那么多
在当时还少被人意识到的"现代"的因素：追求语言的陌生化和新奇的
效果，充分尊重读者的创造权力。更令人惊讶的是，路翎最后还达到了
反抗写实主义的结论：

　　写实主义底所谓内容，常常只是罗列事实和追寻外部的刺激：
以情感为精神。因此，写实主义全无高度的组织气魄。我底反抗是
去年动手写长篇时开始的。②

　　可以想见，无论是路翎还是胡风，在他们的意识里，他们都以为路
翎这里所谓的反抗写实主义，仅仅是反抗冷静、客观地罗列外部事项的
自然主义，本质是维护真正的现实主义的。但殊不知，路翎对世界文学
名著的广泛阅读和广博吸收，已经在不知不觉间让他的精神和诗学空间
拓展到了西方"现代"文学的前沿。
　　但尽管没有这种对"现代前沿"的空间感知，胡风还是准确地看到
了《财主的儿女们》提出了新的美学课题这一事实。据路翎回忆，两人
还曾经从这一美学课题对民族接受心理可能造成的挑战角度对之做过比

---

　　① 路翎 1943 年 5 月 13 日自重庆，见路翎著，徐绍羽整理：《致胡风书信全编》，郑
州：大象出版社，2004 年版，第 65 页。
　　② 路翎 1943 年 5 月 13 日自重庆，见路翎著，徐绍羽整理：《致胡风书信全编》，郑
州：大象出版社，2004 年版，第 65 页。

较深入的探讨。

胡风认为，《财主的儿女们》是一场"沉重的"、"意识形态的和文学形象的战争"。它的第二部"提出了当代知识分子的精神内容与精神动向的问题"，塑造了一个"个人奋斗的主角"蒋纯祖。"为了中国的反封建和争取民主、个性解放、个性价值、人性的主体性与庄严，人们一直在做着精神探求"，并且"将来在新的形势下也还要做这种探求"。但蒋纯祖这一形象却很有可能面临着"扰乱民族精神"的指责。因为民族不重视"心理描写与内心剧烈纠葛的揭露"，不重视"狂热热情"，人们"崇尚理智、冷静"，"要求'素淡'和心理描写的搏节"。因此，路翎的欧化心理笔法就可能被目为"不合国情"、"歇斯底里与不健康"。

胡风表示，他是"提倡有主观精神地吸收现实的文学现实主义，反对冷淡、旁观，还提倡人格力量自发性内因论"。"自发的反抗是广泛的"，"人们心里的人性性格自我价值的火焰常常隐藏在自己不很知道的深度，有时候还是自己否认的"，应该"把它发掘出来"。

路翎也"十分坚持心理描写"，而"不喜欢灰暗的外表事象的描写"，认为"正是在重压下带着所谓'歇斯底里'的痉挛、心脏抽搐的思想与精神的反抗、渴望未来的萌芽"，是应该"寻求而且宝贵的"。"把内心的热烈视为不合理的事物，是中国孔夫子麻木的遗留。"[1]

与此相关，他们还讨论了"小说的描写，作者的见解愈隐蔽愈好"的说法。胡风发现，"有很多小说作者的见解是不隐藏的"，路翎小说"不隐藏的地方"就"不少"。由此可见，"愈隐蔽愈好"可能只是"美学功能的一种"。而胡风是主张"热情的形容词与突出的热烈情节的，像罗曼·罗兰的《约翰·克利斯朵夫》"，因为"鲜明的语言需要形象的饱满与有力"，而这是需要"作者的主观精神与人格力量与现实生活实践""相生相克"[2]才能够达到的。

---

[1]　路翎：《一起共患难的友人和导师——我与胡风》，见晓风主编：《我与胡风》（增补本，下），银川：宁夏人民出版社，2003年版，第717—719页。

[2]　路翎：《一起共患难的友人和导师——我与胡风》，见晓风主编：《我与胡风》（增补本，下），银川：宁夏人民出版社，2003年版，第728—729页。

《财主的儿女们》的写作，最后还促使路翎对小说作法达成了返璞归真的理解：

> 对于小说及小说作法，我实在觉得腻了。鲁迅先生曾说过，知道了电影制法之后，对于电影反而冷淡起来了，我就在这里也有这样的感觉。我认为只要不是混蛋和糊涂虫，都应该直写人生，花巧愈少愈好。[①]

"直写人生，弃绝花巧。"这是否意味着作家的精神与诗学空间最终超越了有形的界限，而重新与广袤无垠的生活世界浑融无间？

---

① 路翎 1944 年 12 月 17 日自重庆，见路翎著，徐绍羽整理：《致胡风书信全编》，郑州：大象出版社，2004 年版，第 95 页。

深刻睿智而又敏感正直

——绿原：胡风事件的特殊研究者

我没有专门研究过绿原先生，尽管绿原先生的诗歌、翻译和他对文学理论问题的思考都值得对应领域专家的专门研究。我是在研究胡风和胡风事件的过程中，主要通过阅读，认识了这位胡风事件的重要亲历者、特殊而深刻的反思者和研究者。我只想记下绿原先生对我研究的助益，以及我在研究过程中逐渐形成的对绿原先生的印象。

绿原先生给我留下深刻印象的第一篇文章，是我在胡风先生的女儿晓风所编的《我与胡风——胡风事件三十七人回忆》一书中读到的《胡风与我》①这一长文。我的第一感觉就是，在所有事件的当事人和受害者当中，绿原先生大概是对胡风事件反思最深刻的一个。对于研究者来说，这篇文章的可贵之处至少表现在三个方面：

（一）从一个核心亲历者的视角，解消了当时存在于胡风事件关注者和研究者心中的一些普遍误解：

> 人们容易从表面认为，胡风骄傲，强项，不肯低头服输，以致造成悲剧。实际上，他新中国成立以来一直在期待、在准备通过真诚负责的检讨，解决自己的问题，同时使过去受过他影响的青年作者们得到顺利的发展；但他始终不知道他的问题在哪里，应当从什

---

① 绿原：《胡风和我》，见晓风主编：《我与胡风——胡风事件三十七人回忆》，银川：宁夏人民出版社，1996年版。本文所引均参考该书的增补本《我与胡风》，2003年12月第2版。

么地方着手。①

　　绿原先生的论断是以自己长期与胡风先生保持通信联系、近距离接触甚至共同行动为基础的，更有自己面对事件演变中的每一关键环节所触发的心理真实为依据，因此，他对胡风有些复杂思想感情的理解达到了感同身受的地步。比如，在1949年绿原先生参加第一次文代会、与胡风、路翎和阿垅在京相聚一月有余的时间里，绿原先生就明确感觉到，胡风的心情既"和大家一样"，"是兴奋的，欢快的，明朗的，向前看的"，也有在"经历了香港批判"、又听了茅盾关于原国统区文艺工作报告以后的"不平静"。但绿原先生还是对胡风当时的感情状态做了这样的理解：

　　　　说他当时就认识到，自己作为一个非解决不可的"问题"人物，如果得不到"解决"，势必会有1955年的下场，我也不相信——相反，毋宁说，他时刻期待按照一个无伤大雅的折中方案解决自己的问题，虽然他同其他大多数人一样，当时未必懂得在思想改造运动中，"解决问题"的实际意义就是全部、彻底、干净地否定自己。②

　　在《胡风和我》中，我们明显可以感觉到，作为所谓"胡风集团"的核心人物，绿原先生对胡风事件的思考是积数十年的切身的矛盾痛苦、惶惑求索而成，有些他用大半生苦难经历换来的结论被后来的研究证明，几乎具有确定不移的效力：针对多年来人们在反顾胡风事件时所做的种种假设，诸如"胡风要是不在文联大会上发言……或者，要是不写那'三十万言'……或者，要是在1952年低头认错……情况是不是会好些呢？"绿原先生以一个当事人的切己体验和透悟，斩钉截铁地指出：

----

　　① 绿原：《胡风和我》，见晓风主编：《我与胡风》（增补本，下），银川：宁夏人民出版社，2003年第2版，第577页。

　　② 绿原：《胡风和我》，见晓风主编：《我与胡风》（增补本，下），银川：宁夏人民出版社，2003年第2版，第572—573页。

这一切仿佛严格按照客观规律发生着，对于当事人没有任何侥幸或懊悔的余地。[①]

绿原先生的这些消除误解的工作和结论，为研究者走出单纯从胡风个人的性格缺陷入手来探寻胡风事件的成因这一死胡同、校准研究的正确方向，提供了重要的路标。

（二）在作为历史见证人提供有关胡风事件真实的历史场景和鲜活的历史细节的同时，从一个集团内部的切近角度，对胡风事件中的关键文本做了独特的解读。1947年，稍早于《大众文艺丛刊》对胡风和路翎的猛烈批判，绿原先生的诗歌创作路向就受到了当时在港文化人的批评，这在客观上更加促使了绿原先生对于胡风的著名答辩《论现实主义的路》的关注，绿原先生深为人们长期对它的轻忽态度感到遗憾和悲哀："人们只看见作者对于某些党员作家的不够恭敬，因此责备他'政治态度有问题'"，而"其中涉及现实主义本质的理论内容，却始终没有得到稍微认真的像样的对待"[②]。

绿原先生也是直接参与"三十万言"写作的胡风几个亲近的朋友之一，因此，《胡风和我》对胡风及其朋友上书的抉择过程、上书动机、写作经过，甚至胡风写作之时的精神风貌都做了极为生动、鲜活的呈现，并简明精要地分析了报告全文的三个组成部分和所涉及的五个原则性命题。上书失败以后，又是绿原先生，连同路翎，帮助胡风字斟句酌地完成了《我的自我批判》。正是因为参与其事，深切了解写作当时作者情绪与心理的每一个细微的波纹，所以绿原先生对胡风的《我的自我批判》这一文本的理解和解读，可谓达到了无人能够替代的地步。他指出：虽然胡风的这篇检讨"不免有希图过关的动机"，但字里行间仍"充溢着严格自剖的诚意和学术上的认真精神"。

---

① 绿原：《胡风和我》，见晓风主编：《我与胡风》（增补本，下），银川：宁夏人民出版社，2003年第2版，第589页。

② 绿原：《胡风和我》，见晓风主编：《我与胡风》（增补本，下），银川：宁夏人民出版社，2003年第2版，第568页。

即使到了非检讨不可的地步，胡风仍然没有懂得当时文艺绝对屈从于政治的实际关系，总以为文艺是个独立于政治之外的领域，或许可能以自己在其中的诚笃执著求得谅解。因此，他能够承认自己"在政治上"完全错了，但一些具体文艺观点他总觉得并没有错；或者说，他认为正是为了坚持这些正确的文艺观点，他才在政治上犯了错误；或者说，他目前为了尽量挽救一些正确观点，宁愿在政治上接受一些过去不肯接受的"大帽子"。①

从某种程度上来说，《我的自我批判》的作者们"苦心孤诣地选择自己觉得最准确的断语"，是在"陪着稚弱的艺术在粗暴的政治下面求饶"②！

不难看出，在事隔三十余年之后再来回忆往事，绿原先生实际上是在两个不同的身份和视角之间出入转换。一方面，他能够从一个亲历者的内在角度，鲜活翔实地呈现胡风及其朋友当年的矛盾、幻想、惶惑和坚持；另一方面，他又以一个最切近的观察者和反思者的超越眼光，融合自己数十年的人生历练，对事件的每一个环节进行深刻的反省和探究。作为前者，他起到了重现历史氛围、引领研究者重历历史语境、重返历史现场的向导作用；而他以自己的心灵为镜对事件所做的独特反映和研究的成果，也必将而且已经成为胡风研究不断向前拓进的重要参考和坚实路基。

（三）极其到位地指明了学术界长期忽略的胡风事件研究中的几大关键问题。《胡风和我》也是绿原先生提交1989年在湖北武汉召开的"全国首次胡风文艺思想学术讨论会"的论文。作为胡风事件特殊的反思者和探究者，绿原先生始终关注着胡风事件研究的状况，并与已有研究成果保持对话。他指出，"至少有两个问题，还没有受到胡风研究家们充分的注意"，"还没有得到比较确切的答案。"那就是：所谓"七月派"

---

① 绿原：《胡风和我》，见晓风主编：《我与胡风》（增补本，下），银川：宁夏人民出版社，2003年第2版，第591页。

② 绿原：《胡风和我》，见晓风主编：《我与胡风》（增补本，下），银川：宁夏人民出版社，2003年第2版，第592页。

究竟是怎样结合起来的？所谓"胡风集团"又是怎样最后被"彻底粉碎"的？

绿原先生对这两个问题的解答也足以为后来的研究者提供宝贵的启示和继续生发的空间。作为"七月派"的重要成员，绿原先生发自肺腑地认同于胡风先生对自己与身边青年作者关系的概括："对人民（对革命）的共同态度，对文艺工作的彼此思想和感情上的交流。"[①]绿原先生还这样客观公正地评价胡风和"七月派"或曰"胡风集团"诸人的关系：

> 这一群普普通通的文化人是围绕着胡风一人结合起来的；他们之间并没有天然的共同性……因此他们的结合只能证明胡风本人是一个精神上的多面体；以这个多面体为主焦点，这个流派的基本成员各自发出缤纷的色彩，在中国新文学史上形成一个罕见的，可一不可再的，真正体现集合概念的群体；

> 离开了胡风及其主观战斗精神，这个群体又将不复存在……而其成员今后的个别成就都不足以产生流派的影响。[②]

这实际上已经预示了后来学术界关注胡风的编辑和文艺组织活动、探讨胡风作为中国新文学史上出色的文艺组织家的研究前景。

对第二个问题的回答也是对记忆中当年周扬对胡风的一次"警告"的激活。胡风等人当年精心准备，并以理论上必胜的信心进行的"上书"，最后却以惨败告终。这一似乎不可思议的对比落差，无可疑义地印证了周扬警告的政治预见性："你说的话就是九十九处都说对了，但如果在致命的地方说错了一处，那就全部推翻，全部都错了。"绿原先生认为，尽管胡风及其朋友在当时和其后很长的时间里对此都毫无警觉，但

---

① 绿原：《胡风和我》，见晓风主编：《我与胡风》（增补本，下），银川：宁夏人民出版社，2003 年第 2 版，第 616—617 页。

② 绿原：《胡风和我》，见晓风主编：《我与胡风》（增补本，下），银川：宁夏人民出版社，2003 年第 2 版，第 620—621 页。

残酷的事实已经证明这一"致命"的"一处"①实际上是存在的。

根据自己多年的经验和反思，绿原先生率先指出，"问题的要害"就在于胡风的文艺思想至少在五个原则问题上与《讲话》的明显不一致。除此之外，绿原先生同时还敏锐地意识到，"胡风当时反对的文艺领导体制"，也是"和《讲话》的权威密切联系在一起的"②。绿原先生在这个枢纽问题上所做的反思，不仅在写作《胡风和我》的1989年，就是在二十多年后的今天，仍然不失为犀利、准确，而且勇敢。

《胡风和我》提议研究的另外一个重要问题即舒芜问题：

> 要研究胡风问题及其对中国文化界和知识分子的教训，不研究舒芜是不行的；不仅应当研究他所揭发的"材料"，更应当从那些材料研究他的人品，研究当时的领导层通过舒芜向知识分子所树立的"样板"，并通过这个"样板"研究某些人所掌握的知识分子改造政策的实质。③

对于这个问题，绿原先生不仅简捷精准地指出，舒芜的转变，是由那著名的三篇文章完成的，而且还客观详细地追述了自己在新中国成立初期与舒芜的两次比较深入的接触，为研究者进一步考察舒芜在新中国成立后的转变提供了第一手的佐证材料。

对于研究者而言，从绿原先生的提议和叙述中，不仅可以见出其深远的学术眼光，更可以感受到他的为人品格和文化良知。如果说，舒芜在新中国成立以后准备"进步"和"倒戈"之前，已经逐渐开始与昔日的朋友疏远，对于自己的"进步"打算，更是少与人交流或言及，但因为绿原在舒芜两次过武汉时曾对他的诚挚坦率的接待，舒芜在接连抛出

---

① 绿原：《胡风和我》，见晓风主编：《我与胡风》（增补本，下），银川：宁夏人民出版社，2003年第2版，第589页。

② 绿原：《胡风和我》，见晓风主编：《我与胡风》（增补本，下），银川：宁夏人民出版社，2003年第2版，第618—619页。

③ 绿原：《胡风和我》，见晓风主编：《我与胡风》（增补本，下），银川：宁夏人民出版社，2003年第2版，第578页。

《从头学习〈在延安文艺座谈会上的讲话〉》和《致路翎的公开信》这两篇"倒戈"名文之后，却在给绿原的复信中明确要求：

> 特别通知你：希望你将要发表的检讨，也能注意这一点——通过检讨自己来批评胡风，证明根本上的共同点，这对自己、对胡风、对读者都是有好处的。同时，你给胡写信时，也希望针对这一点多谈一谈。（重点为原文所有）[①]

换言之，绿原先生大概是胡风集团中舒芜对之进行过明确的示范式劝勉的一个人。但面对如此示范和劝勉，绿原先生用经过痛苦惶惑后的抉择做了回答：

> 我不能像舒芜那样公开"检举"胡风，把一切污浊泼到他身上，借此洗刷自己。这一着，无论以什么名义来美化，我也实在做不到。[②]

绿原先生不仅拒绝"拖人下水"，而且从 1953 年年初开始，因为工作调京的原因，更加密切了与胡风先生的往来，直至直接参与了上文提及的"三十万言"和《我的自我批判》的讨论和写作。

1995 年，绿原先生接受了复旦大学韩国留学生鲁贞银关于"胡风编辑活动和编辑思想"的访问，其后发表的访谈录再一次表现了绿原先生对胡风思想和胡风一生贡献的深入体认和独到理解。早在《胡风和我》中，绿原先生就曾不无遗憾地指出，胡风作为一位"出色的文艺组织家，在中国新文学史上有其特殊的地位"，然而有关"他这方面的实践经验，由于客观认识还达不到，研究工作几乎没有开始"[③]。所以，当研究者开始

---

① 绿原：《胡风和我》，见晓风主编：《我与胡风》（增补本，下），银川：宁夏人民出版社，2003 年第 2 版，第 626 页补注③。

② 绿原：《胡风和我》，见晓风主编：《我与胡风》（增补本，下），银川：宁夏人民出版社，2003 年第 2 版，第 576 页。

③ 绿原：《胡风和我》，见晓风主编：《我与胡风》（增补本，下），银川：宁夏人民出版社，2003 年第 2 版，第 621 页。

关注胡风的编辑思想和编辑实践的时候，绿原先生似乎显得已经期待良久。

尽管整篇访谈基本上是按照提问者的问题顺序逐一进行的，但绿原先生却能够化被访为主动，让自己对胡风编辑思想的理解思路充分地展开。他再三再四地叮嘱访问者，一定要向学界传达清楚一个中心问题：即胡风为什么要编刊物？他编辑刊物的目标是什么？他办刊物区别于其他人的地方在哪里？绿原先生认为，这个问题也是研究和谈论胡风编辑思想的前提，否则，就会将胡风的编辑思想和编辑活动混同于一般的技术性工作。而胡风恰恰"不是一个单纯的编刊物的人，他是一个文艺理论家"①。

在某个方面来看，胡风的编辑思想也可以说是直接继承自鲁迅先生。当胡风早年在鲁迅先生的指导下编辑《木屑文丛》、《海燕》等小刊物的时候，他们就"希望通过刊物在中国的文坛上培养一股新兴的文艺力量"，能够"代表他们的文艺见解"，抗衡当时鲁迅先生不以为然的文学流派及其文艺见解。

鲁迅先生的办刊思路一直为胡风所继承。胡风认为"有必要在中国继续办一个好的刊物，通过刊物团结一批青年作家，为中国的新文艺增加新的血液，从而能够把中国文艺向前推进"。况且，"胡风本人在文艺上从来有他的特殊见解"，"只有通过刊物，才能够让他的见解化为实际的文艺创作"，也从而"使鲁迅的传统化为真正的创作实践"。

绿原先生对胡风办刊目标的阐发，同时也是对自己在《胡风和我》中提出的"所谓'七月派'究竟是怎样结合起来的？"这个关键问题的再一次深入解答："只有刊物才能团结起一大批青年作家。""可以说，在胡风刊物上写文章的那些作家们，都是多多少少、远远近近跟胡风的文艺思想相一致的。也就是说，如果跟胡风的文艺思想不一致的人，一般不可能在胡风的文艺刊物上发表作品。这样就形成后来的所谓'胡风派'、

---

① ［韩］鲁贞银：《关于"胡风编辑活动和编辑思想"访谈——绿原》，见《关于"胡风编辑活动和编辑思想"访谈录——访谈牛汉、绿原、耿庸、罗洛、舒芜》，载《新文学史料》，1999年第4期，第154页。以下本文所引该篇访谈，均见第153—158页。

'七月派'，这些'派'实际上是一个文艺思想的结合。"

"为了坚持实现自己的文艺思想"，通过刊物"寻找"、"团结"和"培养"一股力量，"把中国的文艺向前推进"。这就是胡风"以理论家的身份编刊物"、区别于其他编辑人的最根本不同。可以说，绿原先生对此的三致其意，甚至起到了为所有研究胡风编辑思想的学者们提升研究境界的作用。

不得不承认，对胡风思想和贡献的深刻理解也反映了绿原先生本人的深思睿智。感受到胡风编辑活动的重大影响的人大有人在，受惠于胡风编辑活动的人也不在少数，但能够像绿原先生那样，对胡风的编辑思想和良苦用心体察到如此深入细致的程度，却罕见其人。在新文学史上，为什么唯独胡风的刊物能够造就大批的新人？绿原先生从自己给《希望》杂志写稿的经验中总结出了其中的奥秘，也是能够道人所未道：因为胡风是在按照他自己的意图编刊物，所以他不依靠大家和名家，而是依靠"真正有希望，有能力在文学上产生效果的人"。

绿原先生尤其对胡风推出作家的独特方式深有体会："如果胡风认为你不错，他就要尽量地发表你的作品"，"把你形成一个力量，于是乎你就成立了"。多个这样的作者"加在一起"，很快就会"在文坛上形成一股力量"。这种"强力推出"作者的方式，也是胡风对鲁迅一个思想的具体实现。因为鲁迅先生曾经说过，"中国的文艺需要闯将"。而胡风办刊的目的，就是要推出这样的一批闯将。

但这并不意味着胡风的刊物能够"培养"作家。胡风是反对"培养"二字的，因为他认为，作家"靠培养是培养不出来的"，作家应该是自己"从生活中生长出来"。"如果作家是一颗种子，他就尽量让它晒太阳，给他浇水，给他提供发表园地。"胡风的可贵之处在于，他珍惜每一个有希望的青年作者的每一点生机，帮助他们尽快生长起来。

有了《胡风和我》和访谈录给我的深刻睿智印象之后，当我在阅读胡风给绿原先生的 26 封信中，又发现了研究胡风事件的重大启示和线索之时，我在祝幸和欣喜之余，却丝毫也不觉得意外了。这些信件收录在已经出版的《胡风全集》第 9 卷中，其中有 17 封写于 1950 年年初至 1952 年年底，这正是新中国成立后胡风在京沪两地穿梭奔走、等待解决自己的理论和职业问题的诡谲岁月，绿原显然也在时刻关注胡风的不平凡遭际，并时常与胡风交换信息和彼此对形势发展的看法。在胡风 1952 年 7 月 31 日给绿原的信中，有这样明显回应绿原先生的一段话：

> 是的，骨子里的核心是这个态度问题。现在，有了头绪，我已开始来澄清这个问题了。当然是尽其在我，能做一步做一步。野所提三点，不是他的猜测，似可作为定论看。在一般习惯，这看法是合理的，我也将根据这个理来检查。

全集同时收录了绿原先生事后对此所做的一条注释：

> "野"君姓张，由京去川过汉，与我相遇，谈及胡风问题，谓一在理论，二在态度，三在宗派主义，"如不检讨解决，实在可惜"云。我当年如实告诉了胡风。——绿原原注。[1]

作为一个研究者，当我后来通过研读种种文献资料，复原和模拟了胡风事件发展的脉络机理，并对胡风事件重新进行了全方位的解析之后，我发现当年张野所做的三点概括，几乎已经将胡风事件的主要奥妙悉数囊括其中：不仅批判者当年事实上是按照这三点概括为胡风定罪的，尽管他们罗织的是完全不同的一套罪名；甚至在胡风本人其后的所有检讨和交代文章中，这三个问题也成了他数十年始终萦绕不去、然而又实在参详不透甚至不得要领的梦魇。换言之，早在 1952 年，绿原先生就以他的观察、探究和深思，曾经让自己和胡风先生直面问题的核心症结。当然，尽管我们同时也清楚地意识到：历史，即便对于最睿智的头脑而言，也无一例外地为他们设置了注定无法超越的视界局限。这一局限只能留待我们这些后来学者，在拥有了足够的历史距离之后去克服。

---

[1]　胡风 1952 年 7 月 31 日自北京，见梅志、张小风整理辑注：《胡风全集》（第 9 卷），武汉：湖北人民出版社，1999 年版，第 380 页。胡风致绿原书信均见该卷第 361—395 页。很遗憾的是，我们现在仍然无法读到绿原致胡风的相应信件。

也是在给绿原先生的信中，胡风先生多次表达了在那段"闲散"的日子里，想真诚地为新中国的文学事业致力而无法下手的不安和烦恼："好像要考取一个医生的名义，当瘟疫正在蔓延开来，看着药品而没有资格动用。""问题就是这么一个责任感，要不然，不是可以心平气和地例行公事做太平犬么？""如果献出生命可以打破僵局，我也愿意干的，何况其他？""我心情的'沉重'，就是由于这个责任感而感到不安。"①

胡风还表达了绝不随俗俯仰、坚持自己所认信的真理的决心："'改行'不是别的，正是为了坚持，宁受最大的污辱，甚至人神共弃，但不能亲自歪曲什么。""所谓'改行'，那是宁愿制造巴掌大一块阳光，也不能帮助散一天霉气的。"②"问题只有一个，对真理负责，为党的利益着想。"③

绿原先生称胡风为"精神上的多面体"，因为他以其精神的不同方面，分别凝聚起了原本并没有天然共同性的一群文化人，使之结成一个著名的流派。那么，以此思路类推，胡风对其与之交往的对象表现出来的精神的不同方面，是否也可以反映出这一对象本身的气质、禀赋、志趣和品格呢？

2002 年 10 月，我赴上海参加"纪念胡风诞辰一百周年暨第二届胡风研究学术讨论会"。其时我的博士论文《胡风研究》（后改名为《在文艺和意识形态之间——胡风研究》，于 2003 年 11 月由中国人民大学出版社出版）刚刚在当年夏天通过答辩。因为深感绿原先生对我论文写作的启发和助益，第一天会议的晚饭后，我与同屋学者一起去拜访绿原先生。但没有想到的是，没有说上几句话，绿原先生就因为在座的一位在提问时未加斟酌地误用一个那个特殊时代的批判词汇而激动起来，我们随即告退。但我还是把我整理的两篇即将在《文学评论》、《中国现代文学研究丛刊》发表的论文，以及另外为本次会议以及随后即将在长沙召开的

① 胡风 1952 年 2 月 8 日自上海，见梅志、张小风整理辑注：《胡风全集》（第 9 卷），武汉：湖北人民出版社，1999 年版，第 374—375 页。

② 胡风 1952 年 7 月 24 日自北京，见梅志、张小风整理辑注：《胡风全集》（第 9 卷），武汉：湖北人民出版社，1999 年版，第 379 页。

③ 胡风 1952 年 10 月 17 日自北京，见梅志、张小风整理辑注：《胡风全集》（第 9 卷），武汉：湖北人民出版社，1999 年版，第 383 页。

中国现代文学研究会第八届年会准备的两篇论文留给了绿原先生。

这就是我与绿原先生仅有的一面之缘。尽管并不愉快，但我却由此认识到了绿原先生作为诗人非常感性的一面，认识到一个经历了七年囹圄监禁、二十多年沦落坎坷的文化老人精神上所受到的刺激和戕害。因为以前我在文章中读到的多是绿原先生对胡风事件所做的文化和学术的理性反思，作者没有将笔墨过多地伸向个人的遭遇，因此尽管我能想到，但对被绿原先生压在纸背的"一个肉身的人"及其家庭所承受的苦难，却缺乏应有的心理预料。

后来，在彭柏山先生的女儿彭小莲和香港城市大学副教授魏时煜合拍的纪录片《红日风暴》中，我又一次见识了绿原先生敏感和容易激动的诗人气质。2005 年，我收到了绿原先生转托责任编辑寄赠的《寻芳草集——绿原散文随笔选集》①。

其实，我最早看到的绿原先生的书，应该是他翻译的《现代美学析疑》。那时，我是将它作为 20 世纪八九十年代的学术热点——马尔库塞（Herbert Marcuse，1898—1979）及其法兰克福学派的著作之一来阅读的，对译者几乎没有什么关注。研究胡风事件以后，译者"绿原"这个名字才对我显出了特别的意义，我也才开始体悟到该书作者和译者之间的某种关联。马尔库塞有一个重要的美学主张："艺术的政治潜能仅在于它的美学方面。"他这样论证道：

> 文学并不因为它为工人阶级或为"革命"而写，便是革命的。文学只有从它本身来说，作为已经变成形式的内容，才能在深远的意义上被称为革命的。②

联想到胡风及其朋友当年为了反对文学对政治的直接反映而导致的概念化和公式化、主张文学表现政治时的审美艺术效果而受难的历史，

---

① 绿原著：《寻芳草集》，北京：中央编译出版社，2005 年版。

② ［美］赫·马尔库塞等著：《现代美学析疑》，绿原译，北京：文化艺术出版社，1987 年版，第 3 页。这本书据英文译出。

那么，绿原先生对马尔库塞文论的介绍，一方面固然表现了他对西方美学发展趋势和前沿问题的关注和敏感，同时也可以理解为，他是在为自己内心深处、一个纠缠了几十年的理论心结寻找答案。这就是文学和政治的关系问题，一个在特定的长时段里决定了"胡风集团"众多成员命运的重大理论问题。

　　绿原先生从事翻译，有长期被剥夺了创作权利的不得已。七年单独监禁、长期被剥夺了创作权利，任谁都是一个打击和创痛，但绿原先生却能够以足够的豁达和智慧，如一只珠蚌，生生地，用心血将这一艰巨的创痛，孕育成了璀璨的珍珠。正如他那首让每一个读到它的人都能产生灵魂震动的诗《又一名哥伦布》所描写的那样，他这位"形销骨立"的 20 世纪的哥伦布，以狭窄的独身监狱"四堵苍黄的粉墙"为他的"圣玛利娅"号，漂流在茫茫的时间和无边的寂寞之海洋上，心中坚信一定会到达他的"印度"，或者"发现一个新大陆"①。事实上，绿原先生通过

---

　　①　附《又一名哥伦布》全诗："'无限空间之永恒沉默使我战栗。'／巴斯噶／／昨天，十五世纪／一名哥伦布／告别了亲人／告别了人民，甚至／告别了人类／驾驶着他的"圣玛丽娅"／航行在空间的海洋上／四周一望无涯／没有陆地，没有岛屿／没有房屋，没有船只／没有走兽，没有飞鸟／只有海／只有海的波涛／只有海的波涛的炮弹／在追赶，在拍击，在围剿／他的孤独的"圣玛丽娅"／哥伦布衣衫褴褛／然而精神抖擞／他站在船头／坚信前面就是印度／不顾一天天少下去的淡水／继续向前漂流、漂流／漂流在空间的海洋上／他终于没有到达印度／却发现了一个新大陆／／今天，二十世纪／又一名哥伦布／也告别了亲人／告别了人民，甚至／告别了人类／驾驶着他的"圣玛丽娅"／航行在时间的海洋上／前后一望无涯／没有分秒，没有昼夜／没有星期，没有年月／只有海——时间的海／只有海的波涛——时间的海的波涛／只有海的波涛的炮弹——／时间的海的波涛的炮弹／在追赶，在拍击，在围剿／他的孤独的"圣玛丽娅"／他的"圣玛丽娅"不是一只船／而是四堵苍黄的粉墙／加上一抹夕阳和半轮灯光／一株马缨花悄然探窗／一块没有指针的夜明表咔咔作响／再没有声音，再没有颜色／再没有变化，再没有运动／一切都很遥远，一切都很朦胧／就像月亮，天安门，石碑胡同……／这个哥伦布形销骨立／蓬首垢面／手捧一部"雅歌中的雅歌"／凝视着千变万化的天花板／漂流在时间的海洋上／他凭着爱因斯坦的常识／坚信前面就是"印度"／即使终于到达不了印度／他也一定会发现一个新大陆／／（1959 年）。"见绿原著：《绿原文集》（第一卷），武汉：武汉出版社，2007 版，第 300—302 页。诗人引用作为诗前"题记"的巴斯噶的话原文用的是外文，全诗两大段及第一段与题记之间，用双斜线表示——笔者注。

在监狱里默研和自学德语，果然发现了他人生中的另一块新大陆，这就是通过德语涉猎到的德国诗歌和文学理论。

我已经申明过，我对绿原先生的诗歌、翻译和文学思想没有做过专门的研究，但本文既然是我对绿原先生的印象记录，那在结束本文前，也不妨将我的另一个还不太确切的印象一并写出来，以就教于对应领域的专家：因为绿原先生的诗名确立于 20 世纪 40 年代，所以学术界对绿原先生早年诗歌成就和诗歌创作思想的研究，可能多于对他 80 年代之后的研究。根据我有限的阅读，由于对以德语为主的现代西方诗歌潮流和现代西方文论的广泛涉猎，绿原先生的诗歌创作在 20 世纪 80 年代之后，还能跟现代的诗歌潮流保持着同步，甚至领一时之风骚。因此，从他翻译的西方文论入手，探讨现代西方文学理论和诗歌潮流对绿原先生诗歌创作思想和创作实践的滋养，还是一个有待相应专家展开进一步深入研究的课题。

2010-2-26

燕北园

第二辑

王元化是怎样炼成的？

——写在《王元化评传》付印之际

　　《王元化评传》[①]对王元化学术和思想的评述，暂止于传主《文心雕龙创作论》一书的出版。对于王元化而言，1979年年底绝不仅仅标志着一个自然年代的即将终结。自从在1955年被卷入"胡风反革命集团"案之后，王元化不得不开始了漫长的阅读、思考和学术潜修的阶段。伴随着《文心雕龙创作论》这一王元化前半生的集成性和标志性成果的最终问世，王元化背负了将近四分之一个世纪的胡风反革命集团分子的污名，也于当年不久后彻底洗雪。换言之，1979年这一20世纪70和80年代的界分之年，同时也成了王元化一生二世的分水岭或界碑。如果可以将王元化学术思想的生长比作一棵大树的话，那么，80年代可以称作王元化学术生命的发荣开花期，90年代以后是硕果累累的成熟收获期，而1979年之前，则是根系的形成深固和主干的茁壮成长的积累孕育期。

　　之所以主要聚焦王元化学术思想的奠基阶段，除了这一时期对研究者而言具有较为合适的历史距离之外，还因为笔者拥有一定的自信：顺着胡风及其同人们这一座20世纪中国思想史上不可绕过的高峰所延伸铺展开来的脉络，探究并触及王元化在80和90年代新创和抵达的另一座思想史的高峰，其取径和研究的视角不会轻易地遭人取代。相反，借助

---

　　① 王丽丽著：《王元化评传》，合肥：黄山书社，2016年版。此为由王岳川主编，黄山书社于2016年8月全部推出的"中国当代美学家文论家评传"丛书中的一种。该丛书首批共10本。

于这种相对特殊的角度，我们还有可能在原本看似独立耸峙的两座山峰之间，揭示和呈现出此前被遮蔽或忽视的实质关联，从而进一步促使中国现当代思想文化史的图景显得更加丰满和真切。

这就很自然地涉及一个很多人都深表关切的问题：王元化到底是不是胡风集团分子？包括王元化在内的所有当年涉案人员的陆续获得平反，就已经从事实上反证了"胡风反革命集团"这一罪名实在系出捕风捉影。如果所谓的"集团"都是"捆绑"而成的，那么自然也就根本不存在过什么"分子"。或许，更加学术和有效的提问方式应该是：胡风事件对王元化究竟意味着什么？前者对王元化的一生到底产生了什么样的影响？

不得不正视的一个事实是，胡风事件对王元化生命和思想历程的影响既深且巨。尽管晚年的王元化十分注意与"宗派"意义上的胡风分子之名，保持显著的距离，但也没有在思想方面彻底否认自己与胡风等人曾经存在的一致性。也许恰恰是因为从一开始，王元化就不是出于所谓"宗派"的理由而与胡风等人交往，所以他们的接近反而更加纯粹地体现在思想方面。

实际上，这也是本书各章将要逐渐呈现的一个无法否认的事实。在初版于1952年6月的文集《向着真实》中，王元化的文艺见解与胡风思想相近甚至相同之处随处可见。但实事求是地说，他们在文艺思想上所表现出来的近似与亲和，不光缘于相互过从而产生的影响和被影响关系，更主要的，还因为两人欣赏和借鉴的外国文学的资源十分接近。从《向着真实》中明显可以看出，鲁迅、罗曼·罗兰、果戈理、契诃夫，以及与他们密切相关的文学批评家别林斯基，构成了20世纪40至50年代王元化文学思想的主要来源，而所有这些作家与批评家，也同样为胡风所喜爱，同样为胡风的文艺思想提供了重要营养。

众所周知，阅读黑格尔，在王元化的思想发展历程中具有举足轻重的作用。但如果仔细分梳，王元化阅读黑格尔又可以分成两个不同的阶段：开始于隔离审查时期的读《小逻辑》而至于"韦编三绝"，以及20世纪70年代的阅读黑格尔的《美学》（第一卷）。

王元化阅读《小逻辑》的最初原因，是因为他在很大程度上认同的胡风理论被判定为反马克思主义，所以他必须在马列经典中寻找答案。

为此，王元化从毛著开始，一路上溯阅读，直至马恩原典及其理论源头。在此过程中，列宁的一句评论让王元化很快找到了方位感："不懂黑格尔的全部逻辑学就不能完全理解马克思的《资本论》，特别是它的第一章。"①王元化显然就是顺着列宁所指点的这一路径与黑格尔的《小逻辑》相遇的，但在他苦心研读《小逻辑》的过程中，却意外地有了一个重大发现：那些自以为奉行辩证法而真理在握、判定胡风思想为反马克思主义的人，很可能将黑格尔所论述的认识历程中的知性思维误认作了理性思维，从而恰恰没有真正掌握黑格尔哲学中为马克思最为赞赏的辩证法，而实际上陷于形而上学而不自知。这一发现直接触发了在王元化一生中具有巨大思想解放意义的"1956年反思"。

王元化"读莎士比亚"，主要也是导源于马克思对莎士比亚的酷爱，因为《资本论》中对莎剧典故的引用随处可见，如果事先不明白这些典故的究竟，甚至会严重妨碍对马克思这本巨著的理解。同样，黑格尔也在他的《美学》中，对莎士比亚戏剧做了大量烛隐发微的独到分析。通过阅读莎士比亚，王元化不仅与莎士比亚作品中的奥赛罗等戏剧人物产生了美学上的认同，从而在一种类似于亚里士多德意义上的"净化"体验中，直接缓解了他因巨大震惊而产生的深刻的精神危机，而且，搜寻、翻译西方的莎士比亚评论并编辑成书，同时撰写译者附识，也为王元化的人生正式转入学术研究的轨道，提供了一次全方位的入门演练。

王元化阅读、研究《文心雕龙》的根本初衷，是想通过对《文心雕龙》创作论的探析，纠正文学研究中长期忽视艺术探讨的积弊，同时也为胡风的"形象思维"概念求证。因此，他最后完成的著作《文心雕龙创作论》非常明显地显示出了与黑格尔以"情志"概念为核心的美学理论进行超越时空的对话、为胡风思想进行潜隐辩护的多重考古学结构。在某种意义上我们甚至可以这样理解，王元化的《文心雕龙创作论》全书，就是一篇以胡风首倡的"形象思维"概念为论题的美学上的大论文。

"读黑格尔"［包括《小逻辑》和《美学》（第一卷）］、"读莎士比亚"

---

① 周扬等著：《关于马克思主义的几个理论问题的探讨——马克思逝世一百周年纪念论文选》，北京：人民出版社，1988年版，第6页。

和"读《文心雕龙》",构成了让王元化成为王元化的重要"三读",而这其中的每一部分,都与"胡风事件"紧密相关。因此,可以肯定地断言,"胡风事件"是王元化其后半个多世纪思想历程的起点。本书的各章就是试图表明,至少到 20 世纪 80 年代中期以前,王元化绝大部分的思想劳作成果,都是他与自己 20 世纪 50 年代的精神危机和从危机中产生的疑问不断对话的产物。因此,尽管王元化早在 1938 年就开始了思想文化方面的活动和工作,但他最后之所以能够在 20 世纪中国思想史上留下可圈可点的独特印迹,以至于成为本书评传的对象,其思想的真正起点,只能从发生于 1955 年的胡风事件中去寻找。

也正因为此,本书还想表达的一个想法是:虽然自 20 世纪 80 和 90 年代之交开始,王元化逐渐从胡风及其同人这座思想史高峰的影响阴影中走出,在文化和思想史研究领域开拓出了属于自己的一方天地,并在 90 年代以后较长时期地占据学术文化界的引领地位,但这一客观情势的造成,并不是由于王元化事先期待并预见到自己将要被思想史选中,所以才"天将降大任于斯人也"般地主动选择的结果,而是在他并不情愿的境遇中,在历史非常吝啬和苛酷地赋予他个体的极为有限的可能空间里,小心翼翼地摸索和尽己所能地艰难挣扎所开掘而成的。尽管事后证明,他所开掘的所在正好是思想史的一个重要穴位,但这一意料之外的"幸运"的获得,正如晚年的王元化自我总结的那样:"不是我选择了这条道路,而是道路选择了我,时代选择了我。"[1]

当然,如果时间和篇幅允许,王元化第三次反思也是他人生中重要的一个事件和环节。但从《文心雕龙创作论》之后,王元化的学术兴趣逐渐转向思想史研究方面,他自 20 世纪 80 年代后期直至在新世纪逝世之前所产生的重要学术影响,也主要由于后一方面的努力和成就所致。因此,本书或许仅仅完成了王元化近七十年(1938—2008)学术思想历程的"上篇",但对于丛书编撰者所着重瞩目的"中国当代美学家文论家评传"这一主旨而言,本书也已经比较完整地呈现了王元化学思历程中位于"思想史篇章"之前的"美学家和文论家"部分及其形象。

---

[1]　吴琦幸:《王元化晚年谈话录》,上海:上海人民出版社,2013 年版,第 134 页。

此外，从本书的撰述体例方面着眼，王元化或许也是在新时期之后，最早提倡在文艺理论和文学史研究中重视传记理论研究和传记写作的人。1981年，在一篇为鲁迅诞辰一百周年而作的文章中，王元化呼吁文艺理论界和鲁迅研究专家分头并进，在对国外"各种传记的写法"与"我国史书中的传记文学""加以总结"和"比较研究"的同时，以一种"敢为天下先的开风气精神"，"写出几本具有不同风格、体例互异的鲁迅传"来。

王元化向当时可能的《鲁迅传》的作者们提供的可以借鉴和取法的传记作品的范例主要有两种。一种是"像罗曼·罗兰写的《贝多芬传》、《托尔斯泰传》、《米盖朗琪罗传》那种格局的""引人入胜的著作"：

> 不堆砌资料，不炫耀广博的征引，不在无关宏旨的细节上作繁琐的考证，而是深入到鲁迅的内心生活中去，探索他的精神世界及其复杂的历程……

另一种则是：

> 像车尔尼雪夫斯基写的以别林斯基文学活动为中心的《果戈理时期俄罗斯文学概观》那样，从我们现代文学史的波澜起伏的背景上，理出鲁迅的思想脉络和他在每一历史阶段留下的战绩……

当然，第二种写法"需要对鲁迅的对手"以及属于"同一革命营垒的"社团和个人的所有活动，"都进行系统的探讨，占有充分材料"[1]，才能做出比较公正的历史评述。

王元化对传记作品的重视和喜爱，也使他在晚年明显表现出了撰写自传的强烈愿望，并部分地付诸行动，但终因不可抗的因素，最终没能圆满完成。

---

① 王元化：《关于鲁迅研究的若干设想》，见王元化著：《文学沉思录》，上海：上海文艺出版社，1983年版，第53—54页。

　　如果对照王元化所心仪的两种传记的范式，应该说，本书的写法更接近于罗曼·罗兰的《名人传》，主要通过对王元化本人著作的细致解读和深入阐释，来透视王元化的"内心生活"、"探索他的精神世界及其复杂的历程"，从而结构和串联起王元化的思想传记，同时也在一定程度上，附带折射出 20 世纪中国思想史的一些重要方面。毕竟，作品，仍然是追溯和再现一个人思想历程所可依凭的最清晰和最可靠的踪迹。

《受伤之夜》
——梅志的处女作

读梅志先生（1914年5月22日—2004年10月8日）的《我与胡风》，获悉她于1933年12月24日与胡风同居结婚以后，先是立志学习写作，并曾有一篇小说经胡风严格把关后发表。她这样回忆这篇处女作的诞生过程：

> 在几次被否决后，我的一篇两三千字的小文，终于被F（代指胡风——笔者注）通过了。小说写了一个女孩由于家贫，只好在蚕桑学校过着半工半读的生活，从事养蚕，一次因事故受了伤，手上的血滴在了桑叶上，但没有人来怜惜她，她还得把带血的桑叶喂蚕。这篇小说取名为《受伤之夜》，F夸说有生活、有人物，还介绍到《自由谈》上发表，这是我第一篇得到他肯定的作品。[①]

但这篇小说并不见于2007年12月由宁夏人民出版社出版的四卷本《梅志文集》中，文集的编者晓风女士因为未能查找到该篇作品而深感遗憾。日前，笔者查找到了《受伤之夜》，同时也就明白了文集编辑当时没能顺利找到的原因。

梅志先生回忆提供的《自由谈》这一线索，让人正确地将目标锁定

---

① 梅志：《我与胡风》，见晓风编：《梅志文集·回忆录》，银川：宁夏人民出版社，2007年版，第268页。

为《申报》，但小说最终恰恰不是在这一曾因黎烈文主编、鲁迅等作者加入而名声大噪的副刊上刊出，而是登载在了该报的另一个副刊《申报文艺周刊》的第十七期上。

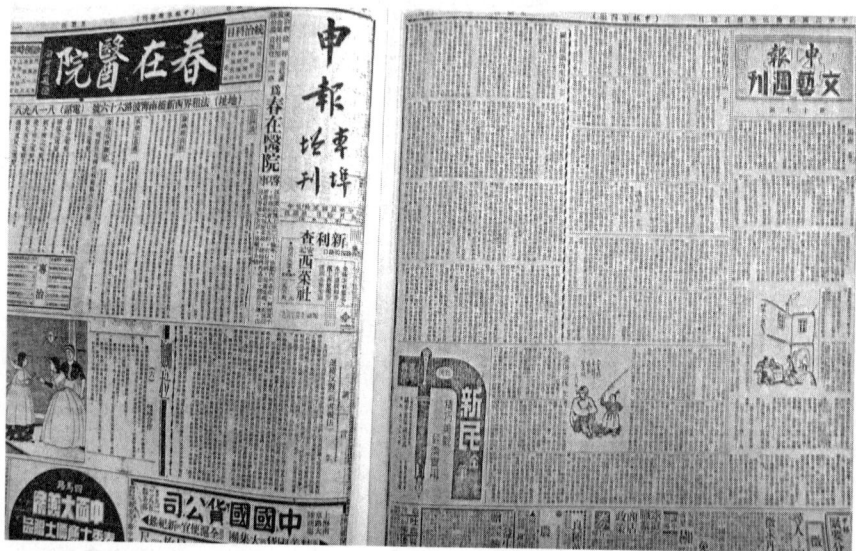

1936 年 3 月 6 日第十七期

　　但这可能还不是当时查找未果的主要原因。从梅志先生的回忆来看，《受伤之夜》应该写于 1934 年年初，因为正当她从这一初次的成功中受到鼓励，因而准备"一心一意读书和练习写作时"①，不久她就发现自己怀孕了，并且于同年 10 月生下了长子晓谷。据此，我们很容易就会将查找的目标时段重定在 1934 年前后，但事实上，这篇小说真正发表的时间却是在差不多两年之后的 1936 年 3 月 6 日。

　　结合梅志先生回忆录的其他内容，我们或许可以从查找的结果反向推知：尽管《受伤之夜》写成于 1934 年年初，但很快，胡风和梅志的心智注意力几乎都被即将为人父母这一人生的新课题完全占据，因此未暇顾及小说的发表。一直要到孩子稍长，生活略趋改善和安定之后，特

---

　　① 梅志：《我与胡风》，见晓风编：《梅志文集·回忆录》，银川：宁夏人民出版社，2007 年版，第 268 页。

别是梅志先生终于能重新挤出一些读书和写作的余闲的时候，他们才记起了这一"小文"。胡风先生最初可能确实是将它介绍给了《申报·自由谈》，而《自由谈》这一副刊又是如此著名，以至于数十年之后这一印象还留在梅志先生的记忆中。但严格想来，相较于文化批评气味浓郁而又形式活泼不拘的《自由谈》，《申报文艺周刊》反而是《受伤之夜》这篇处女作发表的更合适之所。

小说篇幅不长，附录于下：

受伤之夜

梅志

初中是毕业了，但费尽了一切的力量也找不到一个职业。用了赌博场中"捞本"的冒险心理，父亲东拉西扯地借得了一百块钱，我自己连日带夜地温习了那些功课，才考取了说是毕业后可以赚到五六十块钱一个月的蚕桑学校。

进来还没有半个月，就到了养蚕的时候。我们从前作为课堂的四五间房子，现在都摆满了团扁。团扁里放着一粒粒像黑蚂蚁似的东西，就需要我们二十多个穷女孩子的精力看护。头眠是过了，现在正是吃叶最旺的时候。我们二十多个，常常大半夜地不得好睡。

刊载梅志《受伤之夜》的报样

被同房的推醒了以后，我晓得快到上班的时候了。昏昏沉沉地穿上衣裳，天上的星星照着我才摸到了课学里。头正在微微地刺痛，眼也好像蒙上了一层薄膜。我只看到团扁里有一堆堆灰白色的正蠕动着的动物，绿色的桑叶，我的眼睛却很难看得到了。慌忙地抓起桑叶来，用刀切细，机械地一把把地送到团扁里。这样来回地跑着，腿却软得只想向地板上躺。眼皮也死想合拢。还有十多个团扁的叶没有加好，我是不能休息的。我毫无感觉地切着叶，眼睛常在不知不觉中闭拢了，头一颤一颤地打着瞌睡，但舍监铁青的马脸总在我眼前晃。这样地不知过了多少时候，忽然梭的一声，一阵又冷又棘的味儿直向我心里钻，这一惊使我大大地张开了眼睛，低头一看，冒着热气的血正由我底无名指和中指上涌了出来，桑叶和刀板上正流着冒着热气的鲜血。我一点不觉到痛，只是这一只手似乎麻痹了。没有想到害怕，更没有想到应该设法止血，只是用左手将这两个指头握住。血依然不断地像雨点似的落在地板上，地板上的血，一点两点地很快地形成了一个红的太阳。这颜色发出闪闪的光辉，周围的黑暗，可使我窒息，那一盏和怨女眼泪一样大的灯光，正发出和垂死人的脸色一样的颜色。这贫血者底脸色似的颜色马上使我想到了：现在正在流着我自己身上的血呀！这颜色，这颜色！啊呀！为什么我底脸色就变成这样了！全房子里都充满了垂死人底脸色，贫血者的脸色！这是瑛呀！这是瘦李的脸，那是爱哭的芳，不好了！你们…………怎么了呵！……我狂了似的大叫。（文中省略号分别有12个、9个和6个点不等——录者注）

这声音惊着了隔壁房里的王，她跑进来第一眼就看到了地了（疑为衍字——录者注）上的鲜血。她惊慌得不知如何是好，在门边呆了一呆就跑了。不一会，她把我们底舍监，一个五十多岁的孤寡老太婆叫醒来了。这只母老虎，一路唠唠地骂着"半夜三更，大惊小怪地………"但当她进来看到我出血过多的神情，也有点慌了。她望了一望我底手，回头却叫王到她房里去把水烟筒拿来。水烟筒！别人在危急之中，她可想到抽烟了么？……

但王却不得不去替她拿了来。那母老虎打开烟池，抓了一把烟，望我正流着血的伤口里一按。啊哟！天呀！这简直比一把尖刀刺着我的心还痛。眼睛好似在冒着火花，手和跳蚤样的向上跳，心也向上跳，脸烧得好像醉汉。我忍着眼泪听了这母老虎一顿闲话，举着一只正在火辣辣烧痛的手被王扶回了自己底床上。

　　我给气愤，悲凉，痛苦抓住了。想到爸爸作了多少揖才向朱大胖子用四分的利钱借回了一笔钱的懊丧的脸色，想到进学校以后这个老太婆使我吃的苦头，又想到找不到事做的毕业生常常回来和老太婆交涉得不到结果的情形………毕业！找事！养活一家人！我捧着这一只痛手，哭倒在床上。

作为一篇文坛"生人"的作品，这篇小说最显著的特点就是详略合宜。全篇总共6个自然段，重点是中间主人公因为深夜睡眠不足而手指被切伤、流血不止进而被舍监土法止血的3个段落。这一部分作者对年轻女孩子疲劳嗜睡、伤口从麻痹到剧痛的感觉、主人公受伤后心理和精神状态的复杂变化都描写得细致而真切，这大概就是胡风所说的"有生活"。

开头和结尾的3个自然段尽管叙述简略，但交代清楚，一个家境贫寒、求职前景渺茫的初中毕业女青年的形象如在目前，确实能给读者较强的"人物"感。

据《梅志年表简编》，这篇小说取材自梅志"在左联活动时了解的工人情况"[1]。能够以反映女工生活的作品作为自己文学创作之路的起点，这对早在1932年高中毕业前夕就加入了左翼作家联盟的梅志而言，意味着其在文学生涯之初，就名副其实地践履了"左联"作家的使命。

同时，这也是胡风所赞赏的普罗文学创作的切实进路。早在他留学日本时期，胡风就特别爱读日本普罗文学刊物上的工农通信（从工厂来，从农村来），认为这些短小的通信所表现出来的"劳动人民的平凡的生活"和"平凡的感情"，"发散着斗争的要求"，远比国内"创造社、太阳社的作品中那种超凡的抽象'人'的抽象'感情'和'无感情'"，更能

---

　　[1]　晓风编著：《梅志年表简编》，见晓风编：《梅志文集．散文小说卷》，银川：宁夏人民出版社，2007年版，第417页。

够使读者"感同身受"①，更具有强烈的吸引力。表现普通大众真实的生活和真情实感，也是后来胡风衡量和评价所有文学作品始终不变的标准。

此外，作者梅志虽然未必有蚕桑学校的亲身体验，但对照她依靠兼任家庭教师的收入完成高中的最后一年学业、毕业后未找到正式职业这些经历，小说主人公的形象又分明带有作者本人的影子。因此，梅志在小说中使用了第一人称叙事，这或许是文学新人最方便的选择，但"我"这一自称，有意无意中也给读者造成了小说叙述者与作品人物重合难分的幻觉。用胡风的理论来解释，作者主体与创作对象在作品中获得了一种化合。

2014-12-29

燕北园

---

① 胡风:《简述收获》，见梅志、张小风整理辑注:《胡风全集》(第6卷)，武汉:湖北人民出版社，1999年版，第605页。

反省大事件，复活小细节

——读晓风主编的《我与胡风》(增补本)

初版于 1993 年的《我与胡风——胡风事件三十七人回忆》一书，在时隔十年之后，增收文章 20 篇约 22 万字，由宁夏人民出版社重新出版。增补本分上、下两册，共 88 万字。

该书的主编晓风老师在编后记里指出，尽管不能完全如愿，但增补本是努力本着"不能遗漏掉所有'榜上有名'的同志们的原则"[①]编辑的。由此可见，对该书的编者、回忆文章的作者和少量研究文章的主人公及其亲属而言，这套书的重版无疑有着洗清不实污垢、抚平心灵创伤的情感慰藉作用。这也是该书"记录历史、反思社会、促进人与人、人与世界、人与自然和谐共处"的出版宗旨所包含的题中应有之义。老实说，即便仅仅具有这样一个作用，对一本书的出版而言也已经足够。但作为一个对胡风思想和胡风事件饶有兴趣的研究者，我更看重的是该书对学术研究的直接助益，事实上，我本人对胡风事件的一点微不足道的研究，《在文艺与意识形态之间——胡风研究》[②]一书的写作，就曾经从《我与胡风》的初版本中获益匪浅。

尽管"我与胡风"这一总题基本限定了一个切己的回忆角度，但书

---

① 张晓风：《增补本编后记》，见晓风主编：《我与胡风》(增补本)，银川：宁夏人民出版社，2003 年第 2 版，第 1100 页。

② 王丽丽：《在文艺与意识形态之间——胡风研究》，北京：中国人民大学出版社，2003 年版。

中的不少文章却超出了人们对一般回忆的预想和期待，很多文章似乎有
意淡化展示伤口和苦难的痕迹，而尽可能对事件展开冷静而理性的反思。
由于这样的反思立足于作者本人数十年身历其境的切身经验，其达到的
深刻和犀利的程度，就远不是一般的泛泛研究所能够轻易企及。这样的
文章以绿原先生的长篇力作《胡风和我》为代表。尽管离初次阅读这篇
文章已经有了四五年的时间距离，但文中的一些思想由于曾对我的研究
思路产生过直接的启发作用，而至今仍让我印象深刻：绿原先生提议学
术界应该研究的两大问题，即所谓的"胡风集团"如何集结和被剿灭的
过程，以及舒芜现象及其对中国文化界和知识分子的教训问题，可以说
是绿原先生以本人对事件长期反思的焦点和主要困惑之所在，为研究者
标示出了继续着力的准确方位；针对早期的研究者较多局限于从胡风个
人的性格入手来解释事件的成因，绿原先生着意澄清了人们对胡风"高
傲，强项，不肯低头认输"的普遍误解，转而向人们展示了胡风如何在
新中国成立初期想真诚负责地检讨而又始终对批判者的逻辑不得要领，
因此无从措手足的尴尬处境；绿原先生的一些直觉感受和判断也屡屡被
研究者证明为不移之论，比如他在新中国成立初期对文化人生活和创作
状态可能要发生改变的模糊感觉，以及他对胡风事件发生之必然性的肯
定断言："这一切仿佛严格按照客观规律发生着，对于当事人没有任何侥
幸或懊悔的余地。"①

此外，作为直接参与"三十万言"和胡风的《我的自我批判》草拟
的重要当事人，绿原先生还提供了许多外人无从知道的历史细节，如胡
风在写作"三十万言"期间，为了确保自己在理论方面的万无一失，曾
经多次与朋友们在太平街寓所的客厅里，就林默涵、何其芳两篇批判文
章所涉及的所有理论要点展开过模拟答辩，他是以必胜的理论确信，而
迎来上书事实上的惨败的。对于研究者而言，仔细体会这些意味深长的
细节，是一定能够得到重要的感悟的。

提供历史证言、保存历史细节，也可以说是《我与胡风》一书最重

---

① 绿原：《胡风和我》，见晓风主编：《我与胡风》（增补本，下），银川：宁夏人民出版
社，2003年版，第589页。

要的价值之所在。对于研究"胡风集团的文化生态"这一长期以来被人们所忽略的课题来说，集团成员的生动回忆可以说为研究直接提供了第一手的鲜活资料。比如，在耿庸先生的回忆中，作者完整地记录下了一段当年胡风先生亲口对他所说的区分宗派和正常的文学流派的一段话，胡风在这段话中还特意对宗派主义所包含的封建性做了鞭辟入里的批判，这对澄清人们普遍存在的对胡风集团宗派主义的误解是一段关键的证词。与耿庸先生的证词相呼应，罗洛先生回忆记录的胡风"希望朋友们每一个人献一集颂诗给这个时代"①，以便大家集合成"大诗人"的思想，又在另一个方面加深了人们对胡风坚持创建文学流派、经营文化生态良苦用心的理解。

对于胡风研究的其他重要方面，《我与胡风》一书所提供的细节也同样具有纠正偏见、深化认识的作用。长期以来流行着这样一种看法：胡风文艺思想一直零散而缺少系统，多亏有了《论现实主义的路》和其后的"三十万言"，胡风才得以将他散落在短篇批评文章中的真知灼见发展、整理成独特的理论体系。如果对照罗洛先生亲耳听到的怨言："有些话，我已不止一次说过了，有些人就是装作没有看见，真是令人难以理解"②的话，就可以知道这种流行观点实在是属于人云亦云之论，因为这段怨言正是胡风在写作《论现实主义的路》期间所发的。此外，诸如王戎本来是因为在20世纪40年代的两篇质疑《〈清明前后〉与〈芳草天涯〉两个话剧的座谈》中C君的发言的文章，而给自己招来二十多年厄运的，却自始至终不知道C君为何许人，不禁令人感慨当年胡风集团的"分子"们对于政治的极端不敏感已到了迟钝的地步；路翎回忆胡风当年在确知上书失败以后的痛苦"啸吼"，也成了研究者反复征引的名言，从中可以窥见胡风在极端高压之下仍然坚持"理得"然后"心安"的执着："我的理论是多年积累的，一寸一寸地思考的。要我动摇，除非一寸

① 罗洛：《琐事杂忆——我所认识的胡风》，见晓风主编：《我与胡风》（增补本，下），银川：宁夏人民出版社，2003年版，第970页。

② 罗洛：《琐事杂忆——我所认识的胡风》，见晓风主编：《我与胡风》（增补本，下），银川：宁夏人民出版社，2003年版，第967页。

一寸地磔。"[1]

研究一段已逝的历史，重现这段历史发展的脉络和机理，有时与小孩子玩的拼图游戏有些类似，也必须在纷纭复杂的史料记载中尽可能寻找到恰当的碎片，拼贴成一幅历史图景，只不过这幅图景也许永远也不可能完全复原，而在这里或者那里留下空白或者裂隙。在尽可能填补历史空白、弥补历史缝隙方面，相对于初版本而言，增补本的《我与胡风》可能达致了更深、更细的程度。新增的大部分文章似乎都有意在以前人们所忽略的方面着笔，尤其注重彰显小事物和小角色。

《蚂蚁小集》是 20 世纪 40 年代末创办的众多带有"七月派"标志的进步文艺小刊之一，在研究者的笔下常常只是一笔带过，但欧阳庄的文章却首次详细地披露了许多饶有趣味且让研究者不得不重视的细节。尽管《蚂蚁小集》只在 1948 年 3 月至 1949 年 7 月总共出版了七期，但却正好跨过新中国成立前后，刊物本身也因此带上了这一非常时期的鲜明特点：刊物实际上创办于南京，从第四期以后转移到上海出版，但为了掩检查机关的耳目，标明的出版地址却假借"成都川大华大蚂蚁社"，这一障眼法直到第七期解放号才自动停止使用；刊物的第六期本来在 1949年 3 月编印完毕，但 5 月旋即赶上上海解放，所以临时将"三"字改为"五"字，改动之处，细心可辨；刊物原拟在第六期之后与上海满涛、萧岱、樊康等人编辑的《横眉小辑》合并，但合并计划因为编者欧阳庄和化铁遭特务逮捕而流产。

一般的"七月派"杂志大多带有"同人杂志"的特点，但《蚂蚁小集》却有些特殊，它最初是在青年共产党员唐崇侃的倡议下创办的，归地下党领导，按理说应该具有一定的党派色彩，然而由于具体领导的地下党不属于文教宣传系统，领导方式相当宽容，因此，《蚂蚁小集》又参与了早期对 1948 年香港围攻胡风、路翎等人的反击。当然，上级领导马上就发现不妥并给予制止，结果就是，方然的反击文章《唯心论的方向》只登出上篇，而没有了下文。也正因为有过这样刊物性质定位的游移和

---

[1]　路翎：《一起共患难的友人和导师——我与胡风》，见晓风主编：《我与胡风》（增补本，下），银川：宁夏人民出版社，2003 年版，第 736 页。

模糊，所以当新中国成立初期胡风感觉到编辑"同人杂志"已经不合时宜的时候，曾经通过路翎转告过自己对《蚂蚁小集》的意见。如果不明白就里，胡风的意见就显得有些费解："刊物，暂不必弄了，也不可能弄罢。如庄兄被要求弄，那是另一回事。①"

也是在编辑《蚂蚁小集》期间，欧阳庄得以结识了路翎。五十多年后的今天，欧阳庄发现自己在给路翎的第一封信中曾经说过这样一句带有"追星"意味的话："路翎先生，我们在说你是几十年才能出现的一个妖精！"②

我相信，对于相关的研究人员来说，读到这样的回忆文章，一定会产生豁然贯通的感觉，可能会有一系列原先显得头绪纷繁的历史碎片因此而拼接成形。如果不是当事人自己娓娓道出，其中的任何一个细节都可能令研究者心生困惑，不知又要耗费多少爬梳剔抉的功夫才能够——厘清。

大凡最终成形的历史叙述，往往不得不忽略掉具体历史情境中的小角色，这在研究者事后的历史整理中几乎是必然的。在这方面，回忆史料文集恰恰可以发挥重要的拾遗补阙的作用。《我与胡风》（增补本）新增收录了一组有关集团中文学地位不那么重要的人物甚至是"小人物"的回忆钩沉文章，这样的人物包括：自从1939年在"七月诗丛"中出版过第一本诗集《突围令》以后就基本上与"七月派"断绝了文学往来的诗人庄涌，几无文学作品行世的原中国作协创联部的普通工作人员严望，以及仅仅因为"三批材料"中提及的一句"苏州一同志"就从此"沦落坎坷"大半生的原苏州地下党员许君鲸。或许，对他们不幸遭遇的发掘，不会对文学史或思想史的撰写产生什么实质性的改变，但编撰者因此显现出来的关注孤弱的人文情怀，却可以使人们对历史的理解变得温润，让历史叙述不再显得那么枯干、势利和冰冷。

---

① 胡风1949年4月26日自北京，见胡风著，张晓风整理：《致路翎书信全编》，郑州：大象出版社，2004年版，第59页。

② 欧阳庄：《〈蚂蚁小集〉·胡风·"苏州一同志"》，见晓风主编：《我与胡风》（增补本，下），银川：宁夏人民出版社，2003年版，第1018页。

记得当时阅读初版本的时候，许多文章都曾对我的内心产生过强烈的情感冲击，重读增补本，这种冲击非但没有随着时间的流逝而减弱，反而由于有了新增文章的对照补充而重新产生共振效应。初版本收入的最后一篇文章，是当年"胡案"涉及的最年轻一位成员林希的《十劫须臾录》，文章详细回忆了案件中的另一位重要成员阿垅在 1966 年接受法庭审判的经过。在被迫出庭做证之前，林希就已经从办案人员的口中得知，"阿垅的'认罪'态度不好，三番五次推翻了种种揭发材料"，接到正式起诉书后更是"态度极坏"，以至于办案人员不得不在开庭前夕对他"作了一夜的'工作'"。但林希在法庭上所见的一切却仿佛与这样的事先了解完全相反："坐在被告席上"的阿垅"神态并不显得紧张"，甚至有些"过于平静"；宣布"放弃上诉"的时候，"声音很镇定，没有抗争"，只是同时"又令人感到是压抑着巨大的愤怒"；阿垅被法警"押"着走出法庭的时候，"身子挺得笔直，头微微昂着，目光平视，步子迈得极镇定"①。

对于林希的这一矛盾叙述，增补本中新收的一篇短文可以说提供了绝好的注解。这篇题为《可以被压碎 决不被压服》的短文实际上是阿垅在 1965 年 6 月 23 日写于狱中的申诉材料。从这份材料中可以清楚地看出，早在正式被判刑之前，阿垅就已经清醒地认识到，"'胡风反革命集团'案件全然是人为的、虚构的、捏造的！""所发布的'材料'，不仅实质上是不真实的，而且还恰好混淆、颠倒了是非黑白。"正是因为阿垅断定"这个案件，肯定是一个错误"，所以才在狱中"吵闹过一个时期"，并"多次表白：我可以被压碎，但决不可能被压服"。尽管如此，阿垅仍然在材料中表达了"谎言的寿命是不长的"②这一坚定信念。这大概就是阿垅始而"态度极坏"，继则出人意料地"平静"，而平静从容之下却又"压抑着巨大的愤怒"的心理根源。

---

① 林希：《十劫须臾录》，见晓风主编：《我与胡风》（增补本，下），银川：宁夏人民出版社，2003 年版，第 1055 页、第 1057 页、第 1059 页。

② 陈亦门（阿垅）：《可以被压碎 决不被压服》，见晓风主编：《我与胡风》（增补本，上），银川：宁夏人民出版社，2003 年版，第 35—37 页。

但林希文章的情感冲击力主要还不在于此，而是来自于法庭之上他与阿垅一次令人心悸的目光相遇。在那一瞬间，他看见这位昔日曾经真诚地喜爱并关心过自己的老师，"镇定的目光充满了无限复杂的情感"，并"微微地闭了一下眼睛"。而此前，就在等待做证的休息室里，另一位天津的"胡案"成员芦甸刚刚向林希表达过这样的意思："在里面这么多年，我心中最大的负疚就是对不起你，我们的事件牵涉到你身上，那年你才十九岁。"尽管林希一时间无法完全读懂老师眼中的全部含义，但联想到芦甸的歉意，他仍然果断决定，在原先每一个字都经过反复审定的证词之外，另外加上表明自己个人的罪责已经得到人民宽大，并"正在劳动中建立新的生活"这样几句话，以减轻老师心中可以想见的巨大负疚感。而他也确实看到了，阿垅在听到这几句话以后"平静了下来"。在总共只有五分钟的法庭演出结束退回到休息室后，林希还反复地思索自己的做证"会不会在阿垅心间留下什么疑惑"，最后的结论是："我感到心安。"[①]

在事件发生的那个极端年代，人们司空见惯的是父母子女划清界限、夫妻反目成仇、朋友之间相互背叛，因而，这种在无法拒绝的荒谬处境中，仍然煞费苦心地相互关怀，并尽可能获得彼此心安的动人一幕，就格外发散出人性善良的光辉。

可以对照阅读的还有增补本中涉及胡风和刘雪苇关系的一组文章。刘雪苇与胡风的关系在1955年曾被认为"类似饶漱石和高岗的关系"，为此刘雪苇自然"付出过高昂的代价"。《我与胡风关系的始末》是刘雪苇在胡风作古两周年之际写作的试图澄清两人关系真相的文章。很显然，几十年的经验和教训已经教会了作者"君子防未然，不处嫌疑间"，所以在文章中，刘雪苇着意对"雪胡关系"进行了一番"纯化"。所谓"纯化"，无非也就是祛除掉人们想当然地加在"雪胡关系"上的"暧昧"联想，为此，刘雪苇还无保留地表达了他对胡风在为人处世方面的一些看法。从为文的坦率程度来看，刘雪苇所言自然没有虚诳，但既然名为

---

① 林希：《十劫须臾录》，见晓风主编：《我与胡风》（增补本，下），银川：宁夏人民出版社，2003年版，第1056—1058页。

"澄清"和"纯化",文章当然也就可能忽略了两人关系中原本属于正常的"友谊"方面,过滤掉确实存在过的美好情感。

对于刘文中的这一"矫枉过正",梅志先生在《追忆往事——悼念雪苇同志》一文中委婉地做了补正,并对其中明显的误会做了解释。有一件事情值得一提:据胡风的书信和日记记载,1950年,当时家住上海的胡风曾经携夫人做过两次"天堂游",这就是1950年6月的杭州之游和9月的苏州之游。对于这两趟天堂游,我原先的理解是:这是胡风在新中国成立初期看到当时的文艺领导人对自己有所保留的迹象之后,有意消极避让的表示。但现在从梅志先生的文章看来,这两趟天堂游也不那么纯粹"逍遥"。梅志先生是这么说的:

> 第一次文代会开过以后,胡风感到压力很大,文艺界中显然有宗派情绪在作祟,他很感苦恼,想找老区来的同志谈谈,听听意见。于是,就有了1950年9月的苏州之行。说是去看贾植芳夫妇的,结果是,我留在贾家,他却冒雨去找了雪苇。当时,雪苇正在华东人民革命大学工作。胡风主要想听他谈谈老区在文艺方面的情况,并得到自己今后应如何工作的意见。[①]

不管怎么说,这种在逆境之中冒雨求教的场景,至少是需要一定的信任感情做基础的。当然,从增补本同时收录的王元化先生致胡风的七封信(尤其是1952年9月23日的一封)中也可以看出,在对当时刘雪苇任社长的新文艺出版社的工作方法以及出版社对胡风著作的处理问题等方面,胡风及其朋友对刘雪苇也确实是有牢骚和微词的。关于这一点,刘雪苇也显然了解,并在文章中剖白了自己当时的考虑。

对于研究者来说,大概也只有这样对照多方的文章,才可能还原出相对可靠的历史真实。这也是《我与胡风》一书在编辑方面值得称道的一个特点。这一特点,不止是在展示"雪胡关系"这一个问题上才有所

---

① 梅志:《追忆往事——悼念雪苇同志》,见晓风主编:《我与胡风》(增补本,上),银川:宁夏人民出版社,2003年版,第132页。

体现，而是贯穿在全书，甚至贯穿在晓风老师和梅志先生主编的系列著作中，其中最著名者如《胡风全集》、《胡风路翎文学书简》，等等。从终极意义上说，这也是胡风先生编辑遗风的体现。因为胡风先生的一个重要编辑思想就是：编辑者需要营造的是一个公共交流的自由空间，对于这一空间中存在的各方的分歧和对立，编者不必强行干涉或整合，而应该直接诉之读者的理性判断，给读者和批评家的批判精神活动留下选择和判断的余地。

　　研究胡风的人大概或多或少都会有这样一个印象：除了对个别重要诗作的解读和分析以外，在胡风的诗歌创作方面，特别有分量的研究文章还不多见，这固然是因为诗歌研究本来就属于一个相对独立的领域，但同时也与胡风诗作的特殊研究困难分不开。即如胡风在狱中创作的大量追怀往事、思念亲朋的旧体诗，除非诗中被怀念的亲人和朋友本人详加注释，外人恐怕很难完全了解诗中蕴含的"本事"。尽管全然事实的"索隐"并不是诗歌研究的正途，但离开事实根据，进一步的研究也就失去了依托。据我所知，以前除了作家白桦就胡风《怀春曲》中的一组九首有关自己的旧体诗写过回忆和注释的文章以外，类似的工作还鲜有人涉及。

　　而《我与胡风》（增补本）里节录的鲁煤的回忆录《"求诗辨假真"——我和胡风：恩怨实录（第一卷）》则在这方面迈出了令研究者欣喜的一步。用鲁煤自己的话说，他的这一部分回忆录实际上是用为胡风的十首《怀鲁煤》诗做详尽注释的方式，回顾他自 1945 年在重庆初识胡风以来至 1955 年的十年间与胡风交往的过程。其中十分具体细致地描述了他当年仅凭四次向胡风寄稿，就从反思胡风的选稿标准及简洁的退稿意见中，结合分析自己历次的创作心境，而迅速建立了自信，学会了"自行鉴别自己诗作的真假好坏"[1]的经过。这一"求诗辨假真"的经历，在胡风和朋友们的文学交流中具有很大的代表性。

　　更有意思的是，出于对胡风先生的崇敬和感激，鲁煤还将胡风《怀

---

　　① 鲁煤：《"求诗辨假真"——我和胡风：恩怨实录（第一卷）》，见晓风主编：《我与胡风》（增补本，下），银川：宁夏人民出版社，2003 年版，第 772 页。

鲁煤》组诗中的前两首翻译成白话诗。与其说是译诗，还不如说是重新创作，因为这两首白话诗不仅理解深刻，而且形式活泼、语言清新、音调悦耳，丝毫没有诗体转译的痕迹。而鲁煤之所以能够纯熟地重写胡风的诗作，是直接受到他和胡风交往的介绍人、好友徐放的启发。鲁煤在另一篇回忆徐放的文章中说，徐放当年被关在秦城监狱的时候，"为了解脱自己囚徒生活的屈辱和单调"，开始埋头注释和翻译中国古典诗歌。因为徐放发现，尽管"五言、七言绝句及律诗""外在形式整齐，但其每行的内容含量和内在节奏并不整齐"。基于这样的认识，徐放"决定冲破固定行数的限制而'自由发挥'"[①]。

　　说起来也真是有趣：正当徐放在埋头翻译古诗的时候，同样被关在秦城监狱里的绿原也在刻苦自学德语，而胡风则在没有纸笔的情况下，单凭记忆进行着自创的"连环对体诗"的写作。细细说起来，"胡风集团"的分子们还真是很有些"共同点"的。

---

　　① 鲁煤：《我所知道的徐放与胡风的交往》，见晓风主编：《我与胡风》（增补本，下），银川：宁夏人民出版社，2003 年版，第 805 页。

中国现代文学的作家研究

——以胡风为个案

非常感谢商老师给我这样一个宝贵的机会，商老师本来是安排我参加最后的讨论的，这对我来说可能更合适一些，但因为我个人的原因，打乱了商老师的安排，所以就有了今天这一次有点喧宾夺主的座谈。遵照商老师的嘱咐，我就跟大家交流一下做论文的一些感受和体会，虽然时间已经过去四五年了，有些感受难免有些模糊了。我座谈的内容大致围绕着选题、结构、理论的选用和"公共领域"四个问题，但其中肯定会穿插一些琐碎的细节，大部分都是非常个人化的东西，但也许会有一些可供大家批评参考的教训之类的东西在里边。在我闲谈的过程当中，欢迎大家踊跃插话和提问。

一、作家研究能否有所作为？

首先，我说一下选题。大家知道，胡风研究如果细分起来，它应该属于现当代文学的作家研究。我记得当时做开题报告的时候，孙（玉石）老师曾经很委婉地说过这么一句话：我们一般不主张博士论文做一个作家。应该说孙老师的话是很有道理的，因为一般来说，选定一个作家，梳理出这一作家的几个方面，然后稍加评析，这样的思路是最没有新意的，也就是老师们常说的教科书写法。而且从我当时提交的开题报告来看，基本内容也看不出与这一教科书的思路有什么大的不同。开题的时候，我的第一章《胡风文艺思想的原生状态》实际上已经完成、各小节的标题相对来说比较齐整，但除了这一章之外，底下罗列的就是当时可以想起来的似乎可以进一步探讨的方面，比如胡风一生所经历的历次论争、胡风所编辑的杂志和丛书，以及胡风的诗歌，这样就应该有四章了。四章好像有点少，所以最后又拉来了一章胡风与高尔基。之所以准备写胡风与高尔基，是出于这样的考虑，因为胡风一生最推崇的作家，国内的当然是鲁迅，国际上的就是高尔基。这是胡风高扬的两面旗帜，而胡风与鲁迅的关系已经被人们写得够多了，我一定也会涉及，但我更愿意采取渗透在全文中的办法，而不必单独开列一章。而相比较而言，高尔基与胡风的关系探讨的人则要少一些。同时，与胡风一生的"沦落坎坷"一样，当时高尔基也有写于十月革命时候、而一直隐藏没有发表的"不合时宜的思想"披露。这里面会不会有某种相类似的必然因素存在？在整个开题报告中，虽然我在未完成部分的每一章下面都标出了自认为与别人角度不一样的一些要点，比如历次论争中所显示出来的、胡风与对手之间所使用的两套话语的隔膜和自说自话，胡风编辑思想当中所体现出来的类似于公共领域的一些因素，胡风诗歌创作中非常明显的自传色彩，等等。但基本上并没有脱离那种分方面评述一个作家的框范。所以我觉得孙老师在开题时的意见可以说是一个经验非常丰富的博导的恳切提醒。

但最后我还是基本上以一个作家做了博士论文。这实际上也就涉及了一个比较有意思的问题：那就是，单个的作家研究可否有所作为？或者说，作家研究可不可以进行深入开掘，使它能够支撑起一篇比较扎实的论文？我想，这可能也是商老师开设这门课的深意之一吧。当然，这是我对商老师意图的一个妄加揣测。

对别的作家，我没有发言权。而具体到胡风研究，我确实可以说，在我开始接触这一课题，检索和初步阅读了相关的一些研究成果之后，我所得的印象是，这个课题是一个尚未充分开发的领域，除了那么少数的几位学者，比如咱们系的钱（理群）老师、温（儒敏）老师，复旦的陈思和老师，还有西北的支克坚老师、邹华老师等，他们的文章读起来让人感觉到比较透彻深入之外，很多论文都给人一种隔靴搔痒的感觉，比较浮泛，总是说不到位。而上述提到的这些老师中，除了支克坚老师之外，都不是专题研究胡风的，胡风研究仅仅是他们整个文学史或者批评史研究中的一个环节。

应该说，胡风研究相对来说显得比较薄弱，有一些特殊的原因。首先，当然是因为长期以来它是一个禁区，后来胡风虽然平反了，但人们的头脑中仍然直觉地将胡风划归为敏感的话题。这在一定程度上限制了人们在毫无顾忌的状态下研究胡风。尤其是读早期的胡风研究文章，你总能有形无形地感觉到一种研究者本人所怀有的头顶巨大压力的悲壮感。其次，也因为胡风不纯粹是一个普通意义上的作家，因为他的作品主要的不是小说，虽然他也有一定数量的诗歌和广义的散文作品，但他的主要作品是文艺评论，带有比较强的理论色彩，一般的研究者如果不是对理论或者批评有一定偏好的话，他也不容易对胡风产生比较深入的兴趣。这也在客观上限制了胡风研究的普及程度。再者，从我们已经习惯的学科区分来说，胡风既不纯粹是现代文学的作家，也不纯粹是当代文学的作家，即便从现当代打通的视野来看，他还处于与文艺理论接壤的边缘地带。这诸多的原因都决定了胡风研究在我接触它的时候，还保持着触及不多或者触及不深的状态，这对研究者来说，应该说是一种幸运。

在那个检索了解的阶段，我倒是对一个人非常佩服，那就是林贤治。当时我在北图（现今叫国图）看到他的自选集《娜拉：出走或归来》[①]，其中收有他的长篇随笔：《胡风"集团"案：二十世纪中国的政治事件和精神事件》，读起来非常犀利痛快。当时我就暗暗心想，如果我的论文也能达到这样的深度就好了。这是做论文之前的感觉。做完论文之后，再去重读这一随笔，感觉就有所不同：仍然很犀利，但你会发现，因为是随笔，毕竟没有进行充分细致的史实梳理，立论有点笼统、议论有些借题发挥。还有一本书对我来说也是印象深刻，这就是万同林著的《殉道者：胡风及其同仁们》[②]，尤其是其中的第二章，即披露胡风与20世纪40年代（大概在1943至1944年）周恩来身边的所谓"才子集团"诸人，

---

① 林贤治著：《娜拉：出走或归来》，天津：百花文艺出版社，1999年版。

② 万同林著：《殉道者——胡风及其同仁们》，济南：山东画报出版社，1998年版。

共同发起重庆反教条主义运动的关系始末。这一点后来证明对胡风事件来说是非常关键的一个环节。当然，这本书还有另外一点也很深刻，但不在我的论文范围之内。我们现在常常指某人文风恶劣，说是有"文革"余风，而我们也想当然地认为，所谓"文革"的大批判式的文风是红卫兵们创造的，但万同林通过对我们今天一般都没有耐心阅读的大量胡风批判文集的阅读后指出，红卫兵并不是大批判语言的创造者，他们仅仅是发扬光大者，而50年代初对胡风的批判如果从语言分析的角度来看，实际上已经"掘开了大批判"的话语源头。

回到我们的论题。当然，胡风研究之所以有深入的可能，不仅因为它原先在某种程度上被忽视，更主要的则是因为，胡风不仅仅他本人是一个重要的作家，具有多方面的贡献，更重要的，他同时也是联系现当代文学史的一个枢纽式人物。这个枢纽作用至少表现在这样几个方面：第一，胡风曾经在《〈胡风评论集〉后记》当中，将自己一生评论工作的中心问题概括为追求"现实主义的原则、实践道路和发展过程"。而胡风一生所关注的现实主义，则是贯穿现当代文学史相当长一段时期的主流。因此，剖析胡风的理论问题，也就可以解析清楚有一段时间学术界非常关注的现实主义在中国现当代的命运问题。

关于现实主义，研究者一般都明显地感觉到，它在20世纪50年代前后，面目和特征都发生了显著的改变。对于这样的改变，夏中义老师认为是现实主义"伪化"了，最后"失却了灵魂"，陈思和老师则认为现实主义蜕变成了"半现实主义"。"伪化"和"蜕变"都是相对于一个原先被认可的真正或曰正确的现实主义的标准而言的。我们一般把曾在19世纪发挥过揭露现实、批判现实功用的文学视作现实主义的标准形态，但按照韦勒克的看法，从字面上说，现实主义就应该要求对现实进行客观再现，它应该排除任何种类的社会目的和社会主张。但在批判现实主义作家试图对现实做客观再现的时候，他们的作品中实际上往往又包含了一种人类的同情，一种社会改良主义和社会批评，而社会改良主义和社会批评，又常常演变为对社会的摒弃和厌恶。

这一点在任何一个批判现实主义作家身上都非常明显。比如说我们最熟悉的鲁迅，他著名的"为人生"和"改良人生"的主张，对笔下人物流露出的"哀其不幸、怒其不争"的强烈情感，都表明，作家对社会现实的客观描写并不是为了纯粹的写实而描写，而是在对社会的写实中蕴含着对现实的强烈不满，因而必然包含着强烈的改良社会的意图。这可以说是现实主义从一开始就内在包含的理论矛盾，即存在着"描写"与"训谕"之间的矛盾，而这一矛盾从理论上说是不可克服的。

如果从这样的角度来看，你就很难说在 20 世纪 50 年代前后截然分出的两种现实主义何种属于道德评价意义上的正品或曰蜕变品。而毋宁说，现实主义所内在包含的"训谕"部分在此前后内容发生了根本的改变，而这种改变也可能是现实主义理论内在的逻辑必然。我想，这至少可以给探讨现实主义在现当代文学中的整体命运的学者，提供一种不同的思考角度。

其次，众所周知，胡风是现代文学史上著名的"七月派"的组织者和理论领袖。从胡风的这一方面入手，也可以从很多通道触及现当代文学史的重要现象和方面。比如说，从流派的角度入手、社团的角度入手，等等。而我的论文则选择了探讨胡风集团的文化生态，尤其是胡风在组织这一文化生态过程中所倚重的编辑活动，以及在此文化活动当中所体现出来的"同人杂志"的编辑策略。这一方面固然是讨论评价胡风一生作为的题中应有之义，即胡风作为一个著名编辑出版家和文艺活动家的得与失；另一方面，它也可以成为探究同人杂志这一文化现象在现当代的作用、际遇和在现在可能具有的启示这一重要问题的标本和范例。

此外，几乎胡风的所有方面都可以从一个作家的个案研究入手，进而折射出整个文学史中与此相对应或联系的方面或现象。比如胡风的自我陈述，一方面它是胡风本人非常个人化的心理活动，但不妨同时可以将之视作一代知识分子改造的心态写真和精神档案。

换言之，一个作家研究可以不仅仅是作家研究，而是一个从个案入手，透视更广阔文学史现象的入口。如果一个作家可以从这样的一种角度上来处理，那么，对他的研究，就不仅足以支撑起一篇非常扎实的博士论文，而且相对于其他选题，它还会明显具有范围相对小和集中，因而更加易于把握、开掘能更加深入的优势。

当然，所有的这些好像很深刻的"意义"，不可能在开始这一课题研究的时候就已经全部预见到或完全显露出来，开始的时候，我们可能还得照着那个教科书的思路出发，然后在逐步地阅读和熟悉相关材料的过程当中慢慢摸索成型，逐渐突破乃至最后完全抛弃那个教科书思路。

二、总体结构的生长成型

这就涉及了论文写作的第二个问题，总体结构是如何逐步形成的？

确定题目之后，做论文的套路就是先去了解掌握已有的研究成果，然后从阅读最基本的材料入手。在这方面，我有两点比较幸运的地方。第一点就是，我的论文题目确定下来以后，温老师自己也正在做"中国现当代文学研究史论"的课题，他说，把你的研究也结合起来，顺便写一篇胡风研究述评吧。在这一任务的直接催迫下，我首先写了一篇一万五千字左右的研究述评。我之所以要说这一点，是想说明，任何东西，写和不写效果是完全不同的。这个感觉可能大家多少都会有。没有这一任务，你同样也要去了解研究现状，但往往是，你自以为对研究现状已经很了解，但如果不形诸笔墨，实际上它还只是停留在印象上面。只有临到执笔，你才会知道这一印象是多么的模糊和笼统，细节更是很快就遗忘了。写作能迫使你对这些印象进行分析梳理，澄清思路。经过这一工作之后，我自己的感觉就是，脑子里有了一个非常清晰的标准，它让你在其后的阅读中，很快就能够分清楚，哪些是前人没有说过或做过的。而且这一述评也不会白写，在你写完论文的主体部分之后，你就可以稍作修改把它加入你的绪论部分，这是一篇论文不可或缺的重要部分。

第二点比较幸运的就是，几乎就在我确定胡风研究的题目同时，《胡风全集》首次出版。在此之前，人们研究胡风的主要材料依据，是大约十多年前出版的《胡风评论集》三卷本。而很多材料，尤其是胡风入狱之后写的大量的交代材料，以及1949—1955年的日记和大部分书信等，都是首次比较完整地面世。这当然给我的研究提供了很大的便利。我记得2000年左右，韩国有一个研究胡风的留学生就曾经问过我，说她已经买了《胡风评论集》，还有无必要购买全集？如果读过全集以后，就会明白这是一个不用回答的问题，因为《评论集》在《全集》的 10 卷当中，基本上只占了第 2、第 3 两卷的篇幅。而胡风是一个特别认真的人，即便如狱中交代材料和思想汇报的写作，也要做到在自我感觉方面能够"心安理得"，在写作态度方面堪称呕心沥血。他的思想汇报每一篇都包含着真诚而谨慎的思考，研究者可以从中得到很多收获。还有，如果大家读过上海王晓明老师的《无法直面的人生——鲁迅传》，也会深切感觉到，在看似枯燥简单的流水账似的日记当中，一个优秀的研究者几乎可以读出研究对象的灵魂。

我记得我读完《胡风全集》之后，对温老师说的就是，其他的我还不敢说，但至少我已经有了很明确的两章。这就是后来的第一章《胡风文艺思想的原生状态》和第三章《胡风事件的理论解析》。

第三章应该说是我整篇论文的核心和生长点。我记得万同林曾经在他的一篇文章中感叹过（这篇文章的写作应该早于《殉道者》一书），他做胡风研究时，感到最棘手的一个问题是，很难厘清胡风和他的批判者在思想上的实质区别，因为他们使用的几乎是同一套马列的语言，而他们赋予相同概念的含义差别却十分细微，研究者辨析起来十分头疼。可是我的阅读感觉却与他略有不同，比较清晰地感觉到胡风与他的批判者所使用的是两套截然不同的逻辑，尽管所用的语汇基本相同。那么为什么以前的研究者没有看到这一点呢？后来我也慢慢地意识到，在我看来比较明显的事情，以前的研究者之所以没有那么明确地意识到，大概是因为我有比他们清晰的关于意识形态的意识。由此，我意识到，这可能正是我的论文可能取得突破的生长方向。顺着这个方向生长，它自然就会显示出胡风事件发生和形成的肌理，而正确解说胡风事件的来龙去脉，无疑是推进胡风研究的一个基础性的前提。

感觉到胡风与他的理论对手逻辑不同，也就是说，胡风和他的对手们从基本相同的语汇出发，最终必定会从毫厘之别，走入差之千里的歧途。这可能是胡风事件的关键症结之所在。而要展现这一歧途，当然有必要勾勒发生歧途之前的胡风思想的整体面貌。尽管第三章是核心和生发点，但无论从文气还是从写作的顺序来看，第一章都必须先整理成文。对胡风的文艺思想，我在阅读的时候，有一个非常清晰和肯定的印象和判断，这就是：尽管之前的研究者几乎都将胡风的思想体系分析成多个警醒的命题：比如世界进步文艺支流说、到处有生活说、几千年精神奴役的创伤说、主观战斗精神等，但我的感觉却是，胡风文艺思想的核心只有一个，那就是主客观的化合论，这可以说是胡风对文学本质的基本理解，也是他应对各种文艺理论问题的"万应灵丹"，而各种警醒的命题只不过是他用主客观化合论来应对各种具体问题的时候，主客观化合论这一基质，在各种不同条件的催化之下，所生成的不同变体而已。

　　在这里说一点写作过程当中非常琐碎的插曲。按理说，我是在韩国任教期间阅读完《胡风全集》的，在写作第一章之前，那种胸有成竹的感觉很强烈，而且多次有恨不能一挥而就的冲动，但当时因为没带电脑、手边缺少资料等原因，我只能等到回国以后再动笔。但尽管如此的仿佛应该是呼之欲出的东西，临到真正动笔才知道有多么别扭和艰难。非常痛苦艰涩地挤出六七千字，感觉文气特别不对。现在想来主要是因为一开始对篇幅的估计不准确，一般地说，我们都会觉得，一章的篇幅应该保持在两万字左右比较合适。因为有这个篇幅的估计在那里，开头的时候叙述就比较偏于概括和简练，但实际上我后来论文的篇幅最短的一章也在四万字以上；最长的一章，比如说《胡风的自我陈述》在十万字左右，如果独立出来，几乎可以相当于一个小册子。

　　说明一下，后来有人对我说，你这给后来做论文的人造成了多大的压力啊！也有人说，老师们都挺忙的，没有时间看那么多字。其实，我觉得，这不是我有意为之的结果，而是觉得，只要想把事情的各个环节分析清楚，就形成了那样的篇幅。篇幅应该是由研究对象的具体情况限定的，到该长的地方就长，该停的时候就停，没有相互比拼的必要。话说回来，当我写到六七千字的时候，我终于下决心推倒重新开头，从此，就没有再出现这种感觉不对的情况了。

　　应该说，对于第一章我要表达的思想很明确，也就是论证胡风文艺思想的核心就是一个，它给人的感觉是一个整体。但总觉得仅仅这么说有点类似于止于描述，整章似乎缺少一个理论的提升。在解决这个问题方面，我应该感谢 Kirk. A. Denton（他正式的中文名叫邓腾克）的一本书，这就是斯坦福大学在 1998 年出版的《中国现代文学中自我的问题性》，

英文题目叫 *The Problematic of Self in Modern Chinese Literature*：*Hu Feng and Lu Ling*，Stanford University Press，1998。

这本书原本说的是，中国人原来的世界观和方法论讲究的是"天人合一"，对儒家来说，天人合一就是自我不断地修炼，如果能够到达与天合一的圣人境界，然后你就可以去改造世界了（这就是从修身开始逐渐齐家、治国和平天下的过程），另一种说法也叫"内圣外王"。但这种天人合一的理想设计在现代眼光看来是有问题的。比如说，圣人境界好则好矣，但没有几个人能真正达到；天人合一表面上似乎将个人抬得很高，几与天齐，但因为是一个虚幻的理想，最后可能个人以天的名义被牺牲掉了；再说了，大家都克去私心与天齐一了，那么所得到的人性必定是一种共性，而不是独立的个性。正因为中国传统对自我的设计存在着这种种困难，所以五四的时候我们又提出"个性解放"，也就是引进西方式的浪漫、独立的个性。但浪漫独立的西方式个性的特征就是与世界、他人隔绝，这自然会降低或者割断个人与世界的关系。但问题是，当我们引进这种与世界隔绝的独立自我的时候，也正是中华民族危机深重的时刻，民族救亡的迫切任务又几乎不能给那种与世隔绝的西方式独立自我留下多少生存的空间。这就是中国现代自我所面临的成问题的两难境遇。邓腾克认为，胡风的理论和路翎的创作就集中体现了这种自我的现代困境。

大家将来也会体会到，在做博士论文的时候，你会发现阅读会空前地高效，因为那时你有一个中心关注点，哪些东西对你有用，你会特别敏感。虽然邓腾克关注的是"自我"的问题，但他从汉学家（局外人）的眼光发现的中国传统的世界观或曰方法论，可以比较恰切地用来说明，胡风文艺思想为什么会呈现出整体思维的特征？而这一带整体性思维特点的东西又为什么采用的是主客观两者化合的形式？这样，第一章就有了在描述和分析基础之上的理论提升。

虽然，第三章的基本想法是最初形成的，而且这些基本思想贯穿整篇论文的始终，但真要着手分析胡风的理论问题，却不得不首先从分析历次论争开始。在开始写作的时候，我原来是把这两个部分，即历次论争和理论解析联系起来考虑的，因为只有在理论论争当中才会展现出理论的分歧来。但要分析历次论争，原先阅读的《胡风全集》的材料就远远不够了，因为每一次论争都牵涉到各方参与者的意见，所以几乎是看一个论争的资料，写出一段论文。现在看来，系列论争都连贯起来了，似乎构成了胡风事件演变的一连串环节，但在阅读的当时，真不知道最后会得出什么样的结论。

所以体会就是，一定要潜心把手上的资料读透，读到每一个论争始末的脉络在你的心中自己清晰地呈现出来。这样，它最后自然得出的结论可能会完全推翻掉你在此之前想当然的估计，会让你自己都大吃一惊。比如说，原来大家都说，周扬和胡风结怨，最早可以追溯到 1935 年的"典型"论争，但当你看完材料之后，你就会发现这个典型论争是一个非常琐碎的、理论含量不高的论争。又比如，大家都认为，胡风事件的演变周扬一定起了非常重要的作用，但当你读完了民族形式问题论争的材料之后，你又会发现在民族形式问题论争当中，胡风的主要论争对手根本就不是周扬。相反，在所有胡风提到名字的理论家当中，周扬的观点得到胡风肯定的最多。

这样，一个一个论争检讨下来，结论自然就出来了：被胡风和周扬两人都当作解不开的死穴的 20 世纪 30 年代的两次论争，回过头来看，几乎与胡风事件没有实质性的关联，只起了累积人事恩怨、造成烟幕弹的作用；而实质问题开始于民族形式论争，急剧升级于重庆主观论争时期；而将民族形式问题论争当中胡风所批评的延安理论代表的观点放在一起看，其中的逻辑已经显示出了后来毛泽东主席《讲话》的雏形；香港批判对批判者一方来说，他们就是自感真理在握，要对胡风理论进行清算，只不过当时胡风还没有意识到这一点。

我在第二章里用了阿尔都塞（Louis Althusser, 1918—1990）的"询唤"（interpellate）理论，这一理论不是我在写这一章之前就决定用的，而是在民族形式问题论争当中发现了李泽厚所说的意识形态与学术交错纠缠的特点之后，才自然地对接上的。对接上之后，才发现它解释起来确实比较严丝合缝。

有了第二章之后，第三章仿佛就水到渠成了。实际上，一开始这两章就是当作一章写的，标题就叫作《胡风事件探源》，后来因为篇幅实在太长，才把它分成两个部分：《胡风事件探源》（上）和《胡风事件探源》（下）。这样的标题一直保持到预答辩，才有老师提意见说这样不好，才改为独立的两章，标题也改为了《胡风事件的历史探源》和《胡风事件的理论解析》。这样在逻辑上也显得更加层层深入。

如果看过我的书，就会发现，第二、三章写完以后，有一个简短的小结。标志着理论问题告一段落。胡风集团的文化生态可以说揭开了胡风的另外一个重要的方面。它又是一个重新开始阅读材料的过程。

胡风的编辑活动应该说是我论文的第二个重点部分。原因很多，第一，我在阅读已有的研究成果的时候，也看到过几篇论述胡风编辑方面的文章，但看样子好像是作者就是某报或某刊物的编辑，他出于职业的同感，限于对胡风的具体编辑技术做了一些简单的评述，而且明显可以看出他所能够看到的材料也非常有限。比较早正式研究胡风的编辑思想的是复旦大学。当时，陈思和老师的韩国留学生鲁贞银，在她发表于《新文学史料》的访谈录中说，她正在参与一个有关胡风编辑思想的课题研究。她把很大一部分精力放在了与当时幸存的胡风集团同人的访谈上，因此留下了很好的史料。她也写过这方面的研究文章，重点落在鲁迅对胡风编辑思想的影响之上。也就是在她的访谈中，绿原先生特意强调，胡风不是一个普通的编辑，胡风以一个理论家的身份，不辞辛劳、花费了大量的精力来编辑杂志，是有某种大的寄予在里面的。这一点我深有同感。

第二，因为胡风先生的夫人和女儿在编辑《胡风全集》的时候，将胡风先生作为主编撰写的《七月》《希望》的发刊词、栏目说明甚至亲手给舒芜等人的著作所写的广告语等，都一并编入了全集里面，所以我在阅读全集的时候，对胡风的编辑思想也已经有了一些初步的感觉。当时，我还认真拜读了刘小枫的《现代性理论绪论》一书，觉得其中对哈贝马斯（Jürgen Habermas, 1929— ）公共领域理论的评述与胡风的编辑思想有一些不谋而合的地方。后来我把这些契合点写在简短的开题报告里面，记得当时陈（平原）老师还评论说，我的开题报告里比较有意思的可能是胡风集团的文化生态这一章。

大家知道，在我做论文的前后，咱们现代文学的研究生做旧报刊研究很风行。我当时就想，大不了就用做报刊的方法，《七月》和《希望》这两大杂志还不够我做一章的吗？也就是说，即便从取巧的角度考虑，我也一定会去接触胡风的编辑思想的。

阅读旧报刊的感觉也比较奇特。大概有将近两个月的时间，我几乎是每天把旧刊室开馆的时间都坐满。带着一个笔记本，把我们旧刊室藏有的《七月》、《希望》的每一本、每一个字，包括刊物封面、封底的广告都看了一遍（当然《七月》有几期不全）。很多老师都强调过阅读旧报刊的现场感，那种感觉不到触摸到旧报刊的时候你不会感觉到。其实胡风最早发表在《七月》上的一些重要理论文章都已经基本上按照编年编入了新中国成立前的八个文集，自然也就编入了全集，但在《七月》上阅读、对照杂志上同时的其他人的文章，那种语境马上就鲜活起来了，而这个语境是我在阅读文集或全集时没有可能感觉到的。

我在做胡风研究的时候有一个感觉比较好，大概也是因为我比较尊重阅读第一手材料时的第一感觉吧，似乎很多发现最后都能汇拢来，彼此还能够互相确证。比如我读《七月》，很快就发现了胡风召开的三次《七月》同人的座谈会，对刊物的面貌直接起到了塑造作用，而且在其中的一次座谈会中，关于刊物的编辑方针，到底是采取机关刊物还是同人刊物的方式，还发生了讨论。讨论中胡风对同人刊物有一些藏藏掖掖的辩护，似乎也觉得这个"同人杂志"的概念很敏感，只承认是半同人刊物的性质，但后来的事实表明，胡风编辑杂志的同人倾向是越来越加强，而不是越来越淡化。而联系胡风平时在著作中所体现出来的思想，"同人杂志"就成了一个醒目的特征浮现出来了。又比如，包括牛汉在内，人们都倾向于认为，《七月》和《希望》是两个效果截然不同的杂志，因此，不言而喻地，似乎两者的编辑方针也有相当的不同，但实际上你仔细阅读，胡风编辑方针和策略前后是非常一致的。

从写作的开初说，胡风的理论问题与胡风的编辑思想是两块相对独立的部分，但最后，对编辑策略的探讨也发现了胡风与他的批判者的差异。这也可以看作胡风与他的批判者发生歧途的另一种，只不过一在理论，一在编辑思想。这样，两大块就联系在一起了，更加确证了胡风事件不纯粹或者说不主要是人事因素造成的，而是有着深刻的根源。

在最初我开列论文提纲的时候，舒芜并不在我的设想之内。因为我的研究对象主要是胡风，如果说研究胡风必然要涉及他的朋友的话，路翎、阿垅在我的心目中都比舒芜正面。但大家知道，1999—2000 年之间，大概由于大家都忙于世纪回眸，出版社要出一些历史人物的书，舒芜出了一本《回归五四》，写了一篇长篇后记。围绕着这一本书的出版周折、后记的内容，以及舒芜事先未经胡风家属同意再次引用胡风书信之事，引起了关于舒芜是非功过的一个不大不小的争论。在温老师给我们开设的一个博士生研讨课程当中，当时是洪（子诚）老师的博士生、《胡风论——对胡风的文化与文学阐释》①一书的作者之一钱文亮，着重介绍了这一论争的相关文章，主要是发在湖南《书屋》杂志上的系列文章，引起了我对这一事件的首次关注。然后，在阅读资料的过程当中，我发现，在原来胡风集团的成员当中，绿原先生的长篇文章《胡风与我》可以说是对事件反思最深的一篇，他在这篇文章中指出，研究胡风问题，不研究胡风集团问题是不行的，应该研究"七月"派是如何集结起来的，所谓的"胡风集团"又是如何被剿灭的。同时，他也指出，研究胡风事件，不研究舒芜也是不行的。

最终促使我决心写舒芜的，还是对《希望》杂志的阅读。原来在读胡风自己对事件的叙述和交代反思的文章的时候，胡风都一再地在与舒芜划清界限，但阅读《希望》杂志的时候，很容易就会发现舒芜是《希望》当之无愧的主笔。第一期《希望》里面，舒芜的各类文章占了七分之二的篇幅。而这些文章，仔细阅读，胡风思想的影子比比皆是。正是这种非同一般的关系，才使舒芜后来的"倒戈"成了周扬他们"剿灭"胡风集团的杀手锏。这恰好提示我，能不能将绿原先生所提议的两个问题结合起来，在研究胡风集团集结和被剿灭的过程中，重新评价舒芜的是非功过？主要也是因为在阅读过程当中觉得对这个问题还有一些话说，所以就写了。事后证明，这也是我的论文中引起争议最大的一章。

如果按照原来所谓教科书写法的设想，第五章应该是有关胡风诗歌

---

① 范际燕、钱文亮著：《胡风论——对胡风的文化与文学阐释》，武汉：湖北人民出版社，1999 年版。

的。因为在我的开题报告当中我提到过胡风诗歌的"自传性"。陈（平原）老师当时说了一句：现在自传理论很丰富，你能不能做一篇胡风的自传冠在整篇论文的开头？我当时就很感兴趣，因为直感到这可以马上让章节的教科书设计改观，而且我也隐隐预感到，诗歌部分即便写出来，分量也会远较前面几个部分要轻，这样就会明显地表现出结构的不均衡，容易给人头重脚轻的感觉。于是，我在休息的间隔兴冲冲地跑去问陈老师，我说，我对您的这个提议很感兴趣，您能不能给我开几本这方面的参考书？我本来想偷懒取巧，最好陈老师能给我指定几本书让我可以拿过来直接就用，没想到我的如意算盘落空。陈老师说，你的英文怎么样？去查关键词"autobiography"。

在这里我说句实话，在论文的各个环节，老师们都会非常尽责地提一些建议，这些建议都是非常具有学术眼光的。这也是只有博士论文才会具有的优待，那么多专家为你的论文出谋划策、贡献心力。以后，再也不会有这么大的面子了。但要想把这些意见完全整合进你的论文，也着实是一件十分痛苦的事情，因为一篇论文，越不是拼凑而成的，它越具有自己的有机性，重新整合有时就好像一个有生命的东西经历脱胎换骨的过程。所以，我常常猜想，出现这样的情况也应该是很正常的吧，有些意见确实非常好，但最终还是难以完全整合进论文。

但这里说的不是我的情况。我一直记着这一个建议，我也特意查阅了几本中西自传理论方面的著作，还认真拜读了陈老师那本《中国现代学术之建立——以章太炎、胡适为中心》[①]，书中有一部分是专门讨论中国现代作家的自我陈述的。大家有没有发现我最后一章的题目也用了一个《胡风的自我陈述》？这就是直接从陈老师的题目学来的。据说，陈老师起题目很容易引起别人的效仿。我在上海开会的时候，就听到过有现代文学的年轻学者对我说，有一段时间，你们北大现代文学的研究生发文章，副标题都是"以……为中心"。

我之所以也选用"自我陈述"这一词语，是因为它的适用范围比

---

① 陈平原著：《中国现代学术之建立——以章太炎、胡适为中心》，北京：北京大学出版社，1998 年版。

"自传"要宽泛得多。因为真正严格意义上的自传，胡风自己只写了三章就去世了，而日记、书信、著作的序跋到底算不算文类意义上的"自传"，很容易引发理论上的分歧。博士论文最好不要将自己的基础建立在本身定义就有分歧的概念之上。但自我陈述，它就不是一个文类的概念，它可以看作一种内容的范围，这样，可利用的材料就比较充足。本来，我还想借鉴陈老师处理自我陈述的方法的，但后来发现他和我面临的情况完全不同。陈老师是在阅读了一大批现代作家的自我陈述的基础上（其中有很多属于严格意义上的自传），指点这些自传共通的理论问题，而我要处理的却只有胡风一人的自我陈述。

但我怎么也觉得胡风的自我陈述没办法冠在开头，因为我对胡风自我陈述的许多发现，实际上都是在比对我对胡风事件已经所做的全面考察后而得出结论的，因此，把它放在论文的最后一章比较合适。又因为这一章篇幅较长，放在殿后的位置，就可以使整篇论文的结构显得比较稳重。

因为篇幅也足够了、结构也完整了，胡风与高尔基的一章自然就不加考虑了。本来在开题的时候，老师们就觉得这一章与整篇论文的结构不紧密，如果要写的话，最好当作余论来处理。现在可以余而不论了。

因为要写作自我陈述一章，所以我又花时间把已经阅读过的胡风的日记、书信和著作序跋，以及未及完成的回忆录，都重新阅读了一遍。这时候有一条材料特别引起了我的注意。这就是1952年，当时在武汉《长江日报》的绿原，在致胡风的信中，告知胡风这样一件事：有一个姓张的野君（张野？），从北京过武汉至四川，跟绿原先生谈起胡风问题，说胡风问题，一在态度、二在理论、三在宗派主义。如果不检讨，实在很可惜云云。然后，胡风回信说，这三条总结几乎可以当作定论看，问题的实质就在这个态度上。但对其中的宗派主义这一点，胡风却没做任何回应。如果阅读胡风入狱之后所写的一系列材料，就会发现，在胡风近三十年的自我反省当中，这三个问题几乎像梦魇一样缠绕着他，使他一直围绕着这三个问题反复思考、检点自己过往的点滴言行，尽管胡风对这三个问题的理解与他的批判者截然不同，在今天的我们看来也多半是不得要领。

这时候，我突然发现，我所追溯的胡风事件的几个方面，某种程度上也正好是对这三个问题的解答，比如说，第二章《胡风事件的历史溯源》解释的就是胡风态度问题的实质，第三章则是对理论问题的具体解析，而第四章《胡风集团的文化生态》（包括附录的舒芜部分），以及第五章《胡风的自我陈述》的第二部分，则可以对应着宗派主义的两个方面。如果这样阐释这篇论文的内在逻辑的话，就可以显得更加浑然一体，尽管这一逻辑的阐释几乎是我在完成了所有的写作之后才最后发现的。因此，最后的绪论也就与预答辩时有了很大的不同。

三、理论资源的选择和调用

如果说我这篇论文之所以还引起了一些师友的关注，一个比较重要的原因可能是其中所运用的理论似乎让人觉得还比较贴切，分析也显得不那么生硬。这可能也是大家比较关心的一个问题：怎样选择理论资源，特别是西方理论资源？

如果我实话实说，大家可能会有点失望。我所使用的大部分理论得益于我在做论文之前大约十年的个人研究和教学的积累。关于意识形态方面的理论，主要得益于我多年讲授"文学概论"（后来改称"文学原理"）课。我现在已经三四年不讲这门课了。我在 1994 年开始上"文学原理"课，最近一次讲这门课是 2003 年 9 月，大约在十年的时间里，这门课我讲了六七轮。这门课是文学专业的本科必修课，但我猜多半同学会不喜欢，教师也不好讲，吃力不讨好。从心底里说，我非常不喜欢这门课。在一学期每周两课时的时间里，谁能够将关于文学的原理都"概"在里边论尽呢？

于是我变通了一下讲法，一般文学概论绪论以后，就要开讲文学的本质，文学的本质一般理解成两部分：一部分属于形式主义的语言、形式部分，另一部分就是文学所具有的意识形态属性。我通常的做法是，在讲完形式主义的理论之后，顺着这个意识形态属性，就进入西方马克思主义所建构的形形色色的意识形态理论当中。从马克思最经典的表述即上层建筑和意识形态开始，一直延伸到杰姆逊所概括的意识形态分析的七种模式、第三世界文学理论等，在杰姆逊概括的七种模式中，就包括阿尔都塞的意识形态与意识形态国家机器理论（"询唤"就是阿尔都塞所说的意识形态通过意识形态国家机器发生作用的方式），还有分别由葛兰西（Antonio Gramsci，1891—1937）和哈贝马斯首先提出，然后又由杰姆逊本人把它合并为一个模式的领导权和阶级合法化理论，等等。此外，卢卡契（Georg Lukacs）、马尔库塞等西方马克思主义者在对文学形式与意识形态的关系问题方面的论述也比较深刻，而卢卡契还可以说与胡风发生了比较直接的联系，这就是经吕荧翻译，刊登在《七月》杂志上的卢卡契的长篇理论文章《叙述与描写》。在"民族形式"问题论争中，胡风还多处引用过卢卡契的论述。这部分的分量，也就是有关意识形态的各种理论，一般都被我讲到小半个学期的样子。

关于文学概论，我还碰到过这样的事情。有一年，有三个计算机系的同学选修了"文学概论"课，其中一个同学在作业里说了这样一些有意思的话，说他们理科生平时的文化生活实在非常贫乏，于是就像抓住救命稻草似的抓住了"文学概论"这一门课。当初之所以在众多的课程里面独独选中了这一门课，就是因为觉得"文学概论"的"概"字实在可爱。大概这个"概"字给了他文学精华可以一网打尽的理想期待。但他说，当初没有想到的是，文学概论在文学之外，主要还着重于一个"研究"。经过一学期的听课和作业，他终于明白了一件事：那就是文学一旦加上"研究"两字，其实也跟自然科学一样，同样是高深莫测的。

我这么讲授"文学原理"，对课程建设的效果如何我不知道，但我自感，随着一遍遍地讲解这些理论，我对这些理论确实是越来越熟悉，分析具体事例的时候也慢慢地越来越得心应手了。前面我讲过，我不是先带着"询唤"等理论去阅读胡风理论及其相关资料的，而是在梳理历次论争当中，这种理论作为一种知识背景跳到我的意识中的。我对讲了多年的"文学原理"没多少亲近感，但这些积累能够在我的论文写作中发挥恰当的作用，却是我在讲课的当时没有预料到的。所以有时我想，研究者和他的研究对象之间，有时候确实是存在着某种因缘际会的。

当然，除了意识形态诸种理论之外，其实我的论文还涉及了解释学和接受美学的理论、韦伯（Max Weber，1864—1920）的《学术与政治》一书对学术与政治的分梳和论说，以及哈贝马斯的"公共领域"理论，等等。我觉得我的整篇博士论文应该可以说是将解释学和接受美学的精神化作了方法论。我本科毕业论文做的是伊泽尔（Wolfgang Iser，1926—2007）的审美响应理论，硕士论文将对接受美学的考察扩展到姚斯（Hans Robert Jauss，1921—1997）的文学史哲学和审美经验研究再加上美国的读者反应批评。我也开了多年的"接受美学的理论递嬗"这一门本科生的选修课。我在写论文的时候，感觉阐释学和接受美学对历史的理解对我的帮助很大。由此，我才在绪论里提出，要将一段特殊的历史转变成可供后人利用的精神文化资源；为了达到这一目的，必须对我们一直认为荒谬的历史做出理解；而要理解荒谬的历史，就不仅要对荒谬的受害者胡风等人倾注理解的同情，而且还可能要将同情更多地投放到荒谬的制造者一方，这样才能够恰当地穿越胡风事件所特有的两大纠缠，即文艺与政治意识形态的纠缠和人事纠缠。我在绪论里还指出，胡风事件用冯友兰先生在《三松堂自序》里的一个说法来形容非常传神，那就是"查无实据，事出有因"，而恰恰对这个"事出有因"解释的合理程度，将决定我们对胡风事件反思的深度，等等。我在写这一篇绪论的时候，才真切地感觉到，啊，原来接受美学对我的多年濡染终于没有白费。

在我所利用的这些理论当中，只有韦伯和哈贝马斯的理论是我为了写这篇论文有意去充电的。当然，这种带有很强目的性的充电，对博士论文的写作也是非常必需和有效的。但这种时候，我们要特别防范为了加强理论而理论，用理论来裁剪材料的做法。一定要从第一手材料出发，让材料自己去寻找合适的理论，而不是相反。

其实，据我所知，从事胡风研究的学者也一直在努力寻找着某种理论突破，并在局部做了一些比较新鲜的尝试。2002年我去上海参加胡风百年诞辰暨第二届胡风研究学术讨论会，主办方之一复旦大学特意邀请了一些研究哲学的学者参加。因为复旦大学有胡风的老友贾植芳教授、复旦在胡风事件当中有多名师生被打成胡风集团分子，所以复旦有一个研究胡风的传统。但他们也觉得，如果不从哲学方面吸取某些资源，胡风研究也很难取得大的突破。在这次会议上，就有学者吸收海德格尔的存在论哲学，分析胡风语言的特点。早些还有博士生借用本雅明描写巴黎文人的词汇"密谋者"，用以描写胡风等人，觉得胡风等人在通信中使用"昆乙"（混乱的右边，指的是周扬在论争中思维混乱）来称呼周扬、称丁玲为"凤姐"等，都带有密谋家的特质。另一点，他还指出，胡风与批判者的矛盾在某种程度上也体现了胡风等人所推崇的日常生活与当时意识形态崇高化的矛盾。这些观点都较有新意，能够自圆其说。

　　但是，要找到适用的理论也并不总是那么容易的。也许因为我是文艺理论教研室的教师，所以常常会碰到学生，特别是本科生问我：老师，我的学年论文想做什么什么，你说我用什么理论比较合适？碰到这种情况我也比较无奈。后来我想，实际上，找到合适的理论，可能也是你论文功课的必要部分，找到了，论文也就成功了一小半。别人很难给你指出现成的理论。如果实在没有理论，那就从自己的阅读心得出发吧。

四、"公共领域"的效用问题

　　最后我要简单地说一下胡风集团与"公共领域"（Public Sphere）的问题。大家都知道，我在第四章《胡风集团的文化生态》里运用了哈贝马斯的"公共领域"理论。对于哈贝马斯的"公共领域"概念，我们大家心里都怀有一种矛盾心态。一方面，我们觉得这个概念可以为我们说明或者建设某种文化形态所用；但另一方面，又对它抱有某种谨慎的戒心。在某种程度上，这种戒心也是哈贝马斯本人所造成的。哈贝马斯本人对他所说的"公共领域"有非常严格的时地的限制，他说："'资产阶级公共领域'是一个具有划时代意义的范畴，不能把它和源自欧洲中世纪的'市民社会'的独特发展历史隔离开来，使之成为一种理想类型，随意应用到相似形态的历史语境当中。"[①] 我记得在 2002 年上海的会议上，日本的千野拓政教授也问过我，你觉得 1937 年的时候存在着公共领域

---

　　① ［德］哈贝马斯：《初版序言》，见哈贝马斯著：《公共领域的结构转型》，曹卫东等译，上海：学林出版社，1999 年版，第 1—2 页。

吗？他说，我们觉得，当郭沫若、钱杏邨等人从日本回国围攻鲁迅的时候，那时候倒存在着某种公共领域。质疑运用这一理论合法性的人一般都否定中国存在过公共领域，然后称，既然我们不存在这样的东西，你还用它干吗呢？其实，我觉得质疑的人对公共领域也存在着一些误解，他们认为公共领域似乎应该是某个类似于某一时期的整体文化环境这样的东西，比如说20世纪20年代末的上海。如果是这样，那无疑中国从来就不曾存在过公共领域。但李欧梵先生在分析《申报》"自由谈"等报纸副刊的时候，提到"批评空间的开拓"。按照他的意思，公共领域可以指某个杂志，甚至小到报刊的某个栏目为个人自由发表意见所提供的空间或曰平台。如果从这样的角度来看，我们确实在某些时候很偶然地拥有过这样的空间。当然，我们也不是说，这样的某个文化空间就是一个纯粹意义的"公共领域"，而是说它具有了某些"类似于公共领域的因素"，这些因素就它构成哈贝马斯意义上的"公共领域"而言，可能是远远不够的，但它却足够让自己显示出不同于传统方式的异端色彩。我就是在这一意义上才提到"公共领域因素"或叫"公共领域方式"的。

　　我们提到这一名词，并不是要照搬或者移用哈贝马斯的"公共领域"到中国来，而是以它作为一面放大镜，让那些混同在传统方式中的异端因素清晰地分离显影出来。而事实上，对于胡风集团运作方式的异端色彩，当年的批判者们早就敏感地直觉到了，比如，我在论文中也提到，当阿垅不服《人民日报》发表的两篇批判文章，写出反批判文章，并且要求《人民日报》给他同等待遇，也必须将他的反批判文章在《人民日报》刊登的时候，在胡风他们看来，这是平等理论论争的公正要求，但当时主持这件事的袁水拍却是真诚地愤怒了，说：你把我们《人民日报》看成什么了？它是资产阶级的自由主义商店吗？我们可是堂堂正正的党报啊！袁水拍非常准确地指出，阿垅的要求带有一丝资产阶级自由主义的意味。对于识别这样的"异端"，我们现在还不那么容易能够找到比哈贝马斯所谓的"资产阶级公共领域"更恰切的理论来说明。因此，我认为，在此借用公共领域的理论应该说是合法的，并且也是有效的。

主要征引和参考文献

一、刊物

胡风主编：《七月》

胡风主编：《希望》

邵荃麟编：《大众文艺丛刊》

二、著作和文集

阿垅著，路莘整理：《垂柳巷文辑》，武汉：武汉出版社，2006年版。

阿垅著：《阿垅诗文集》，北京：人民文学出版社，2007年版。

阿垅著：《后虬江路文辑》，银川：宁夏人民出版社，2007年版。

阿垅著，陈沛、晓风辑注：《阿垅致胡风书信全编》，北京：中华书局，2014年版。

阿垅著：《第一击》，福州：海峡文艺出版社，1985年版。

阿垅著：《南京血祭》，北京：人民文学出版社，1987年版。

阿垅著：《南京血祭》，银川：宁夏人民出版社，2005年第2版。

曹白著：《呼吸》，上海：上海文艺出版社，1983年版。

东平著：《第七连》，上海：希望社，1947年版。

丘东平著：《东平选集》，上海：新文艺出版社，1953年版。

丘东平著，高远东编选：《丘东平代表作》，北京：华夏出版社，1998年版。

丘东平著，罗飞编：《丘东平文存》，银川：宁夏人民出版社，2009年版。

丘东平著：《丘东平作品全集》，上海：复旦大学出版社，2011年版。

胡风著，梅志、张小风整理辑注：《胡风全集》（全10卷），武汉：湖北人民出版社，1999年版。

胡风著，张晓风整理：《胡风全集补遗》，武汉：湖北人民出版社，2014年版。

晓风选编：《胡风家书》，上海：复旦大学出版社，2007年版。

胡风著，晓风辑注：《胡风致舒芜书信全编》，北京：中华书局，2014年版。

胡风、路翎著，晓风编：《胡风路翎文学书简》，合肥：安徽文艺出版社，1994年版。

胡风著，张晓风整理：《致路翎书信全编》，郑州：大象出版社，2004年版。

路翎著，徐绍羽整理：《致胡风书信全编》，郑州：大象出版社，2004年版。

路翎著：《路翎剧作选》，北京：中国戏剧出版社，1986年版。

林莽编：《路翎文集》（4册），合肥：安徽文艺出版社，1995年版。

张业松编：《路翎批评文集》，珠海：珠海出版社，1998年版。

荃麟、胡绳等著：《大众文艺丛刊批评论文选集》，北平：新中国书局，1949年版。

毛泽东著：《新民主主义论》，北京：人民出版社，1975年版。

《马克思恩格斯全集》第七卷，北京：人民出版社，1959年版。

耿庸著：《文学·理想与遗憾》，上海：上海辞书出版社，2004年版。

耿庸、何满子著：《文学对话》，上海：上海三联书店上海分店，1988年版。

冯雪峰著：《雪峰文集》（4卷），北京：人民文学出版社，1981—1985年版。

冯雪峰著：《冯雪峰选集·论文编》，北京：人民文学出版社，2003年版。

包子衍、袁绍发、郭丽卿、王锡荣编：《冯雪峰纪念集》，北京：人民文学出版社，2003年版。

鲁迅著：《鲁迅全集》（18卷），北京：人民文学出版社，2005年版。

人民文学出版社编辑部编辑：《鲁迅译文集》（10卷），北京：人民文学出版社，1958年版。

绿原著：《寻芳草集》，北京：中央编译出版社，2005年版。

绿原著：《绿原文集》（6卷），武汉：武汉出版社，2007版。

王元化著：《文学沉思录》，上海：上海文艺出版社，1983年版。

王元化著：《王元化集》（10卷），武汉：湖北教育出版社，2007年版。

周扬等著：《关于马克思主义的几个理论问题的探讨——马克思逝世一百周年纪念论文选》，北京：人民出版社，1988年版。

吴琦幸：《王元化晚年谈话录》，上海：上海人民出版社，2013年版。

梅志：《往事如烟——胡风沉冤录》，郑州：河南人民出版社，1997年版。

北京鲁迅博物馆编，张晓风、龚旭东整理辑注：《梅志彭燕郊来往书信全编》，郑州：海燕出版社，2012年版。

晓风编：《梅志文集》（4卷），银川：宁夏人民出版社，2007年版。

晓风主编：《我与胡风——胡风事件三十七人回忆》，银川：宁夏人民出版社，1993年版。

晓风主编：《我与胡风》（增补本），银川：宁夏人民出版社，2003年版。

晓风著：《我的父亲胡风》，武汉：湖北人民出版社，2007年版。

林希著：《白色花劫》，武汉：长江文艺出版社，1999年版。

张梦阳著：《阿Q新论——阿Q与世界文学中的精神典型问题》，西安：陕西人民教育出版社，1996版。

孙郁、黄乔生主编：《红色光环下的鲁迅》，石家庄：河北教育出版社，2000年版。

汪晖、钱理群等著：《鲁迅研究的历史批判——论鲁迅（二）》，石家庄：河北教育出版社，2001年版。

张京媛主编：《新历史主义与文学批评》，北京：北京大学出版社，

1993 版。

张京媛主编：《后殖民理论与文化批评》，北京：北京大学出版社，1999 年版。

陈平原著：《中国现代学术之建立——以章太炎、胡适为中心》，北京：北京大学出版社，1998 年版。

万同林著：《殉道者——胡风及其同仁们》，济南：山东画报出版社，1998 年版。

林贤治著：《娜拉：出走或归来》，天津：百花文艺出版社，1999 年版。

范际燕、钱文亮著：《胡风论——对胡风的文化与文学阐释》，武汉：湖北人民出版社，1999 年版。

王丽丽著：《在文艺与意识形态之间——胡风研究》，北京：中国人民大学出版社，2003 年版。

王丽丽著：《王元化评传》，合肥：黄山书社，2016 年版。

张中良著：《抗战文学与正面战场》，北京：社会科学文献出版社，2014 年版。

北京鲁迅博物馆编：《一枝不该凋谢的白色花：阿垅百年纪念集》，银川：宁夏人民出版社，2010 年版。

［苏］法捷耶夫著：《毁灭》，鲁迅译，北京：人民文学出版社，1973 年版。

［法］罗曼·罗兰著：《约翰·克利斯朵夫》，傅雷译，南京：江苏文艺出版社，2012 年版。

［德］雷马克著：《西线无战事》，李清华译，南京：译林出版社，2001 年版。

［德］哈贝马斯著：《公共领域的结构转型》，曹卫东等译，上海：学林出版社，1999 年版。

［德］尼采著：《道德的谱系》，周红译，北京：生活·读书·新知三联书店，1992 年版。

［美］戴维·哈维著：《正义、自然和差异地理学》，胡大平译，上海：上海人民出版社，2015 年版。

［美］赫·马尔库塞等著：《现代美学析疑》，绿原译，北京：文化艺术出版社，1987 年版。

［美］杰姆逊著：《后现代主义与文化理论》，唐小兵译，北京：北京大学出版社，1997 年版。

［美］马歇尔·伯曼著：《一切坚固的东西都烟消云散了》，徐大建、张辑译，北京：商务印书馆，2013 年版。

Kirk. A. Denton，*The Problematic of Self in Modern Chinese Literature：Hu Feng and Lu Ling*，Stanford University Press，1998.

三、刊载文章

梅志：《受伤之夜》，载《申报·文艺周刊》第 17 期，1936-03-06。

S. M. :《战地小景》，载《抗战文艺》第 2 卷第 4 期，1938-08-13。

S. M. :《一个汉奸的死》，载《抗战文艺》第 2 卷第 5 期，1938-10-08。

方典（王元化）:《论香粉铺之类》，载满涛等编：《横眉小辑》，上海横眉社，1948 年第 1 辑。

陈涌：《论文艺与政治的关系——评阿垅的〈论倾向性〉》，载《人民日报》，第五版，1950-3-12。

史笃：《反对歪曲和伪造马列主义》，载《人民日报》，第五版，1950-3-19。

林默涵：《胡风的反马克思主义的文艺思想》，载《文艺报》1953 年第 2 号。

陈安湖：《从一篇〈真理报〉的专论谈到〈阿 Q 正传研究〉》，载《文艺月报》1953 年第 7 期。

沈仁康：《驳〈阿 Q 正传研究〉的一些错误论点》，载《文艺月报》1953 年第 7 期。

唐弢：《符咒文学》，载《文艺月报》1953 年第 7 期。

［韩］鲁贞银：《关于"胡风编辑活动和编辑思想"访谈录——访谈

牛汉、绿原、耿庸、罗洛、舒芜》，载《新文学史料》，1999 年第 4 期。

陈辽：《鲁迅弟子曹白的传奇人生》，载《鲁迅研究月刊》2011 年第 6 期。